U0062387

主编
[中] 乐黛云
[法] 李比雄

执行主编
钱林森

跨
文化
对话

7

上海文化出版社

图书在版编目(CIP)数据

跨文化对话.7/乐黛云等主编. – 上海:上海文化出版社,2001.9
ISBN 7 – 80646 – 359 – 3
Ⅰ.跨… Ⅱ.乐… Ⅲ.比较文化 – 研究 Ⅳ.G04
中国版本图书馆 CIP 数据核字(2001)第 064867 号

责任编辑：李国强
封面设计：陆震伟

跨文化对话(七)　　　　　　　　　　　　乐黛云等 主编

上海文化出版社出版、发行　　　　　上海绍兴路74号
电子邮件:cslcm@public1.sta.net.cn　　网址:www.slcm.com
新华书店 经销　　　　　　　　　吴县文艺印刷厂印刷
开本 640×935　1/16　印张13　插页2　字数170,000
2001年9月第1版　2001年9月第1次印刷

ISBN 7 – 80646 – 359 – 3/Ⅰ·361　　　　　定价：19.00元

告读者　如发现本书有质量问题请与印刷厂质量科联系
T:0512 – 6063782

《跨文化对话》

由中国文化书院跨文化研究院
与欧洲跨文化研究院共同主办

并列入法国夏尔－雷奥波·马耶
人类进步基金会(FPH)

面向未来的文化丛文库

《跨文化对话》学术委员会成员

（以音序排列）

中国委员

丁光训 南京大学前副校长，金陵神学院院长，宗教学家，教授

丁石孙 北京大学前校长，数学家，教授

季羡林 北京大学前副校长，中国文化书院名誉院长，印度学专家，语言学家，教授

李慎之 中国社会科学院前副院长，国际问题专家，教授

厉以宁 北京大学管理学院院长，经济学家，教授

庞　朴 中国社会科学院研究员，历史学家，教授

任继愈 北京图书馆馆长，哲学家，教授

汤一介 中国文化书院院长，北京大学中国哲学与文化研究所所长，哲学家，教授

王元化 华东师范大学教授，文学评论家

张岱年 中国孔子学会会长，哲学家，北京大学教授

张　维 清华大学前校长，中国工程院院士，工程学家，教授

西方委员

Mike Cooley　英国布莱顿大学技术科学委员会主席

Antoine Danchin　法国巴斯德学院科学委员会主席，生物学教授

Umberto Eco　意大利波洛那大学哲学系教授，欧洲跨文化研究院学术委员会主席，哲学家

Xavier le Pichon　法国科学院院士，美国科学院院士，法兰西学院地质地理系主任、教授

Jacques Louis Lions　法国科学院院士，法兰西学院数学系主任、教授

Carmelo Lison Tolosana　西班牙皇家学院院士，孔普鲁登塞大学人类学系主任、教授

Alain Rey　法国词典学家，国际词典学联合会主席

2

卷首语

乐黛云

[法]阿兰·李比雄

　　新世纪第一个春天，欧洲跨文化学会、中国社会科学院文化中心和中国文化书院共同举办了"文明之间——互惠知识与在线教育"国际学术研讨会。参加会议的二十余位学者分别来自中国、法国、英国、意大利、西班牙和加拿大，他们根据各自的学科特点，对会议主题发表意见。会议主要讨论了两个问题：第一，关于人文知识与科学知识的互惠问题。法国物理学家勒布隆提出技术更新之快使人们逐渐失去对其社会功能进行思考的时间，单纯的技术应用和对利润的疯狂追求成为比科学本身更受关注的事情，这不能不导致社会的深刻危机；会议一致认同自然科学离开了人文精神的指引会导致人类自身的灾难。第二，不同文化之间知识的互惠问题。北京大学朱苏力教授首先提出权力造成了强势文化与弱势文化的分野，弱势文化群体不但成为强势文化进行知识征服的对象，而且会在缺乏自信的心态之下将主动的知识吸纳过程转变为自我强加的过程，因此很难做到真正的互惠。伦敦大学人类学家真列教授进一步回应说，知识"互惠"并不是作为确定的必然结局，而是作为以平等为前提讨论的结果，它不会轻易落实在现实中，而要靠人们的不懈努力。我们在这里发表了会议的详细纪要和几位教授的专题发言。

　　本期发表的美国汉学家安乐哲和美国哲学家郝大维合写的《儒家思想与实用主义》(2001年度北京大学蔡元培学术讲座讲稿)也是一个很好的跨文化互惠认知的范例；陈来教授为本期所写的有关《孔子哲学思微》的书评则进一步阐述了互惠认知的一些重要原则；中国人类基因组主任杨焕明博士所写的《人类基因组的秘密与人类的未来》一文更是一篇充满睿智的、有关人文精神与科学知识互惠认知的重要论文。

　　哈贝马斯访问中国在学术界引起了不小的轰动，但反映也各有不同。刚从哈贝马斯的学术根据地法兰克福研究所访学归来的曹卫东先生一直随同并担任翻译，作为第一手材料这里刊载了他的所见所闻和所思所想。

　　由中国文化书院跨文化研究院副院长王宾教授担任中方项目主持人的跨文化研究项目"中西文化关键词研究"，经过数年努力已见成果，本刊过去已登载过《经验》《自然》等研究文章，现发表林岗教授的《美》。另外，杨荣国教授的《真》、叶舒宪教授的《善》，也将陆续刊载。

　　杜小真教授曾为本刊写过有关勒维纳斯《伦理与无限》的书评，引起许多读者的兴趣。勒维纳斯是法国最优秀的研究犹太经典《塔木德》的专家。这次，本刊特发表杜小真教授和勒维纳斯最好的朋友马勒卡教授讨论犹太教和勒维纳斯的对话，希望能引起国内学者对十分重要但尚觉陌生的犹太文化的更多关注。

目　录

本辑作者介绍

让－马克·莱维－勒布隆

Jean － Marc Levy － Leblonde(法国)

    尼斯大学物理系教授

杨焕明 （中国）

    中国科学院遗传研究所人类基因组主任,博士

维克多·马勒克

Victor Malka(法国)

    巴黎犹太高等研究院教授

杜小真(中国)

    北京大学哲学系教授

安乐哲

R. T. Ames(美国)

    夏威夷大学哲学系教授

郝大维

D. L. Hall(美国)

    已故得克萨斯大学哲学系教授

曹卫东(中国)

    北京师范大学中文系副教授

柯西莫·真列

Casimo Zene(英国)

    伦敦大学亚非学院教授

阿兰·李比雄

Alain Le Pichon(法国)

    欧洲跨文化研究院院长,塞尔日－蓬图瓦兹大学人类学教授

王铭铭(中国)

    北京大学社会学系教授

金丝燕(法国)

    阿尔瓦德大学副教授

汤用彤(中国)

    已故北京大学前副校长,教授

伍晓明(中国)

    新西兰坎特伯雷大学东亚系副教授

林 岗(中国)

    深圳大学中文系教授

张 威(中国)

    澳大利亚悉尼大学比较文学硕士,悉尼理工大学新闻学博士,自由撰稿人

史景迁

Jonathan Spence(美国)

    耶鲁大学历史系讲座教授

陈 来(中国)

    北京大学哲学系教授

并 存 还 是 消 亡？

——关于技术发展的忧思

[法]让－马克·莱维－勒布隆

　　理解科学今日之处境最好的办法，就是沿着过去数十年间我们所经由的道路做一番回顾。当回想起三十年前我还是个年轻的研究者时的情形，我深为当年我们都如此乐观而感到惊讶。那时，我们坚信科学能很快解决科研领域中的前沿学科——比如粒子物理学——所面临的所有严肃理论问题；而且我们也丝毫不怀疑科学有能力解决那些困扰着人类的严重的具体问题(当时正是"对癌症宣战"的年代)；我们还确信科学的进程能够无限地发展，从而不断吸引来越来越多的人力与物质资源。今天我们必须承认，这样的期待事实上只是种谬见。科学正遭受着字面和比喻双重意义上的"信用损耗"(loss of credit)，在其政治与经济支撑日渐削弱的同时，它的文化声望也遭人抨击。在此期间，学院式的科学话语得意洋洋的自满已经让位于对灾难忧心忡忡的预言，各种不确定性正威胁着科学的未来，而我们的做法却是一方面指责政治家("因为他们不理解——或不再理解？——基础研究在经济中的地位")，另一方面则又在批评公众("因为他们向那些质疑科学知识在我们文化中重要地位的反科学和反理性思潮的新波动投降")。

　　于是我们越来越频繁地热切恳求科学文化——用盎格鲁－撒克逊的说法就是"公众对科学的理解"(public understanding of science)——有更广阔、持续的发展，并呼吁媒体、教育系统和研究者为了这一目标发挥更加积极的作用。较之过去，这种努力表现了一种进步，因为以前科学家普遍认为离开实验室去对外行的公众发言乃是玩忽职守和放弃责任的举动。他们把分享我们知识的责任留给了那些退休的学术权威和媒体专业人士，同时却在抱怨科学未能很好普及化的恶果。然而上述这种新的立场仍然没有摆脱模棱两可的特征，我下面的评论将要强调其中的两点。

首先，正如"公众理解"这种表达所清楚地展现的那样，好像问题仅仅与知识的理解有关。换言之，我们愿意相信如果公众不赞同或不支持科学的发展，那应归咎于他们不够理解科学发展这一事实。然而我们应该更明智地承认，这与其说是知识的问题，倒还不如说是权力的问题①。毫无疑问，我们的同胞愿意去搞懂基因或是核能是怎么回事，当然他们可能更愿意通过选择研究方向，在技术科学发展上运用决策权来做一些与它们有关的事情。换句话说，这个问题已大大超出本文的框架，它关注的不是别的，而是将民主扩展到科学和技术选择权上的可能性。我们必须承认，这种科学和技术上的选择权回避了当前的民主程序，我们提出这个纯粹政治性的问题，实际上就超出了"公众对科学的理解"这一框架，因为这里的问题不仅仅是知识的分享，而首要的是权力的分享。

我的第二点评论如下：在使用"公众对科学的理解"这一表达时，我们是在不自觉地将人类划分为无知的外行大众和与之对立的学养丰富的科学家们。然而我们时代的主要特征之一就是这种两分法已不复存在，我们科学家除了在极狭窄领域拥有些专业知识之外，我们与大众并没有根本的不同。面对着像基因控制和无性繁殖之类的问题，比如我就完全——几乎完全——与外行公众处于同样的位置。即使在核能领域，一方面我作为物理学家的能力当然能让我意识到放射性的危险，但它并不能帮助我认识到核能工厂所承担的风险，这更多的是与管道工程和混凝物有关而不是与原子核有关。这些对现实的错误传言都是十九世纪人类被划分科学家与大众的后果，在此类划分中，前者被视为普遍与总体知识的拥有者，后者

---

① 让－马克·莱维－勒布隆：《公众对科学的理解》(巴黎，1992年)第一章"关于误解的误解"，第17－22页。

则被认为无知、缺乏分辨能力、需要将知识加以灌输的对象①。这些错误的观念早就应该摒弃,如今也该是我们科学家表现出多一点的谦逊来承认我们的所知其实相当有限的时候了。

事实上,就更深意义而言,我们甚至都不理解我们自己的科学,我们不光是只掌握了其中内容极有限的部分,而且我们根本不了解它产生于其中的背景。如今的科学家——研究中的行动者——不仅对他们所生产的知识的认识太过贫乏,而且对其社会框架的认识也同样不敢恭维。"两种文化"的问题在这里隐隐出现,乔治·波特告诉我们尽管斯诺有不同的解释,但他并不是心满意足地看着两种文化之间产生的分离;恰恰相反,他感到这种事态高度可悲。不过,我觉得斯诺的论题既不太具有说服力,而且也仍过于乐观。不很有说服力是因为所谓存在着两种文化的想法是自相矛盾的:"文化"一词只能以单数形式思考,它和"法兰西共和国"一样都是"整一且不可分割的"。

如果它不是非文化的话,那么实际上我应该将这种支离破碎的文化称为何物?文化显著的特征就在于它有能力去表达人类所有活动向度之间有机的联系并将其发扬光大,这也就是为什么像保罗·加吕兹所提醒我们的那样,现代科学在大约四个世纪前从欧洲文明内部产生起就一直从属于文化的缘由。然而科学在与文化保持了一段时间的有机联系之后,它已经向充分自律进化,如今已和文化完全疏离。换句话说,我试图说明的是现在已经不存在什么"科学文化",因而比起那种简单地认为科学文化已掌握在科学家手里,我们所要做的只是去寻找传播科学文化更有效的手段的看法,形势就要严峻得多,因此问题乃是如何将科学(再次)嵌入文化之中,而这就要求从事科学的方法发生深刻的变化。

科学中不复存有文化的断言②引发了争议重重的冲击,为了接受这一立场,人们必须承认在构成现代科学历史的四个世纪中,

---

① D. 雷士瓦格和 J. 雅克编:《博学与无知》(巴黎,1991 年)。

② 更详尽的分析可以参见让－马克·莱维－勒布隆《风趣的思想:科学、文化与政治》(巴黎 1984,1987)。

本世纪迎来了它空前的发展。为了使讨论不至于显得太过抽象，再加上因为我不能发展出一套更详细的分析，所以我的讨论将仅限于举例，列举一些我认为能说明情况的事例。

让我们首先从对科学实践的内部考察开始。

1、线性模式的终结。古典的观念认为科学伴随着知识的累积和自然的进步在以一种线性的方式发展，如今这种信条已遭到根本的质疑。在过去几十年间，我们已目睹了令人惊讶的历史上的滞后事件，比如人们对一些原先被认为完全封闭的研究领域兴趣的复兴。我们这一代的物理学家从小就被教育说只有亚核物理学或天体物理学才是有趣或有声望的学科，然后我们怀着极大的惊讶之情，目睹了在很短时间以前还被认为是"十九世纪的科学"而被搁置一边、从而完全废弃的学科的再次兴起。我指的是流体力学，更概括地说来是非线性力学，它们无疑是今天物理学研究中最活跃、最令人感兴趣的领域。我们必须要追溯到近一个世纪前才能发现一些已被我们全部忘记的科学进展，我们还应再重读一些像普安伽赫这些并不属于我们专业背景作家的著作。同样的现象在其他研究部门也有发生，不过看来我仍应该停留在物理学领域来讨论。近来关于量子物理学的哲学与认识论的争论——它们在二十年代一度十分热烈——的复兴，也提供了类似的案例。跳回半个多世纪前，当时这种争论被认为已经绝迹，看来我们还必须重新找出那些太快被认为过时而束之高阁的消息来源。很明显，研究进程线性模式的终结向科学群体提出了更严肃的问题，因为它使得所有基于只研究当代科学的研究训练模式变得毫无用武之地。

2、专业人员研究水准下降。我相信现在的科研质量低于过去平均水平的说法是有道理的，如果这种情况的确属实的话，那它表明了一种令人不安的方法论失常。只要看看近几年论文中出现的事件——比如"低温焊接"或"水记忆"——都说明了这些失常并不是个别现象或是局部失误的结果。恰恰相反，这些都是普遍倾向的症状，我们当中那些担任科学杂志评委的人，也觉察到那些提交发表的论文的方法论、实验和观点的质量都比较糟糕。

3、适用性的丧失。比科学生产增长的平庸甚至更为严重后果的问题就是对不远的将来适用性的丧失。研究者可以去浏览一下他们领域三十年前出版的（最好的）杂志的内容，然后再问问自己每篇文章后来都有哪些回应，这样做可能会有高度的启发性。我们必须承认，大多数论文并没有留下任何让人感兴趣的遗产，这个问题更多的不是与研究者个人的投稿有关，而是与研究者自身的学科有关系。我意识到，这当中的许多论题尽管今天已经被人忽略，但可能在未来的年头里再次迎来人们兴趣的涌动。不过现在绝大部分的科学生产正处于丧失其意义的途中。如果不是出于别的理由，那就是因为它们缺乏可见性，这一结论可以由经验的结论所支撑。在分析引用率时，科学参考文献专家发现，（比如像美国科学情报研究所 ISI 的出版物中）至少有三分之二的论文从未被人引用过（除了作者本人在其研究报告或其他论文中提及以外）。至于那些真的被引用的论文，其可见性也相当短命，原始的（研究）和间接的（综合）科学文献的参考文献平均只追溯到四五年前，很少有更提前的，超出这个界限就没人再会记得了。另一方面我们还不清楚，出版形式和信息贮藏量正在发生的变化如何才能够弥补这种显然无法避免的过时。

不过，科学的去文化倾向最严重的方面还是发生在科学研究的外部，即科学世界本身与一般社会之间的交界面上。这里我还是准备举几个能被轻易归纳的例子。

1、污血丑闻。两三年前法国遭遇了一场由所谓的"污血丑闻"（the contaminated blood scandal）所引发的关于社会、政治和法律的热烈辩论，迄今仍是余波未息。人们发现法国卫生机构理应受到责备，因为他们没能充分行使控制血液质量的权力，以致引起艾滋病通过向几位病人、尤其是血友病患者输血而被传播。但由这场丑闻所引发的法律、卫生和科学的讨论却相当肤浅，原因就在于人们对这一问题缺乏更深层次的历史认识，就像玛丽－昂热勒·埃尔米特在其著名的分析输血与法律经验间长期存在的联系的书中所展现的那样①，这实际上是个相当古老的问题。该书指出，第一例因输血的不良后果而指控医生的诉讼要追溯到1668年，这大约在哈维发现血液循环之后不久。1670年巴黎议会正式禁止医生和军医实施输血措施，这种谨慎事后被证明是非常正确的。另外一些与输血相关的有趣案例，提醒我们想起了今天的艾滋病问题。比如上世纪末，输血在更加消毒的条件下实施，但它们还是经常引起梅毒的传染，这又为我们提供了关于性传播疾病其实是由输血而扩展的又一桩案例，并引发了几宗诉讼和一套令人着迷的法律的确立。在详细考察时我们会发现，这些案例非常丰富地包含了与研究相关的正义的角色以及科学与社会之间关系的意识形态等复杂的信息。毫无疑问，如果卷入讨论的科学家、政府雇员、医生、政客和律师对血液与法律历史有更好的认识的话，那么我们即使不能完全阻止这类事情再次发生，至少也可以更好地处理这个问题的。

2、科学论战。近来在法语和英语世界关于科学论战有非常多的讨论，这些公开化的冲突是由"索卡尔事件"暴露并不断扩大，目前它已经促使几位"硬"科学家去反对社会学家和科学史家②。一大批物理学家——其中也包括著名的诺贝尔奖得主斯蒂芬·温伯格——已经参与到这场激烈得使人惊讶的争论中来。显然是索卡尔的恶作剧给了他们这个机会——人们可能会情不自禁地说，这是他们一直在寻求的机会——来表达他们对任何将科学置于政治、经济和意识形态框架中作为社会活动来研究的行为的强烈反对。对这批科学家而言，这种研究除了造成破坏科学知识合法性因而不可接受的"相对主义"之外，没有揭示任何问题。然而在分析其论据时，人们马上会因这些专家——当然在各自的领域内部都是鼎鼎大名的——面对社会和人文学科尤其是哲学和历史时基本上很天真的言行而为之动容。在批评社会科学家把某些"硬"学科的发现过多地进行了比喻性的使用时，"硬"科学家们——尽管有时他们专

---

① 玛丽－昂热勒·埃尔米特：《血液与正义》(巴黎，1990)中"论输血"一章。
② 索卡尔和布里克蒙特：《知识的欺骗》(巴黎，1997)，因特网上也有大量可用的信息以供参考。

门的批评被证明是对的——经常表现出对社会历史和哲学研究特殊本质和方法的误解，这些误解远比他们所批评的社会学家对物理学的误解更严重。这仍是一个五十步笑百步的古老故事①……这个例子非常引人注目地表明科学世界中文化的根本缺乏。如今形势变得相当严峻，因为"硬"科学首先面临着意识形态的压力和比以前更重的经济压力，这些压力需要有建立在社会和人文学科发展之上的关键力量来加以平衡，倘若社会学科和人文学科的发展不够合格将会非常危险。

3、没有兑现的诺言。我们谈论文化，因而也是在讨论记忆。面对着一个世纪的终点，回头去看看过去的几十年，重新想想那些以科学家的名义许下的诺言，肯定是人之常情。较之其他研究者，尤其是相对于目前正处于研究前沿的生物学家来说，我们物理学家有一定的优势，因为我们已经远远经过了物理学的黄金时代，所以我们可以从一个例子中看出许多问题（就像托马西·迪·兰佩杜萨的《莱奥帕尔德》中的萨利那亲王所非常了解的那种老式贵族，远比年轻的中产阶级更加清醒）。回顾一下二十世纪五六十年代物理学的诺言，再勾勒一下当时物理学家的宣告和今天生物学家的宣言之间的相似性，这将会是件特别有趣的事情。当时我们允诺核能将会为所有人提供免费的能源，那时的流行杂志根据专家的观点很认真地预言说，到世纪末每个人在家里和车上都会有一个小的核反应堆，大型的热核聚变技术也将被掌握。很显然任何人都可以看到我们今天根本没有接近这个目标的实现。至于生物学，如果再回想一下六十年代对癌症宣战的预言，我们就会不得不醒悟到：三十年后的现实的进展又一次按照迥异于预言的方式在进行。因此在讨论传言中的基因疗法的前景和其他生物工程奇迹时，多一些谨慎是很明智的。反思过去能帮助我们多一点谦逊，阻止我们许下草率的诺言，这些很可能会回过头来改变公众的态度。科学家们的抱怨实际上相当肤浅，他们觉得公众不理解科学、对革新反应恶

① 让－马克·莱维－勒布隆：《误解与轻视》，《合金》35－36 期（1998 年夏－秋合刊）。

劣、甚至表现出"非理性"的恐慌,却忘了社会公众仍记得他们过去许下的诺言,尤其是当这些许诺未被兑现的时候。

经过数十年令人惊讶的生产力增长之后(在此我有意使用了经济学家的语言),我们现在到达了一个新的阶段:如今劳动分工的反生产性日益明显,它迫切需要将那些构成科学家活动的不同任务重新聚合,以便使人们在分享知识的同时也必须去生产知识,这就意味着要锻炼科学家从而使他们可以既是研究者也能执行其他任务。

我们第一步要做的就是要详细说明训练研究者的方法。颇为吊诡的是,这种新方法能够在其他部门原有的实践基础上被显明。因为如果不向这些研究者提供对科学史的理解——最主要的是他们学科的历史——和关于科学的哲学、社会学以及经济学的认识,我们又如何才能培养出新的专门科学家呢?目前他们在专业中所面临的任务以及无法回避的社会责任都要求他们对科学活动有更广泛的概念,我们不能再我行我素,仿佛科学不同于艺术、哲学或者文学,它们似乎可以抛开其学科历史而被传授教育。

科学必须要重返文化中心,为了这一目标,它自身必须要与其历史达成共识。要捍卫这一观念,可能会使我们陷入别人所谓热衷过去的指责当中。然而,如果我们想要有新的开始,我们就必须怀着这个新的目标,对我们的历史获得更好的理解。保罗·加吕兹所举的关于十八世纪末开始的大百科全书派的例子相当具有象征意味:科学的主要支持者恰恰需要在新的科学革命之中——包括化学——重新反思其学科历史。这种对于历史的兴趣毫无复古的意图,正相反,它表达了一种为取得更加流畅的进步而认清形势、了解自己身在何处的渴望。

也许已经太迟了,并没有迹象表明我们有可以完成这些必要转变的必然条件,讲这句话时,我很不轻松。的确,历史上有许多伟大的科学文明走向尽头的例子:希腊的科学只延续了几个世纪,我们受益甚多的伟大的阿拉伯科学①持续了几百年就中断了,让其他文明占据了主导;我们甚至还有过一些伟大的文明,就我们所

---

① R·拉塞德编:《阿拉伯科学史》(3卷本,巴黎 1997)。

知，科学在它们当中并没有被作为根本性的重要活动来认识和尊重。在这方面，我们将希腊和罗马文明作一下比较就会发现它们与知识有着完全不同的联系，印度和中国的比较也是如此。因此没有什么东西可以证明在将来的岁月里，我们的文化——现在是全球化的——会和过去几百年一样，继续把科学置于基础的地位。下面情况很可能会发生：即科学变得如此有效（所谓的"技术科学"），以致于它的实践功率赢得了高于其知识向度的地位。在当前形势下这种发展非常有可能，甚至看起来也似乎比较合理。如果我们要拒绝这种前景，而坚持保留科学工作的理论维度，维护其作为人类心智伟大的历险的本质，那么我们就必须改变方向以保证和过去几百年间所描绘的方向保持一致，我相信欧洲能够被委以重任并完美地完成这项任务①。欧洲文化的独有的特征之一便是它与大西洋和太平洋对岸的那些地区的文明不一样，它更乐于接近依然丰富的过去。这样的丰富与复杂可以明显地被看到，不论何时人们去罗马这样的城市游览，他总会在那里看到乔尔达诺·布鲁诺的雕像高耸于罗马鲜花广场之上，与圣玛利亚·德利·安杰利这样的教堂并肩而立。布鲁诺是在 1600 年被判以火刑活活烧死的，然而仅在一个世纪后，即 1700 年，罗马教廷就下令在圣玛利亚·德利·安杰利教堂的地板上绘上巨大的日晷 (sun-dial) 图案②，因为它已成为天文学基本的工具，这说明了科学与社会的关系的历史复杂性。同样的事情也可以在漫步布拉格时看到，在那里你会挨个从开普勒、布尔兹曼和爱因斯坦的雕像旁穿过；或在巴黎，你可以从柏雷斯的圣日尔曼教堂的笛卡尔墓出发，途经巴黎综合工科学校、藏有福柯钟表的先贤祠到达居里夫妇在圣热纳·维埃夫的实验室。对欧洲而言，科学文化并不是抽象和遥不可及的概念，它确确实实地在那儿存在，我们敢唤醒这位只是在沉睡的美人吗？

（秦　晶　译）

---

① 见《欧洲的科学与文化》,《合金》(1993 年夏 – 秋合刊)。
② 埃布龙:《教堂:科学的工具》,《合金》(1997 秋),31 – 41 页。

人类基因组的秘密与人类的未来

——再论自然与人为

杨焕明

二战的历史教训

人类历史上的两次浩劫——第一次与第二次世界大战，都是科学的丑恶面的大暴露！哪一种杀人武器不是科学家发明的呢？科学的残暴与淫威，胜过自然（包括疾病）给人类带来的所有灾难！除科学制造的杀人武器之外，还有科学提供的理论。

一战的起因，固然很多，但至少一部分应归咎于从达尔文进化论引申而来的社会达尔文主义。如果说达尔文和我的同行曾为人类认识生命世界——自然中最重要的部分做出了重要的发现的话，不能否认，也是我的同行，"人为"地用他们的发现为战争这一"人为"的灾难提供了"科学依据"。二战也是一样，对二战的发动者德国与日本来说，优生——即一群人的基因优于另一群人基因的观点，或希望牺牲一些人包括他们的基因，以制造一群"好"基因的观点，以及鼓吹这些观点的遗传学家不能推卸自己的责任。

二战应该成为人类历史上最后一次世界大战，二战的惨痛代价使我们不得不痛定思痛：我们必须看到人性的人类文明是人类的共同财产。人类公认的反人性思想，至少在现在的世界上，比不同意识形态或宗教引发世界性大战的可能性更大。科学与人性好像并没有直接联系,但科学与经济的发展是可能为纳粹等反人性的东西服务的。事实上,阻碍生产力或科学发展的肯定不是好东西,但在一个短时期内,促使生产力发展的,也不一定都是好东西。法西斯专制在一定时期内可能在发展科学与经济方面比别的制度更有效,就是一个明显的例子。目前,关于许多问题的讨论,已不再局限于国家与国家之间的争端,相反,正确的、进步的、与错误的、反动的斗争存在于任何一个国家。这在有关人类基因组基本信息的免费共享问题上表现得最为突出,支持者与反对者在任何一个国家都有。

科学总是与文明和道义相连的。我们不能离开人类的道义和人性,去议论什么"在科学上还是有进步意义的"。这种脱离人类具体环境的说法很可能道道地地地为非人性辩护。希特勒试图抢先搞原子弹,搞 V-2 导弹,能说希特勒"还是"在科学上有进步意义的吗?科学除了可以被反人类的坏人利用以外,还可能因为科学家的认识而被误用、滥用,这就使问题更加复杂。例如作为二战发生复杂因素之一的"优生"理论就是披上"为群体而牺牲个体"、"清洁人类基因库"等科学外衣的。他们总是说,我们可以优牛、优羊、优猪,为什么不能优人? 在那时的德国,差不多 100% 的医学遗传学家、30% 以上的医生成了纳粹分子。更不用说多少德国的文学家、科学家、艺术家曾乐于成为希特勒的座上客。科学家与医生,似乎只能为人类造福的科学家与医生,有多少在纽伦堡被推上了历史的审判台。德国人民与科学界为此付出了极大的民族代价。科学也蒙受了历史的羞辱。

二战最后以正义取胜,但是二战的后遗症仍然存在。作为对人类造成最大灾害的德国与日本两国,对二战的态度截然不同。我差不多问过所有我所认识的德国同事,每一个人的直率的回答与真诚的忏悔使我深为感动。而后者,包括政府及相当一部分科学家与哲学家,其拒不认错的态度只能使人想到军国主义的幽灵仍在地球的上空徘徊! 我一直对我的美国同事这样说也一直想对美国政府这样说:给美国带来最大灾难与耻辱的,惨无人道地虐待美国公民与士兵的，不是任何中国人，而是太平洋战争时的日本法西斯。如今，已被历史定为"非人性""非正义"的战败者拒不认错，这本身就意味着要复仇！这就意味着实实在在的军国主义有可能死灰复燃。对我们来说"忘记过去，就意味着背叛"。对他们来说"篡改历史，就意味着复仇"。由于日本的科学与经济实力不容忽视，而日本本土的民主力量又相对薄弱，这一问题就更不能忽视。国际社会接纳日本的条件不应是美国对日本的控制而是日本政府的认罪态度。

　　二战使我们明白了人类是一个大家庭，是可以和平相处的，也必须和平相处。二战的最大历史性收获是人性的觉醒：人类开始检讨文明，也开始检讨作为人类文明一部分的科学。"联合国宪章"及随后一系列人类历史上的重要文件，诸如"纽伦堡法典"、"赫尔辛基宣言"等等，揭开了人类历史的新篇章，迎来了人类历史上的最好时期——重建人类的文明。而重建文明的关键是重新审视人性，重新考虑人与人的关系，重新确立人类在自然界中的位置。而科学应该给这一文明的重建，提供新的启示。

生命科学与自然

　　如果我们把不涉及生命的科学称为物理科学，那么，二十世纪可以说是一个物理科学的世纪。这一世纪从人类认识物质的基本组成——分子与原子结构开始，原子弹爆炸与人类登月是这一世纪最辉煌的成就，而最后以最简单的无机硅制造的马铃薯芯片(Chip)使人类进入了信息时代！

　　物理科学是生命科学的催生婆。二十世纪孕育了另一个世纪：生命科学的世纪。我们从发现生命的基本规律——基因传递规律即遗传开始，五十年代的遗传物质 DNA 双螺旋结构模型的提出与七十年代基因克隆等生物技术的建立使生命科学趋于成熟，而九十年代开始的国际人类基因组计划把人类带进了一个新的世纪。

　　人类第一次离开自己得以诞生和繁衍的地球，才有可能用以前所未有的视角,重新审视它。地球与我们能看到的所有星球的主要区别之一,就是生命的存在。基因使地球郁郁葱葱,生机一片,它使我们对生命的奥秘与神奇充满新的遐想与好奇。也使我们对人类本身的了解提出新的质疑:我们认识自己吗? 我们源于何处? 我们是什么? 我们往何处去?

我们对自身了解的不足,使我们倍受"自然"之苦:世界上仍有一半以上的人,不同程度地受各种慢性病的折磨:中国就有11%的人患有高血压,6.4%的人患有不同类型的糖尿病,4.2%的人不同程度地残疾,2.5%的人患有一定程度的智力低下。曾肆虐一时的传染病,虽然已得到控制,可并没有像天花一样销声匿迹,相反在一些地方死灰复燃。抗菌素等药物发现的步子越来越慢,相反,自然界抗药的病原微生物越来越多。肿瘤、心血管疾病等主要死因已成为人类驱除不掉的阴影。每个家庭及其亲属中至少有一人死于肿瘤,人们谈"癌"色变。"老年痴呆症"等老年病又让希望长寿的人们"老而却步",而10%的70岁以上的老人,20%的85岁以上的老年人都或多或少患有此病。美国前任总统里根,现已记不起他曾一度左右过美国甚至人类的命运。

艾滋病的出现与肆虐,使人类深感忧虑。我们对自然的认识太不够了。二十世纪末,香港的几百万只鸡已为人类壮烈献身,英国"疯牛病"的降临,更使人忧虑:会不会有一天,突然从天上掉下一种什么病原,人类就像"疯牛"一样近于灭绝? 健康的费用成了谁也不堪忍受的重负。与此同时,医学研究的进展,新药开发的步伐正在一步步减慢。近几十年没有新的抗生素问世。

国际人类基因组计划

人类开始了对人类自己的思考,开始了对自己的研究。对自我,对生命世界,对大自然开展了空前规模的探索,这就是六国参与的"国际人类基因组计划"。

这是人类历史上最大规模的科学探索——对生命与人类本身

的探索。人类基因组计划在科学上的目的,是测定组成人类基因组的 30 亿个核苷酸的序列。从而奠定阐明人类所有基因的结构与功能,解读人类的遗传信息,揭开人类奥秘的基础。由于生命物质的一致性与生物进化的连续性,这就意味着揭开整个生命世界最终的奥秘。而人类基因组计划的所有理论、策略与技术,是在研究人类这一最为高级、最为复杂的生物系统中形成的。

如果说全面研究人类本身,研究生命世界的"人类基因组计划"是人类自然科学史上的一个界碑,那么,在此前的科学技术都是人的双手的外延,即"人为"的工具的改良、人的环境的改善、工作效率的提高。而"人类基因组计划"则要搞明白人之所以为人。

以"人类基因组计划"为主旋律的生命科学给我们描绘了一个奇妙的新世界:人类似乎可以主宰自己,管理自己的生、老、病、死;可以从人群里清除那些据说可以致病的基因与"疾病基因组",人类再也没有任何疾病的痛苦,也没有任何残疾人。人类似乎在扮演上帝的角色:不仅可以通过克隆——像蝗虫那样通过无性繁殖而要多少可以产生多少完全相同的个体,还可以取代上帝创造从未见过的物种——在餐桌上,我们吃的萝卜中有牛肉的蛋白质,我们的猪肉有鱼的鲜味,我们穿的是普通羊身上长出的西藏羚羊毛织成的衣物,我们的房顶将像蜂窝那样轻巧牢固,当然不会着火。我们的能源将是生物能源——我们的祖先本来使用的便是生物能源——洁净、绝无污染、循环不息。

这样的新世界怎么样?

谁都会说:这里面有利有弊,我们应该扬利去弊。

人类基因解码带来的新问题

生命科学与物理科学的区别之一是前者是不可拒绝的。如果说我们尚可拒绝物理科学的产品而回到原始的、自然的没有科学的生存环境(例如我们可以拒绝现代居所,重返洞穴,我们可以拒绝电灯而重燃火烛,我们可以拒绝电子计算机而重操算盘),然而你能拒绝了解自己的基因吗？问题是别人将通过对他们自己的基因的研究来了解你的基因。人类迄今安全的原因之一,是它的奥秘非任何人所知,而现在则完全不同了。

从专业的角度,我想说的是:对生命世界这一"自然"的认识,比对物理世界这一"自然"的认识可能带来的灾难要严重得多。这是生物的规律用于人类社会的悲剧,是揭示生物性而背离了人性的悲剧。据此,在人类的基因正被解码的今天,防止这一科学悲剧的重现决不是危言耸听。如果说科学是一柄"双刃剑",这一次,"人类基因组计划"所提供的利剑比迄今为止所有科学带来的危害的总和还要厉害十倍。基于原子核奥秘,原子弹的威力使我们震撼,基于细胞核奥秘的"基因弹"更使我们不寒而栗。"人类基因组计划"真正完成之日(这里讲的是人类奥秘的彻底揭开而不只是其序幕),就可能是人类自取灭亡之时。

这一危险首先来自于人类公认的"公敌"的非人性力量。这一问题本来不应由我这一普通公民、普通科学工作者来提出,这一问题的讨论,应该是在全世界首脑会议,或一个国家上层的会议桌上。白宫肯定是,也已经是最早认识这一问题的地方。"二十一世纪反对生物恐怖主义计划"或者什么别的名字,说明白宫的考虑已不只是传统的生物武器,如生物神经毒气、人们熟知的致命致病原及其用基因工程生产的衍生物之类,而是全新的新一代的"基因武器"。

"人类基因组计划"已经提供的很多数据说明人类在遗传上是一个大家庭。我们的基因至少99%是相同的,但是人种之间、族群之间、群体之间、个体之间确确实实存在差异。举几个例子,就人种来说,白种人中并不少见的对艾滋病(AIDS)病毒的天然免疫,在亚洲人(黄种人)中还没有发现或极为少见;而中国迄今没有发现的CF(囊泡纤维化),在白种人中的发病率为1/400,人群中的携带者的比例为1/20-30。就群体来说,中国南方并不罕见的蚕豆病者,由于一个基因的细微差异,使他们吃上几颗可口的蚕豆便将毙命。而这一细微差异已经足以成为第一代的、能识别"敌""我"的种族或群体的特异性生物灭绝武器。

对于这一问题的防范，关系到每一个国家首脑，也关系到有责任心的每一个科学家，更要保证民众的知情权。联合国大会通过的"人类基因组和人类权利的全球宣言"已写进了相关内容，并要求各国遵守。作为起草这一文件的"UNESCO(教科文)"国际生物伦理委员会"非政府成员"之一的我对此是深有感触的。我不赞成把人类基因组计划比喻成"曼哈顿原子弹计划"，我很希望在这一问题上，在这一颗"原子弹"爆炸之前(不管是出于和平还是战争的考虑)，通过我们的努力而建立国际性的合作，把危险消灭在发生之前，历史将证明这一讨论的必要性。我们对人类前途的乐观与信心，本来就是建立在对危险的警惕与防范上的！

这一问题的更为复杂与严重还在于举起"基因弹"的不只是我们人类的"公敌"，还可能是我们每一个人自己。

当我想到前面所举的人类蒙受疾病煎熬的痛苦，想到每分钟有多少人被疾病夺去生命时，我也同大家一样抱怨对人类基因及基因组的研究进展过于缓慢。但当我与我的同事翻开"人类基因组计划"已为我们送上的"生命天书"，我却又认为这一进展来得太快，太突然了！

我们面临的问题是无法从现有的国际法、一国之法来判定其合法和非法的问题的。我们的法律、观念、规范一下子在这些新问题前变得无所适从，或无能为力。我们把它们归咎于道义(moral)或伦理问题(ethical)。实际上，也是自然与人为相关的问题。

基因关系到我们每一个人的生、老、病、死，如果说一个人有自己的隐私，自己的基因组就是自己最大、最重要的隐私，我们可以运用法律来保护隐私。可我们的基因信息交给谁来保护呢？交给政府？雇主？父母？家属？法定保护人？

我们可以简单地说基因信息是个人隐私而不是一般的健康资料，不能交给保险公司，可是保险公司会不会认为我们掌握了自己的基因信息而为自己获利，并影响了其他投保人的权益呢(英国有关当局已批准保险公司使用 Huntington 舞蹈症的基因信息)？我们都不会同意把自己的信息交给雇主，不会同意在就业上的基因歧视。可是当一位长途汽车司机因为行驶途中心脏病突发而使几十名乘客丧生，这位司机的雇主要求提供这位司机的基因信息不也是为乘客的生命负责吗？我由此联想到对于要为几百人生命负责的飞行员，对于要为几百万、几千万人负责的国家元首，我会想：再不能听其自然，我们应该"人为"地干预——动用基因信息。

如果交给我们自己来负责，又会怎么样呢？什么时候我们才成熟到可以照管自己基因信息的程度？举例来说，我们都有权要求社会尊重我们的选择。在决定人类性别的基因已经清楚的今天。如果父母都以他们的或传统、或时尚、或喜欢来选择男孩或者女孩，不出几十年，我们的社会又会成为什么样子呢？

所有别的科学产品都可以附上一张正确使用的说明书，作为一个遗传学家，我真不知道怎么来设计这一张"基因说明书"。

作为"人类基因组计划"的支持者与实际执行者，我对"人类基因组计划"将给人类造福是深信不疑的。我对它可能带来的问题的所有"警告"，正是为了同大家一起努力，趋利避害，防范于未然。

"人类基因组计划"的科学意义及其对重建文明的启迪

人类对基因的认识告诉我们：人类是一个大家庭。人类只有一个共同的基因组。不管在哪一个国家，哪一个地区，哪一种肤色，哪一个群体，差异都是很小的。没有一个民族或群体的基因比另一个民族、群体的基因优越。群体之间在基因组上的任何差异都不能成为"优等民族"与"劣等民族"的借口。基因，是人类生命的源泉，是我们从祖先那里继承的共同遗产与共同财富，人类基因组基本信息的"知识产权"——如果有的话也是属于全人类的。正是在这个意义上，我们要共同保护人类的基因组。不能由少数国家，少数公司以我们现阶段已经接受的世界经济格局为借口，以"知识产权"的国际化为借口来垄断我们的基因组。

我们的基因组是最自然的。对基因组的任何"人为"的改善,都要慎之又慎。我们的基因组经过了至少是400万年的检验,即便还有我们尚不满意的基因存在,恐怕也都具有某种意义和作用。贸然把一些病人的基因组看成是"疾病基因组",这在科学上是有待商议的。各种与疾病有关的基因的相互联系,决不能视为整个基因组都出了问题。这在伦理上更是需要慎重。曾亲耳听到过这样的话:我们要保护的是正常的基因组,怎么能保护使我们生病的疾病基因组呢? 这样的说法确实出于对遗传病患者与先天残疾人的同情与无奈,但仍令我十分担心。

人类追求的应该是全球发展。任何企图通过遗传手段,如绝育、流产、克隆等,牺牲本民族的一些"弱势"个体来提高一个民族的"人口素质(Population quality)"以在国际竞争中取胜,如果不是政治上别有用心,也是科学上的糊涂透顶。自然是平等的,上帝给了所有民族、所有群体一样优秀的基因,所有民族与群体的先天残疾人的比例都是接近的,如果说有差别,那确实是"人为"的、地区的。如老百姓的起码生存环境,包括孕妇的健康、营养等等。

我始终认为:这个世界现在存在的地区之间、国家之间、民族之间的差距,是道道地地"人为"的。首先创造这一差距的是科学,后来拉开这一差距的也是科学。中华民族的祖先曾在中国大地创造了当时人类最繁荣的经济与最先进的文明,同时也为全人类做出了贡献。但是在现代科学起步腾飞之时,中国的"天朝上国"管理者却因他们自己的利益而拒绝"科学"给人类带来的好处,结果只能成为这柄双刃剑的受害者。

正是因为这样,在"人类基因组计划"讨论伊始,对社会负责的科学家,考虑人类前途的政治家,还有关心全球和睦的广大民众,都有一个一致的考虑:这一次人类自然科学史上的这一重大项目,不能再像历史上那些重大的科学突破一样,再来"人为"地扩大发达国家与发展中国家之间的差距! 从事"人类基因组计划"的科学家们的贡献是不可磨灭的,这主要有两方面:一方面是他们提出的"百慕大原则"所体现的"共有"(人类基因组计划属全人类)、"共为"(应该由全球的科学家来完成)、"共享"(人类基因组计划成果应该由全人类平等分享)得到了最好的发扬光大! 科学吸取了历史的教训,在这一重大问题上充分体现了全人类利益一致的人性。我们有充分理由为科学的未来感到乐观! 另一方面是他们帮助中国这一代表世界四分之一人类前途的发展中国家进入了他们的协作组——这就使"人类基因组计划"成为人类历史上第一个由发达国家与发展中国家一起完成的国际项目。中国的参与改变了国际"人类基因组计划"的组织格局,缩小而不是扩大了发达国家与发展中国家的差距。

好基因,坏基因

人类所有个体都是平等的,都有一样的基因,都有一样好的基因。那么,人与人之间,智力、体魄的差别到底是自然的还是"人为"的?人类基因组研究已经告诉我们:智力、体魄确实与基因有关。但这一自然的因素是很小的,并且是可以用人为的因素改变的。

在某种意义上说,人为可以改变自然。在十八世纪或后一些时候,由于科学带来的文明、卫生与教育,使一些民族或一部分人受惠,那时的调查无不告诉我们:天才、领袖、甚至于美人儿,都是有家庭性的。如果我们真的相信这话,那么,这些家庭的基因应是高贵的、优秀的,他们应该是"自然"的成功者,这一社会上永远不够的财富,首先应该使他们的基因得以更好地"繁殖"。这就是以"自然"和"社会"的名义命名的"基因宿命论"。果真如此,"人为"将明显地由"非自然"的东西变成了"自然"的东西,我们今天的世界将完全没有平等,大多数人也不会像今天这样享受到文明、卫生与教育。

我坚决反对"好基因"与"坏基因"之说。我很清楚地看到了遗传病患者与先天残疾者(他们之中相当一部分并不一定都是"坏基因"的受害者)所受的痛苦,我为不能帮助他们与大家一样而感到惭愧与痛苦。我不是为了安慰他们而忽视客观的"自然",我试图实实在在地从科学的角度，从"自然"的角度来寻找对这一问题的答案：

1）迄今为止我们所知道的与某种疾病发生有关的"坏基因"（应该是这一基因的一种存在方式）被称之为"等位基因"。它们在另一种情况下，都是另一种疾病的"抵抗"基因。最著名的例子便是一种遗传病——镰刀细胞贫血症。在这个"坏基因""纯合"的情况下，使人得病，但在"杂和"情况下则使人对疟疾产生一定的抵抗力。

2）每一个人的基因组，即所有基因的总和，可以说在某种程度都是搭配好的，这充分体现了自然对人类的平等，对人类群体的责任、贡献、痛苦的分担。每一个个体都有几百个甚至更多的位置上置放了不那么好的基因。也许正是这些"坏基因"还没有表现出来才使我们的很多朋友总是会面对残疾人而为自己的"好基因"庆幸，可我的老家却有那么一句古话："未到八十八，别笑人家鼻塌眼瞎"。

3）即使一个"坏基因"，它的坏效应也许不会表现出来。如那个吃一个蚕豆便丢掉性命的"蚕豆病"基因。只许你不吃蚕豆，也就是说，你根据对你的基因的了解，建立了与你的基因和谐的关系。我们由此得到启发：疾病的发生是自然的，又是"人为"的。自然的一面是，疾病的发生直接或间接地与基因有关，"人为"的一面是，我们的环境诱导了这一基因坏的一面，正因为如此，我们完全可以通过改变基因的环境——改变我们的生活方式，改善我们的生存环境，来"人为"地诱导同一基因向好的一面转化。

有没有"好基因"与"坏基因"之分，反映了"自然"与"人为"的关系。这是生命科学的首要命题：如何对待自己，如何对待他人。更重要的是如何对待融于自然的生命世界。

人类在自然界中的位置

人类基因组与其他生物基因组的 DNA 序列比较揭示了生物

结构上的一致性与进化上的连续性。这再一次清清楚楚地告诉我们：人类与猩猩、猿类、猪、牛、羊等动物，以及所有的植物、微生物都属于一个生命的大家庭，都来自同一祖先。人类与它们之间亲缘关系的远近，都可以依据基因组 DNA 序列，用百分比来表示。如我们与小老鼠的亲缘关系大约是 90%。据此也可以推算出他们是在多少万(百万)年前"分家"的。

这是一个了不起的启迪！这是物理科学与生命科学的最大区别之一！物理科学总是过分强调人与非人的差别，把自己与包括生命世界的自然对立起来。生命科学却要求人类把自己摆在自然界的正确位置之上！生命科学把"人为"的科学变成了"自然"的科学！

生命的出现把地球变成了生命世界！人类是生命世界的一部分，是自然的一部分！人类可以被接受为地球的主宰，但人类绝不能为所欲为！人类永远不可能扮演上帝的角色！

转基因食物或作物的讨论，充分反映了"自然"与"人为"讨论的必要性。转基因作物可以优质、美味而使消费者喜欢，又可以高产、抗逆而得到种植者的青睐，还由于其抗虫、抗病而减少了农药、化肥的使用。高产可减少种植面积而退耕还"自然"，又得到了环保主义者的喝彩！但是，我们如果把人类看成是生命世界的一部分来考虑人类生存的生态环境，我们就得小心啦：

首先，害虫与病原是否会因为人类制造的这些抗虫、抗病的作物而被迫扩大自己的"食谱"与"害谱"呢？今天只是危害玉米的玉米螟，明天又会不会以小麦为食呢？就像人类的食谱被迫改变一样？那些与害虫亲缘关系接近的益虫，如蝴蝶、蜜蜂等是否会成为牺牲品呢？

其次，我们能保证"锁定"我们以"人为"方法转进去的"外源"基因吗？通过花粉的传播，或者哪怕是几率很低的其他"自然"的转基因途径，会不会把这些生命力极强的转基因传给野草呢？如果"自然"地长出抗病、抗虫、抗旱、抗除草剂、抗……的野草，那可不是好玩的！

第三，"卤水点豆腐，一物降一物"。几十年前我们曾以农药培养了一批抗农药的害虫、泥鳅。我们今天会不会"人为"地培育出一批抗"抗虫基因"的害虫，而使人类与害虫进入无限参与的"恶性循环"的斗争呢？

转基因作物给了我们一个深刻的启示：我们赖以存活的大自然与我们的内在机制密切相联，人类似乎走了一个圈圈：又回到了自己原先在自然界的位置上！

人类基因组计划能告诉我们的太多太多了，它确确实实给我们的"自然"与"人为"的讨论增添了全新的内容。总之，自然与人为的关系问题是如何认识人类在自然界中的位置的问题。人类是自然界的一部分。人性也是自然性的一部分。我们追求的是人性与自然性的统一。我们要重建人类的文明，这文明应该是符合人性的又能与人类赖以生存的自然界建立和谐的关系。如果说以前的物理科学追求的只是人类的安逸与"征服"周围的世界，生命科学对自然与人为的认识则提出了更高的要求。"人类基因组计划"的最重要贡献，是给我们打开了认识人类自我，认识生命世界，认识整个大自然的大门，提供了人类的个体与个体之间、个体与群体之间、人类与自然之间的新认识，为重建人类和睦、世界和平、自然和谐的新文明奠定了科学的、理智的基础。

中外学者对话交流的共享论坛
比较文化前沿碰撞的学术园地

《跨文化对话》

主编[中]乐黛云　　[法]阿兰·李比雄

上海文化出版社出版

已经出版 1—7 辑　每辑定价 19.00 元

上海文艺出版总社邮购部办理邮购

地址：上海市绍兴路 74 号　邮编：200020

"那里有一些火炭，
我只不过在上面吹了口气"

——关于犹太教和勒维纳斯的对话

[法]马勒卡／杜小真

> 2001年5月，法国犹太学者，巴黎犹太高等研究院教授，法兰西文化广播电台《倾听以色列》专栏节目创始人，巴黎《犹太信息报》主编维克多·马勒卡先生来北大哲学系讲学，获得好评。现将马勒卡先生两次讲座的内容以对话形式整理成文，希望大家能够感兴趣。
>
> ——杜小真2001年6月

问：马勒卡先生，长期以来，您致力于希伯来文化的教学和研究，为普及和注释犹太教思想作出了杰出的贡献，您本人又是法国最优秀的《塔木德》研究专家勒维纳斯的朋友，熟知犹太教经典文献。近些年来，中国学术界已经开始对犹太教这个长期以来比较冷僻的领域予以关注，并且陆续出版了有关的典籍译本和研究专著。所以我们非常欢迎您的到来。您是否能先谈一谈犹太教思想的起源和由来？

答：我也希望从这个基础问题谈起。

中东是以色列宗教的摇篮。正是在世界这个地区渐渐形成了犹太教。应该提到美索不达米亚，亚门和伽南，即伊拉克、叙利亚以及至今的以色列国。此外,希伯来人在西奈沙漠生活了四十年之久,他们的逗留也影响了犹太教的形成和发展。

我认为,不应该机械地讲述这个围绕启示的民族构成的不同阶段,而是要回归《摩西五经》(《圣经》的第一部分),因为它确认了以撒克的儿子和族长亚拉伯罕的孙子雅各家族的根源。希伯来人在摩西先知的领导下离开了奴役了他们四个世纪的埃及,在西奈山脚下,在沙漠之中,他们接受了十诫。这个启示成为了犹太一神教的起点。沙漠在犹太教的形成过程中是一个象征,它是最自由的地方,是自由的乌托邦。而十诫中,有五诫是关于上帝与人的关系,而另外五诫是人与人之间的关系。

问:正如《出埃及记》中所说:"如今你们若实在听从我的话,遵守我的约,……你们要归我作祭司的国度,为圣洁的国民。"

答:这正是神在西奈山对以色列所说的。因为有十诫,产生了后来为诸如耶利米或以赛亚这些伟大先知们所依据的圣经道德的首要资源。

问:某些二十世纪的理论家认为"圣经先知主义是了解犹太历史的关键",甚至有人说"人类历史上那么多的革命者都是犹太人,至少部分原因来自先知传下来的圣经道德"。

答:是这样。我还可以补充一个具体情况:1968 年和 1970 年法国学生运动的重要阵地巴黎十大,大学生中的犹太学生占 2%,但学运中的造反学生中的犹太学生却占 50%以上。的确,圣经先知主义长期以来与专制王权和教权主义进行了坚决的斗争。先知们要求自己具有社会道德良知:他们揭露暴力、不义和腐败,斥责那些脑满肥肠得意洋洋的有产者……他们维护弱势阶层和农民。所以这些先知扮演着社会、道德的重要角色。摩西以十诫奠定了犹太教的根基,先知们在两个多世纪的历史进程中发展了摩西的教训,对犹太教的形成作出了决定性的贡献。

先知传言最重要的部分保留在希伯来圣经的第二部分的各篇之中:《以赛亚书》,《耶利米书》,《以西结书》和《小先知书》(这里的小只是由于篇幅小、而不是由于它们的重要性而言),其中最著名的是《阿摩司书》和《约拿书》。

问:《塔木德》这部《旧约》之后的第二部犹太圣书,在公元——五世纪之间的形成过程中确立了犹太教义。《塔木德》这部犹太经典究竟是什么样的书呢?

答:塔木德这个词在希伯来语中的意思是学习(研究)。在公元前二世纪,犹太智者在律法学校解释和分析有关《圣经》的教导,并口头进行传播。这就是所谓的口头律法,以示与书面律法《圣经》相区别。

公元一世纪,由于害怕这些与书面律法不同的口头律法流失,圣·犹大这个犹太先师以简洁的文笔把这些口头律法记录下来。这就是名为《密西拿》的法典,"密西拿"在希伯来语中意为"重复",这是《塔木德》的第一部分。

后来,在二世纪和五世纪中,另外一些先知在一系列的注释中概括了这些律法在圣地和巴比伦的经院研究中占有重要地位的反应、争论和讨论。这些注释名为《革马拉》,意为"补充"。于是,《密西拿》和《革马拉》就构成了《塔木德》。

《塔木德》很快就与《圣经》一起成为了犹太人的圣书。自公元70年从居住地被逐,也就是耶路撒冷神庙被罗马人焚烧之时起,犹太人就被驱逐并躲藏在"学习"之中。他们到处发展经学,其中就包括研究、分析、注释《塔木德》。

问:您是否能概括一下《塔木德》的内容和特点?

答:《塔木德》是什么?其实,《塔木德》的 63 个条目涉及了人类活动引出的所有问题,从医学到营养,从教育到政治,从公民爱国心到公团主义,从司法问题到道德规范。《塔木德》各篇都总是暗含着一种道德关注。教授《塔木德》的人被称为"拉比",他们鼓动犹太人把研究律法视作自己生活的中心,他们要唤醒信徒们心灵和精神的各种优点。由于他们具有向导的精神品质,他们感到对人民的精神健康负有责任。他们因此为人的尊严辩护,为反对任何异化而斗争。他们像圣经先知者一样,继续保护孤寡、卑微者、被压迫者。他们突出祈祷和悔罪。他们反对一切绝望的形式。

《塔木德》不仅仅涉及社会道德。拉比们特别关注的是每个个体。他们号召个体意识到自己对整个团体的责任。他们鼓励家庭生活、劳动和勇气。所以他们说："在没有人的地方尽力成为一个人。"他们反对一切形式的发怒(动辄发怒是蠢举)。但同时,这些智者明白激情的必要性,因为"如果扼杀了激情,世界就会灭亡"。他们视荣誉为最为重要的事情。他们所解释的智慧还说,在施刑和受刑之间,应该永远选择后者。应该关心穷人的孩子,因为正是从他们的行列里走出了智者。关于劳动,他们崇尚手艺人。他们建议父亲关心儿子的职业,因为"谁不教给儿子一种职业,就会使他成为强盗"。但与此同时,他们还认为:"财富和贫穷都不在职业中:一切都在劳作之中。"再者,这些先哲们似乎对体力劳动者、而不是对知识分子表现出更多的好感。

这些先知认为高于一切的是在人类价值顶峰的学习（研究）,因为学习通向科学,而"科学高于王权",并且因为世界只有通过学习着的孩子们的"吹气"才能维持。

最后，这些智者关注的核心中有两个重要概念:"公正和和平"。在他们看来,公正是创造的核心,因为"它使一个概念强大",而对那承受着值得质疑的判断的一代人则是不幸。至于和平,它则被视作是任何社会的构成基础。他们以一千零一种形式说"在他的同类者之间保持和平是值得赞扬的"。

还应看到,犹太教不仅仅造成某些信仰教诲。它还要求日常活动,即指令。《塔木德》的智者正确地指出"最重要的不是学习,而是实践"。换言之,犹太教也是一种实践,一种崇拜,但是一种不崇尚孤独、而在团体中施动的崇拜。在613条指令中,有365条是否定的或禁令(你不能做……),248条是肯定或必须做的(你要做……)。

犹太教传统要摩西在西奈山——与十诫同时——接受所有上述指令由之形成的基础。犹太教鼓吹在此世为犹太教传统称之为的来世做准备。犹太教认为这个世界只是通向未来世界的前厅。那么,神究竟要求犹太人在日常生活中做什么呢?"敬畏你永恒之神,行他道,全心全意地侍奉他"。

问:而在这些世纪中,一种伟大的文学应运而生,它其实是要为每一个以色列崇拜的行为作出解释和说明:在祈祷时戴的披肩意味着什么?为什么犹太人一天要祈祷三次?犹太人清洁食品是什么、又由于什么必要性?为什么在犹太教传统中男孩子出生八天之后要行割礼?为什么会有忏悔日或五旬节或复活节这样的犹太教节日?为什么在安息日禁止做任何事情?

答:从理论上讲,犹太教信仰的主要职能,从起源到今天,可概括如下:"以色列,你要听!耶和华——我们上帝是独一的主"(《申命记》6.4)。犹太教的核心理论基础就是这种信仰:只有一个神,他旁边没有其他神。对独一神的肯定不断出现在犹太教的各种重要文本中,无论是宗教仪式的还是哲学的文本。对独一和人格的神,即创世主和人类的上帝的信仰,相信以色列人民的命运的意义,深深相信人是自由的和可以完善的,相信公正是这个世界上惟一证明:这一切都在犹太人早晚祈祷所念诵的经文中得到确定。

所以,以色列的宗教是追求普世的宗教,也就是说,它承认各种不同的宗教。它认为每一个民族都拥有自己的天才并以自己的方式在世界上参与神事。人由于神的智慧从神那里接受了这样的观点:他是按神的形象造成的。"智慧从神那里流溢到我们之中",迈蒙尼德这个中世纪的犹太哲学家这样说,他是把我们与神连接起来的环链。自由意志属于每一个人。"如果人要趋向正确道路并成为正直的人,那他的意志就在他自己手上,而如果他要走上罪恶的道路要成为恶人,那这种意志也在他自己的手上。"

《托拉》是在西奈山完成的启示,它包括多种多样的规定,都是为着达到神圣性的目的。这是思想的神圣,同样也是言语和行为的神圣。但犹太人的神圣并不要求完美,无时间性的和谐,而是要与动物性的残余决裂。

神对犹太民族的选择在《出埃及记》(19.5、6)提到:"如今你们若实在听从我的话,遵守我的约,就要在万民中作属我的子民,因为全地都是我的。你们要归我作祭司的国度,为圣洁的国民。"

《申命记》中的一段话强调了神与犹太民族的特殊关系："因为你归耶和华你　神为圣洁的民,耶和华从地上的万民中,拣选你特作自己的子民。"(14.2)犹 太选民的概念在犹太神学和犹太宗教仪式中是个中心概念。比如以西结这位先贤称以色列为"上帝的人民",而以赛亚先贤则名之为"我的遗产"。但是这个概念引起了许多严重误会并且经常受到恶意的解释,特别是来自反犹势力,他们指责犹太人企图统治世界并自视优于其他民族。事实上,这个概念并不带有任何宗教上极端的、人种或知识上的优越性。这个概念没有赋予犹太民族任何特殊的补充的权利,相反,却加上了更加严格的路线和更多的义务和责任。为了说明这个观念,拉比们说,如果一开始,只有一个人——亚当——被造出来,这是为了没有一个人能够对他的邻人说:"我的祖先比你的祖先高贵。"

问:那么,今天散居在五大洲的犹太人是否继续遵循《托拉》和西奈山的启示的规定生活?他们还实践犹太教的各种预言吗?

答:应该说,很多犹太人始终忠实于犹太律法的许多原则,当然不是全部。再者,即使是犹太教徒也并不是实行同样的教规。在犹太民族内部存在着不同的流派:在以色列、美国以及欧洲的少数地方有正统派在二十一世纪继续遵循二十世纪以前建立的各种教规。在美国,还存在着一个特别的叫做"改革"(或自由)的教派,这个流派断然放弃了正统犹太教中的许多陈规和准则。最后,还应指出一种所谓"保守的"犹太教流派,它与前两种流派都保持一定距离。

问:现在,我想请您谈一谈勒维纳斯。

答:我还要重复我上面说过的话:我的主要研究领域不是哲学,而是犹太教思想,当然是从多方面进行研究:圣经文本,神秘主义,现象学,人道主义或现代思想。而我也是在几十年来的犹太教思想研究中,很早就遇到了勒维纳斯的著作《困难的自由》(这本书很早就被译成了十二种语言)。因为曾经上过他的讲解犹太思想的课,那几年中,他每星期六十一点在安息日仪式之后都会来到学校,在一间简朴的教室里授课。上课的人很少,往往只有十几个人,其中有一个人后来当了部长。回到正题上来，请允许我从犹太教思想这一面出发来讲述勒维纳斯，换句话说，我要说的是"犹太教思想家勒维纳斯"，而不是一般意义上的哲学家。但这当然不意味着前者比后者重要，事实上可能正相反。

我想首先讲一讲勒维纳斯的生平，如果不了解他的经历，就很难理解他的伦理选择。然后，我要确定他在法国哲学背景下的特殊地位。

我还要说到在勒维纳斯那里哲学与犹太教思想的关系。

问：直到八十年代初，勒维纳斯的思想并没有得到应有的重视和关注。我们会回忆起 1977 年，法国重要杂志《文学杂志》作了一个调查，在评选出的影响和决定法国的伟大人物的名单中并没有勒维纳斯。

答：但是，今天，他的著作，他的思想越来越多地受到关注。毫无疑问，勒维纳斯的思想在当代占据了一个独特的地位。他是最彻底的相异性哲学家，他让思维的模式和存在的方式接近起来。

问：勒维纳斯的一部重要著作名为《整体与无限》，书名带有神秘主义色彩。是不是有些同义迭用？这两个词是否讲同一件事？

答：正好相反，从第一页起，就可以看到一些互相交替使用的术语。换句话说，应该在整体和无限之间进行选择。前者意味着整体化过程，封闭于现实整体的哲学事实，或进行经验和观念综合的人的事实。而无限则相反，它声称这种关闭是不可能的。勒维纳斯说："与我相遇的是处处超越我能够从他那里得到观念的他人，是不会封闭于任何知识之中的他人。"

问：在《整体与无限》中，勒维纳斯特别强调：个体的同一性不在于与自身同一，也不在于凭借指定他的标示与外部同一，他是提倡一种从内部出发的同一……

答：确实是这样。从柏拉图到黑格尔，哲学史都在探寻整体。而勒维纳斯致力于探寻并倒转这条道路而向着无限打开了通道。他就是从这里开始了与他人的所有关系。西方哲学力图从"我"出发思考他人，勒维纳斯把他者置于"同一个"之上。他人在人们确定之前就已经有一种意义。他人就像"主显"那样显现为"面貌"（visage），面貌不能归结为各种面部表情或相片一样的物态。这面貌是强加于我的，他恳求我，请求我像爱自己一样爱他。他召唤我对他的责任。每一个面貌都是西奈山，从那里发出禁止杀人的声音。在他人的面貌中，我遇到了价值要求。在勒维纳斯看来，面貌是第一个超越性。

还是回到勒维纳斯的生平活动上来：勒维纳斯 1906 年生于立陶宛的考夫那。他的父亲开一家书店。勒维纳斯很早就在父母的教育下学习西伯来文。6 岁就开始阅读《圣经》。考夫那城分成两部分：老城主要住的是犹太人。勒维纳斯这样描写立陶宛的犹太社会："这完全不是神秘主义的犹太教，相反它通过注释紧紧与拉比思想的辩证法结合在一起。"但是西伯来文化并不排斥俄罗斯文学。那时年轻的勒维纳斯读了许多俄罗斯作家的作品：陀斯妥也夫斯基、普希金、果戈里和托尔斯泰。勒维纳斯曾讲过一个小故事："我在几年前接待过一位生于东欧的朋友。他在我家看到书架上摆的普希金全集后说：'我马上可以断定这是犹太人的家。'"

1923 年，勒维纳斯离开第一次世界大战后迁居的哈尔科夫来到法国的斯特拉斯堡。他在斯特拉斯堡大学开始了哲学学习和研究。因为在这里，他遇到了对他一生产生巨大影响的莫里斯·布朗肖。他与布朗肖的深厚友情一直延续到他生命的最后。1928 到 1929 年，勒维纳斯到德国弗莱堡从师胡塞尔和海德格尔。一年以后，他发表了第三阶段博士论文《胡塞尔现象学中的直观理论》。在 1930 到 1932 年间，他时常去基督教存在主义的杰出代表马塞尔家参加哲学聚会（星期五沙龙）。1939 年，勒维纳斯应征入伍。第二年他被俘，于是在集中营里度过了整个战争年代。而他留在立陶宛的家人绝大多数都被纳粹杀害：他的父亲，母亲和两个兄弟在家门前排成一排，同时被残忍的纳粹枪杀。战争的经历和体验渗透在他的整个哲学思想和犹太思想研究之中。

1947 年，他应哲学家让·华尔之邀在法兰西学院做《时间和他人》的讲座。这一年他出任东方以色列师范学校的校长，为地中海地区的以色列协会各校培养法语教师。

1968 年,勒维纳斯在农泰尔大学任哲学教授。1993 年他任牛津大学客座教授,并且在这一年结束教学生涯。

问:应该说,勒维纳斯是法国最早介绍现象学的学者之一,但很遗憾,直到 80 年代以后,他才受到广泛关注和承认。这是不是因为萨特终于公开承认他得益于勒维纳斯的思想和著作?

答:可能是。但事实上,越来越多的人开始认识到他在法国当代哲学和塔木德研究方面的杰出贡献。这可能是历史距离和历史回顾使我们看得更加清楚。另一位在当今法国哲学界占有重要地位的哲学家马里翁(Jean Luc Marion,巴黎第四大学哲学教授,笛卡尔国际协会主席)说:"勒维纳斯和柏格森一样是我们时代最伟大的哲学家。"

问:您认为勒维纳斯思想中最吸引您的是什么?

答:是他的具有独创性的研究手段。实际上,他是一位跨学科领域、从一开始就不同凡响的思想家。他同时研究胡塞尔·海德格尔,注解《圣经》文本和《塔木德》。但他却小心谨慎,决不把二者混淆起来。正如布朗肖指出的:从来没有一个哲学家像勒维纳斯那样对日常贯穿我们心灵的明证性有如此警惕和严格的思考。勒维纳斯说:"与他者的关系就是与神秘的关系……死亡是实现一个计划的不可能性。"

我认为,勒维纳斯的最重要的特点之一就是:他开启了哲学理性的一个长期以来被忽视的思想源泉:犹太教思想。勒维纳斯认为,理性受《圣经》先知的言论和犹太智者、拉比等的各种质疑的启示。但是本人忠实于两个传统:即希腊传统和希伯来思想传统。但是,我还要强调一次:勒维纳斯总是把他的哲学著作和有关犹太思想方面的著作严格加以划分,从来不混淆。他说过:"在引证犹太思想的书中引用哲学,这并不严重,严重的是:在哲学著作中把经文作为推理先设……在我的纯哲学著作中,我的论证对于任何人,即使是不承认《塔木德》权威的人也是可接受的。"不过,勒维纳斯在许多时候说过:他的有关《圣经》和《塔木德》注释的著作对他来讲是"精神的基础"。信仰的生命本身,这是他在他的著作中所要传递的,这也是《圣经》所尊崇的超越性的意义。这也是为什么他在犹太传统对圣经的解释中发现得更多的是思想,而不是信仰。所以,犹太人在第二次世界大战期间所受的巨大灾难一结束,勒维纳斯就指出,他的任务从此就是在其他幸存者自己的传统之上启明。这差不多是说,要说明人,似乎圣经比哲学拥有更多的可能性。无论如何,他坚信,圣经经文可以用哲学语言进行改变:这些文本和经文的"能说"(pouvoir dire)经常要高于它们的"意谓"(vouloir dire)。在勒维纳斯看来,犹太教是"生活和感觉的一种方式"。"犹太教不是一种宗教,希伯来文中没有宗教这个词。它远远多于宗教这个词的内涵。它是对于'存在'的领悟"。勒维纳斯认为,犹太人把希望和未来的观念引入历史。柏拉图为我们设想了理想国的草图,但却几乎没有对这个计划的实现有什么指示……再者,犹太人感到他对他人的义务要限于对上帝的义务,或者更明确地说:他人是通往神圣的道路。伦理是朝向上帝角度。换句话说,尊崇上帝的惟一道路就是尊重他人的道路。

问:在勒维纳斯的纯哲学和趋向犹太思想的著作中,他人这个概念和"责任"成为两个最核心的哲学概念。

答:这是勒维纳斯哲学研究的中心问题。责任这个概念意味着必须明白:每个人的责任都是不可替代的,都被要求承担起世界的责任并且要为他人的痛苦负责。勒维纳斯说这种责任是压在主体上的责任,虽然主体并没有真正要求也不可能决定这种责任的界限。

另外,他人显现为主显——面貌:"面貌强加在我身上。他对我说话,我不能摆脱他的召唤,不能摆脱我对他的责任。"这个主题是贯穿勒维纳斯整个哲学的红线。当然他对此有多种表述:"看见他人,就是谈论世界。""说话,就是让世界成为共同的。""我并不是与一个没有面貌的神作斗争,而是对他的表情和他的启示作出回应。""神的维度是从人的面貌出发开始的。""面貌的超越不会在世界之外进行。""'面对面'建立了语言"。"我总是比所有的他人具有更多的责任。""互相说话,进行对话,这就是妙中之妙,就是文明的开始。"

问:那勒维纳斯的犹太思想这一面的阅读基础是什么呢?

答:勒维纳斯同时是拉什(Rachi)和《塔木德》的认真读者。

拉什是犹太教的一个智者的名字 (Rabbi Chlomo Yitzhaki) 的缩写。他生于 1040 年香槟地区。今天,在他出生的小城里还有一个广场以拉什命名。还有一个拉什研究所,我曾有幸在那里教过五年书。

要知道,正是由于拉什对于《圣经》的解释使一代又一代犹太人或非犹太人能够对圣经文本有正确和深入的理解。应该看到,在今天没有一种圣经版本不附有拉什的注释。在犹太传统中,人们习惯称之为"法国人"。在讨论《圣经》文本时,人们往往会问:"法国人怎么说的?"因为他的天才在于超出文本进行解释,他是一个普世主义者,也是一个百科全书式的学者。

问:那能不能说,勒维纳斯也是一个二十世纪的注释者呢?

答:确实如此。中世纪的拉什与二十世纪的勒维纳斯相遇。几十年中,勒维纳斯对拉什的圣经注释进行注释。勒维纳斯惟一关心的是恢复圣经文本中的伦理意义。他说:"在这些文本中,有许多火炭。我个人只不过在上面吹了口气。"当然要知道在火炭上吹气,至少这一切都不是白送给每个人的。勒维纳斯通过拉什的话语或没有说出来的注释,挖掘普遍由之诞生的、伦理得到思考的家园:"在拉什的山洞里,有闪烁的明灯。"

勒维纳斯认为,《圣经》的真理就是人本身。《圣经》的首要价值就是人之间的关系。说到底,利他主义,就是神圣性。而《圣经》的人是能够让他人在我之前通过的人。

我举一个具体的例子:在《申命记》(16.20)中,我们面对的是断然的指令:"你要追求至公至义,好叫你存活……"这就是说,好叫你的生命有一种意义。根据犹太传统的解释,重复 justice 这个词意味着这个词从根本上讲永远不可能归结为一种观点或一个方面,应该从它所有方面和所有观点进行考虑和选择。而勒维纳斯对这个文本则打开了一个现代思路。他说应该沿循正确的道路追求"公义"(正义,公正)。这是重复这个词的原因。但是,这就出现另一个问题,在文中使用的动词并非无关紧要:你要追求。这就像公义构成一个对象,这个对象在绝对中几乎是能及范围之外的。就像这个文本要求我们的就是一种恒常、无限、重复而且是无休无止的努力。公义应该追求,因为它永远不是确定无疑的。它最多是一种选择,一种紧张,一种意志。

在《开放的本文》中,勒维纳斯提到了拉什注释的一个"对我们完全能指的开口"的例子。他以自己的方式重读了《创世纪》第一部分。他写道:"如果人们不知道是上帝创造了天和地,那任何对世界的占有就都是侵权。历史权利始终怀疑诉诸暴力的结果……造物主的至高赠与,应该把道德和政治混淆起来。大地的欢乐回到那伸张公义的人身上……"

问:您在前面已经概括谈到了《塔木德》的内容和特点,现在,您是否再谈一下勒维纳斯对《塔木德》的研究?

答:勒维纳斯认为,在对《塔木德》的注释中,对犹太思想的普遍教育才能更加有力。如前所说,《塔木德》最早是口传经典。《塔木德》注释先师们遵守的解释规则是:在《塔木德》的叙事中,没有一个词是没有意义的。重要的是要通过词语之外的探索和"无限阅读"找到在第一眼看时隐藏着的意义。要用精神向文本进攻。这是与文本较量、斗争的阅读,有人称之为"偷猎的艺术"。

问:好像另一位哲学家,也是犹太人,勒维纳斯的好朋友扬凯列维奇在《未完成中的某些地方》中也有类似的思想:"学习,就在于思考在文本中可思考的一切……作为思维的支撑的词语应该用于一切可能的立场。应该在它们的所有方面之下转动再转动它们,以期待光芒从中喷射出来,使我们能够为之听诊切脉以发现他们的秘密意义……"

答:是这样的。其实,在《塔木德》形成的多少世纪中,那些先知就接受了这种方法。这也是犹太传统对所有研究《圣经》文本的人的要求:"转动它,再转动它。"

法国长期以来（上面提到的十一世纪的拉什，还有随后他的女婿们创立的所谓"法国圣经注释学派"）就很关注《塔木德》注释研究的传人。1306年，菲利普驱逐犹太人，后来夏尔（Charles）第六在1394年再一次驱逐犹太人。结果是，曾经在法国有过辉煌时代的《塔木德》在几个世纪中不再有人问津。甚至在这样或那样的场合在公共广场上被部分烧毁。

我要说，是勒维纳斯在战后在法国重新发现了《塔木德》的活力。这应该在很大程度上归功于他的老师、伟大的犹太流浪学者苏沙尼。勒维纳斯在法语犹太国际学院任教，各种倾向的哲学家、犹太人或非犹太人都来聆听他的《塔木德教程》。我要说，古老的文本一下子绽出新的光辉。他在尘封的档案中寻找珍贵的金块，并向公众进行解释。由于勒维纳斯的思考和修正，这些古老的篇章获得意想不到的青春活力。没有人能够否定勒维纳斯的成功。

问：您很形象地说明了勒维纳斯对法国《塔木德》研究的历史性贡献。我感到，实际他对犹太教的看法与他对《塔木德》的看法一样，极具现代性和创新性。

答：确实如此。勒维纳斯认为，犹太教对他是一种关于世界的参照，是与各个民族的关系，也是一种不仅属于一个团体而是属于整个人类的遗产。他千百次地告诉我们：欧洲对他来说意味着《圣经》加希腊人。他要说明首先重要的是人之间关系的价值。

不过，勒维纳斯认为，人所以有可能成为神圣，那是因为他有能力让他人在他之前。他坚信必须要判断。必须有公正这个秤杆，还要有逻辑和政治哲学。而希腊文明是基础。首先是爱，还有产生慈悲的公正。

我作个简单的总结：勒维纳斯是战后法国犹太教复兴中的重要人物。他是法国犹太知识分子复兴运动中的杰出代表。他始终是法国和世界公认的优秀思想家。因为他是那样严格地艰难地思考人在世界上的所有问题，而这些问题其实可归结为一个普遍的问题，那就是：我们生命的意义究竟是什么？

儒家思想与实用主义

[美]安乐哲　　[美]郝大维

一、在中国曾被尊为"孔子第二"的杜威

　　八十二年前,也就是 1919 年"五四"运动的前夜,有一个美国学者来到中国,他就是美国实用主义的鼻祖杜威。杜威在中国停留了两年又两个月,发表了几十次演讲,宣扬美国实用主义。我们有理由相信他的宣传可以获得成功,因为他只是一介书生,没有炮舰相随,也不能逼迫中国人签订不平等条约。但是,令今人深感悲哀的是:他的美好愿望在一开始就被当头泼了一盆冷水。因为,在他到达中国三天之后,席卷全国的"五四"运动就在北京爆发了。

　　"五四"新文化运动打着革新的旗号,一开始曾对新思想,特别是西方的思想,尤其是那些关于社会改革的思想,敞开大门。人们对杜威的兴趣曾一度很高,因为杜威以"民主"作为他讲学的中心议题。人们同样欢迎他试图改革中国教育制度的努力,因为他想在这个有儒家思想传统的文明古国施行他的实用主义。然而,短短几个月后,杜威的宣传就遭到强有力的反抗。新文化运动开始无疑是反对儒教的,而且将杜威的思想与传统儒家思想根本对立起来。让人感到具有讽刺意味的是,尽管杜威被新文化运动的领导人当作打倒封建礼教的工具,可是他曾被誉为"孔子第二"(Second Confucius)。那是 1920 年的事,这顶"孔老二"的高帽是一所中国大学给戴的,随之奉送的当然少不了一个名誉学位。这顶

高帽戴在杜威的头上为时很短，原因当然因为他是洋人，孙中山跟他领导的国民党要求人民恢复传统的中国价值观，民众自然也就不到这个洋"孔老二"那里去学习儒家思想了。杜威在中国的影响是短暂的。杜威回国以后，不单中国，实用主义在整个亚洲都只有很少的人研究。在哲学界，以康德、萨特、海德格尔和维特根斯坦为代表的欧洲大陆哲学，吸引着越来越多学人的注意力，在思想界和文化界，实用主义的影响大大地衰弱了。

令人感到具有讽刺意味的是，实用主义在亚洲应当强盛，而不应衰败。因为美国的实用主义与亚洲的儒家思想有很大的相通之处。我当然承认，绵延数千年的儒家思想长河，与年轻壮丽的实用主义激流，在本质上是各自独立发展壮大，而且互不相干的人文思想运动。关于它们之间的区别，我们在后面将继续讨论。可是，在全球化的背景下，儒家思想与实用主义的汇合趋势不可避免。越来越多的亚洲和美国学者开始认识到，一场儒家思想长河和实用主义激流汇合的文化讨论和文化运动正在悄然兴起。然而在社会操作的层面上，杜威实用主义最终让位于马克思主义，没有能够对中国社会产生多大影响。其中一个重要的原因是，杜威实用主义拒绝全盘彻底解决社会问题。杜威不断提醒中国人民，不要毫无批判地引进西方的思想，当然也包括他自己的思想，也不要毫无批判地拒绝传统的中国价值观。他的实用主义体系虽然对大众民主理想进行了非常激进的重构，但是这对于正在寻求革命的中国人民来说，实在是远水救不了近火。在民众对实用主义最初的期望完全变成失望之后，主张对社会进行全盘革命的马克思主义逐渐占据上风，最终把在改革现实面前完全是小打小闹的杜威实用主义哲学思想挤出了历史舞台，从此实用主义在中国大陆销声匿迹至上个世纪末，前后半个多世纪。

同样具有讽刺意味的是，虽然杜威实用主义既不拥护资本主义，也不反对儒家思想，但是在中国老百姓看来，杜威的大众民主思想好像不但拥护资本主义，而且反对儒家思想。当然，应当承认，尽管杜威和他的思想伙伴力图重塑北大西洋的民主，重建北大西洋民主制度,实际上,他们没有取得多少实质上的成功。如此一来,简单空疏的民主思想在中国大行其道就不足为怪了。可惜的是,正是这种过于简单的民主思想,占据中国民众的头脑超过半个世纪。

在杜威看来,民主首先是一种态度,而不是一种制度。他坚持他的民主视野,认为民主态度的形成需要靠教育,强化民众的民主态度也要靠教育。这无疑是学者温和的人间情怀。可是,事过境迁,今天民众对民主的需要并不比八十二年前更为乐观。所以,今天那些兜售民主理想的人们想在社会操作层面上发生立竿见影的效果,实在是荒唐可笑的。那些今天在中国兜售西方民主的人,似乎不约而同地求助于以下条件:中国国内农民和工人的不满、企业家和知识分子对社会的改造、来自其他所谓民主国家的压力、世界经济市场的要求等等。他们都一致错误地认定,这些实际因素能够起到杜威的睿智、耐心和远见卓识所不可替代的作用。无独有偶,杜威实用主义在美国思想界也遭到残酷的清洗。战前,大批欧洲哲学家逃到美国避难,战后,美国学术界的哲学兴趣由于外来思想的力量发生重大转移。在美国知识界,精英思维模式逐渐为大众思维模式所替代。杜威实用主义,甚至整个实用主义思想运动,几乎被新的思想运动连根除去。在杜威的祖国,后来的人们几乎完全误解了杜威的教育改革,更重要的原因是,他的教育改革实践没有多久就被扼杀在襁褓之中了,此后一直后继乏人。不但如此,杜威的民主思想从未成为美国民主思想的主流。在美国,如同在中国一样,许许多多本来可能重塑国家民主理念的机会统统稍纵即逝。

近年来,美国新实用主义思想运动方兴未艾。结合当前的国际形势,实用主义的重现当说是一件幸事。为什么这么说呢?因为杜威的民主社会视野,与传统的中国人对社会组织的理解,有着惊人的相通之处。今天,我们的分析将要说明,杜威的民主视野与中国人日常生活的信仰与价值观有许多共鸣,杜威实用主义理应引起正在现代化过程中的中国思想界的充分关注。应当有越来越多的中国思想家和西方思想家，投入到将杜威的思想引入源远流长的儒家思想，投入到重建中国社会民主的事业之中去。这其实并不是一个崭新的事业。事实上，在亚洲以及世界上的其他国家，人们对"亚洲价值观"的兴趣与日俱增，这个思想运动包括了将世界各种思想资源引入亚洲传统思想的种种努力，从中我们可以借鉴许多有益的经验。欧洲、美国、中国和韩国的学术机构与组织倾注了大量的精力来展开各种讨论，这些讨论设想了"儒家民主"的种种可能模式。那些急功近利的人总是寄希望于政治与经济的因素和力量。但是，我们应当更加注意将杜威实用主义引入儒家思想后所产生的文化活力，因为这种文化活力对当代中国思想界与民众价值观的冲击，必将是持久而深远的。

我们今天尝试展示一种思想沟通的方式，在这种思想方式中，杜威式的民主视野将大大有助于中国未来民主之希望。同时，也将再次证明，美国实用主义大师杜威有资格被冠以"孔子第二"的称号。

二、新实用主义和新儒学同病相怜的边缘化命运

大家都知道一个非常有趣的现象，那就是当今世界两种重要的思想文化运动，"新实用主义"（New Pragmatism）和"新儒学"（New Confucianism），是在美国和亚洲出现并兴盛的。无论对美国还是对亚洲，这种现象都极其重要。"新实用主义"大力复活杜威实用主义和其他经典实用主义思想家的核心思想，新儒学在整个亚洲和美国都得到了众多学者的拥护。这两种表面上风马牛不相及的思想文化运动几乎同时在美国发展壮大，有着两个最根本的原因。首先，立足美国文化的思想家对实用主义的重新诠释，立足儒家文化的思想家对儒家思想的重新诠释，都是从他们各自的立场出发，在对各自文化有了深刻体认之后，所提出的最有根据的和最富创造性的解说。其次，越来越多的思想家达成令人惊异的共识，那就是，儒家思想与实用主义有许多几乎一致的重要哲学假设，正

是这些非常接近的思想前提，使得它们尽管是不同文化的代表，却可以进行平等而且富于建设性的对话。

我们说实用主义是美国文化的代表，儒家思想是中国文化的代表，并不意味着在实际的社会文化层面上，美国文化就是实用主义，中国文化就是儒家思想。因为实用主义在美国文化大熔炉中，儒家思想在中国以及韩国、日本与越南文化的大杂烩中，仍然存在各种各样的现实问题。我们的观点是，儒家思想体现了中华文化圈的特征，美国实用主义体现了美利坚文化的特征。当然，世界范围内的如下趋势不能不引起我们的重视：启蒙主义思想运动在当代的复苏、以权利为基础的自由主义的广泛传播、随着物质技术的发展带来的自由企业资本主义的大行其道，这些都不仅有可能削弱亚洲各发展中国家的儒家思想复兴运动，而且有可能削弱美国社会的哲学实用主义复兴运动。

在中国，美国实用主义一度被简化为"有用就是真理"，甚至许多学者都把美国实用主义仅仅误解为"为达到目的，可以不择手段"(any-means-to-an-end)的思维方法而已。这样一来，实用主义哲学不但毫不精致，简直就毫无理智。受这种思想影响，普通民众错误地将美国实用主义认为不过是资本主义和技术狂热的粗糙派生物而已。其实，美国实用主义植根于欧洲大陆哲学传统，与儒家思想的源远流长有异曲同工之妙。拿杜威实用主义来说，杜威对欧洲经典的自由式民主所引出的原子个人主义一贯持批评态度，在他看来，世界上根本不存在诸如把人界定为带有权利的生灵这样的原则。杜威认为，人类群体是个人的权利的来源，也就是说，个人的权利是由他所在的群体赋予的。杜威指出，将民主视为资本主义和技术革新的副产物，这是典型的欧洲式的，尤其是英国式的思考方式。正是这种思考方式错误地认为，现代民主制度的诞生一定要有工业大革命的历史背景。由此出发，杜威的哲学实用主义和他的思想伙伴不把民主的发展解释成经济进步的必然结果。他们甚至认为，社会民主的实现必须独立于任何经济体系之外。也就是说，他们拒绝将社会民主与民众对财产权利的要求、对个人利润的

40

追求相联系。站在实用主义的立场,科学与技术不过是推进社会进步的潜在动力,有助于实际目标的最全面有效的实现而已。很显然,技术进步一直与经典资本主义夫唱妇随,同时压抑着与技术进步相应的价值理念的发展,也就阻碍着价值理念在推进人类社群建设方面的作用。简单说来,我们认为,美国实用主义与现代西方社会之间有着不可调和的严重冲突。如果说现代西方社会被以个人权利为基础的民主、自由企业资本主义和物质技术这些要素所主宰,那么,事实上,美国实用主义相对于西方主流思想形态来说,就完全是反其道而行之。也就是说,如果认为现代西方主流思想形态决定着现代西方社会、政治与经济现状,实用主义由于唱对台戏就必然被边缘化了。

在亚洲,情形就要复杂得多。儒家思想有着悠久的传统,所以它对亚洲一些主要国家的控制力也要强大得多。虽然如此,在二十世纪,儒家思想在许多亚洲国家还是没法逃脱像实用主义一样被边缘化的命运。这个非常重要的比较说明,儒家思想和实用主义一样,在这个世界的大部分地方作用微乎其微。在国际上来说,欧洲启蒙运动导致理性主义的蓬勃发展,这种欧洲中心主义的蓬勃发展贬低了亚洲的儒家思想与美国的实用主义。拿儒家思想来说,它一直被理解为一套空洞的道德说教和没有实用价值的行为伦理规范。如此一来,儒家思想对于盎格鲁－欧洲人的思想分析活动就似乎不可能有任何实际使用价值。虽然,最近几年,这种情况开始有所变化,但是研究欧洲大陆哲学和英国传统哲学的大多数专家仍然觉得儒家思想索然无味,毫无实用价值,也就根本提不起任何兴趣。

在当今国际社会,提倡儒家思想的学者的处境,如同提倡美国实用主义的学者的处境一样,在一片国际商务活动的喧嚣声中,微弱的呼告几乎没人能够听清。西方世界日益强盛的现代化力量,将美国实用主义与亚洲儒家思想都推向了边缘地位,迫使这两种对本族文化有深远影响的文化传统,同时处于一种非常尴尬的地位,这可以说是不争的事实。但是,我们要说,实用主义和儒家思想的共通之处，绝不仅仅限于它们今天在世界上同病相怜的文化地位。透过这两种思想表面迥异的表达方式，认真探讨它们各自的核心理念，我们将惊奇地发现，两种思想体系之间的重叠是耐人寻味的。还有一个我们应当留心的事实，这就是，无论是美国实用主义，还是东亚儒家思想，都不甘在新世纪的文化重组中屈居弱势，它们在全球化商业大潮中不屈不挠的努力表明，它们都试图摆脱自己边缘化的尴尬处境，希望有朝一日能够重振当年引领风骚的雄风，对各自的时代文化思潮重新产生巨大的影响。无疑，在这两种不愿成为明日黄花的东西方文化形态共同反抗它们同病相怜的命运的努力当中，我们将发现非常有说服力的理由，正是这些理由支撑着这场中西文化的重要对话。事实上，这场中西文化最新对话的序幕已经拉开。今天，美国人与亚洲人能够共同反思各自的文化传统，这种情况不仅是因为试图阻碍他们平等交流的思想障碍基本消失，现实阻力基本扫除，也是因为两种文化传统开始互相认识对方的局面已经基本形成。

这场中西文化的新对话包括美国新实用主义和中国新儒家思想。准确地说，"新实用主义"的含义相当狭窄，它特指理查德·罗蒂（Richard Rorty）所持的哲学立场。1979年，罗蒂发表《哲学与自然的映现》（Philosophy and the Mirror of Nature），该书大量吸收了杜威的思想。但是，如果将新实用主义用于一个宽广得多的理论视域，无疑要合适得多。我们在此将新实用主义理解为哲学实用主义在美国的总体复兴。在这场文化复兴运动中，历史悠久的欧洲思维模式，被新兴的美国文化资源所替代。总而言之，恰如罗蒂这位新实用主义者的代表人物所说的那样：杜威实用主义无疑是这场美国文化复兴运动的指导思想，由其派生的当代美国新实用主义是这场文化复兴运动的中坚力量。

三、儒家思想与实用主义的六个共通性

不论是美国实用主义，还是东亚儒家思想，都非常关心亚洲与

美国之间的文化交流,近年来,越来越多认真严肃的讨论涌现了出来。今天,我们将在此勾勒美国新实用主义和东亚新儒家思想之间的一些共通之处,这些共通之处为这场已经登场的文化交流奠定了坚实的基础,也体现出这场对话的重要价值。我们这里进行的每一项具体比较都将证明,美国新实用主义与东亚儒家思想有异曲同工之妙。为了使我们的观点说服民众,我们必须至少坚定以下这种信念:儒家思想长河与实用主义激流的汇合,很可能可以很好地提供各种资源,发展各种民主化的可能模式。而且这种模式不同于当前支配着世界发达国家的那些模式。

(一)重视文化叙述,反对种族中心主义

杜威实用主义认为,世界上不存在任何绝对的或终极的真理。实用主义容忍错误,力求客观。实用主义者既不承认存在看待事物的惟一尺度,也不承认自己是世界上的惟一真理。恰恰相反,实用主义者的观点依赖于特定的历史叙述。实用主义者也进而承认自己不过就是这个人类社群的普通一员。实用主义和儒家思想都拒绝超越现世的观念,比如诞生于欧洲启蒙主义运动的本质先于存在的思想。在实用主义和儒家思想中,我们看到,不论是自然的规律,科学的原则,还是哲学的逻辑,都无法确定我们是谁,也无法确定我们的个人、社会和政治存在。不是任何超越现世的观念,而是我们的文化叙述最终昭示我们:我们到底是谁。正是从这一点出发,美国实用主义和儒家思想不约而同地反对文化帝国主义,这种帝国主义总是试图把西方的价值观念强加于人。

现代主义源于欧洲,并以欧洲为中心,正因为如此,现代主义明显忽视异国风情,不但这样,现代主义还力图把它自己的种族中心主义(ethnocentrism)普遍化,让其粉墨登场。西方人受这种所谓的普遍主义的蒙蔽,将盎格鲁-欧洲人当作现代人的标准,以为他们才是人之为人的楷模,盲目地模仿他们的思想和行为。儒家思想与实用主义都认为,文化的叙述是不可替代的。它们共同反对动机不纯的种族中心主义,共同撕下它虚伪的面具,揭穿它试图将一套短命的文化价值观当作普遍真理送给大众的真实目的。与此相反,儒家思想与实用主义都赞同罗蒂的"良性的民族中心主义"(benign ethnocentrism)。不言而喻,罗蒂认为,我们的思想、行动和感觉必须从我们所处的境域出发。我们的起点是没法选择的,因为我们只能以自己的经验积累作为出发点,并将其视为我们自我意识的中心。只有从这一无可选择的中心出发,我们才能向外活动,这种自我意识在延伸的过程中会与其他民族的自我意识产生融合,从而形成更加广泛的"我们意识"(we - consciousness)。

(二)人类社会沟通交流

实用主义与儒家思想的第二个一致之处是,它们都强调人类社会的沟通和交流。在杜威看来,人类经验从根本上说是"参与和交流"(participation and communication),整个美国实用主义的社会学说正是建立在杜威对经验的理解基础之上的。这样,经验体系的建立必然依赖人类在交流过程中互动生成使用(in use)的语言。经验既然是交流,就必然预设着交流的具体情境,这就是人类社群的沟通交流。一个人的健康与否,在相当程度上是由其生活于其中的社会健康与否决定的。而一个社会健康与否,基本取决于这个社会的沟通性如何,也就是说,这个社会是否是一个"沟通的社群(a communicating community)。既然实用主义认为,交流是人类的基本经验,那么实用主义特别关注社会交往和群体互动,就是非常自然的事了。由此出发,哲学家们对人们在社会交流中的种种方式进行了考察。交流的表达方式可以是对特定对象的诉求,也可以是无目的的、纯美学的表达而已。交流的行动可能促进人类创造,也可能阻碍人类制度化互动交往的努力。总之,实用主义作为关注互动的人类社会的哲学,可以说成是一种社群主义的(communtarianism)哲学。儒家思想同样关注交流的人类社会。例如,在《论语》中,孔子说"不知言,无以知人也"。孔子认为,人们不但要熟练掌握自己的母语,而且,在可能的情况下,人们必须尽量熟练掌握交流的工具。此外,孔子还说自己"默而识之,学而不厌,海人不倦"。孔子不仅仅是位传道者,是位教师,更是一位交流大师。从某种意义上说,正是由于孔子强调交流的技巧,才要求人们特别关注"正名"(proper use of names)的问题。与启蒙运动高扬"自我"(cogito)截然相反,实用主义和儒家思想都认为,个人是为其所在的社会关系决定的,这些社会关系依赖有效的交流而得以维持。在这里,我引用杜威的一句名言,他说,完整的个性是"明确的社会关系、有效的协调功能两者的产物"。他的这句名言极好地说明了个人是由社会决定的基本观点。在儒家传统中,社会交流关系与功能是通过"礼"来确立和维系的。"礼"的含义相当宽泛,它涵盖从个人与社会交流的角色到互动关系,从个人仪态姿势到社会政治制度的所有方面。可以这么说,"礼"是儒家文化的决定性骨架,并在相当大程度上界定社会与政治秩序。也可以说,礼教是一种社会语言的文化。

(三)自我修养

不少人将强调自我修养当作儒家思想的重要特征。但是,很多人没有意识到,美国实用主义同样强调自我修养(self-cultivation)。一种广泛流行的观点认为,西方文化更关注正统思想(orthodoxy),而儒家文化更关注正统行为(orthopraxy),这其实是一种过分简单化的比较。在这种流行观点看来,好像美国人对自我修养就漠不关心似的。其实,只要我们对这个问题认真地做一点思考,我们就会发现,自我修养在美国文化中同样占据着非常重要的地位。对塑造美国精神有重大影响的伟大人物有加尔文派神学家乔纳森·爱德华和举世闻名的大作家拉尔夫·爱默生等等(the Calvinist theologian Jonathan Edwards and the famous essayist, Ralph Waldo Emerson),在他们的著作中,人们可以发现他们对自我修养问题的强调。我们要说,强调自律和自我实现的精神是深深扎根于美国土壤的。爱默生在他一生的许多重要作品中反复强调这一点。比如,他论述"爱"、"自立"、"谨慎"、"友谊"、"个性"、"英勇"、"行为"和"能力"等文章就反复提到自我修养。无疑,爱默生的这种观点,对杜威思考社会伦理问题和教育改革问题有重大影响。可以这样说，不仅爱默生和杜威将自我修养当作道德与教育理论的主题，而且罗蒂在他的哲学讨论中也同样非常强调这一点。在罗蒂看来，自我修养是自我创造和自我实现的根本前提。由此可见，不管是儒家思想还是实用主义，都将自我修养置于个人道德品格教育的中心地位。它们在历史传统上的区别在于，儒家文化更强调培养民众领袖，也就是君子和圣人的品德，而美国实用主义更强调对大众的道德和美学教育，寄希望于自我修养作为一种教育手段，能够最大限度地培养人才，并提供环境和机会，让民众领袖得以脱颖而出。毫无疑问，儒家文化和实用主义都视自我修养为教育的重要目的，支撑这一教育目的的社会 (social) 动机也同样惊人地相似，可以肯定地说，自我修养是儒家文化精神和美国实用主义充分交流的坚实基础。

(四)劝谏的义务

从现实政治的角度来看，儒家思想的一个重要特征是对"谏"(remonstrance)的强调。在共同面对现实政治问题时，臣子，也就是下级官员绝不能仅仅是帝王圣旨和上级官员的法令政策的传声筒，他们有义务随时随地提醒君王，为帝王献计献策。在历史上的一个特定时期，也就是在儒家思想居于主导地位的叙述历史的文献中，曾经特别强调大臣和下级官员的劝进的义务，有时这对帝王确实是极为关键的帮助。很多时候，大臣一丝不苟地履行进谏的义务，态度远远比帝王要认真得多，所以历史上有许多死谏的故事，不少大臣由于进谏而身首异处，为了国家社稷的命运可以牺牲个人的生命。几乎可以非常肯定地说，如果没有这种精神支撑着大臣对国策的引导和核查，儒教社会就会很不稳定。在西方各民主社会中，民众对领导人的进谏，理想化地说，是希望通过中产阶级和知识阶层对政府施加影响来完成的。通常，这种影响以选票的形式，通过选票箱来实现，有时，也通过活跃的教育团体和志愿组织花样繁多的活动来实现。当然，现实有时并不尽如人意，强大的经济和政治利益集团常常威胁到广大民众的合法利益。与此相似的是，亚洲各社会在民主化的进程中，进谏的责任从贵族阶层转到了新兴的中产阶级（bourgeoisie）。在某一特定历史时期内，知识阶层在亚洲一些国家曾经非常消沉，今天，我们非常欣喜地看到，知识分子重新开始作为一种富有建设性的劝谏力量而登上社会舞台。今天，在东方的亚洲，和在西方的美国，学者、教师和政府官员间展开的对话，都在不同程度上支撑着实用主义与儒家思想的联盟，这种联盟的基础是它们几乎一致的道德追求和社会关怀。很显然，无论在亚洲还是在美国，将来对社会领袖进行劝谏的力量必然要从中产阶级那里来，因为这些中产阶级能够较少受纯经济动机的驱使，而更多地认真考虑社会大众的利益。对这些劝谏力量的一个基本前提要求是，所有的劝谏者都必须要有一定的文化素养。这就是说，只有那些能够从社会最大多数成员的利益出发，受过良好的教育和品德训练，对民众需求和社会问题非常敏感的中产阶级，才有资格充当社会的改革代言人。然后，在中产阶级的带动下，分散于各个社会阶层中的学者、教师、知识分子以及国际社会的成员们才能够更好地履行对社会领袖的劝谏义务。

（五）传统的重要性

现在我们要谈实用主义与儒家思想重合的第五个层面。实用主义，不言而喻是以个人实用经验作为出发点，以习惯、风俗与传统等群体经验作为导向。群体的丰富经验是一种巨大的资源（funded experiences），所有解决问题的行为都从这里开始。当然，实用主义者对新鲜事物保持充分敏感，因为他们认为新鲜事物之所以产生，是由于人类社群推陈出新的交流经验所致。在西方，一种流行的观点认为，过分依赖过去，总是力图维持与过去的联系是不可取的，因为这必然导致惰性和僵滞，没有什么积极意义。然而，实用主义却并不这么认为，其观点恰恰相反，他们认为，随顺传统可以维系个体与群体道德和美学情感源头之间的关系，也就是说，传统对于塑造和维持人的品格起着无可估量的作用。

传统，在实用主义看来，是社会组织得以确立的基础，也是个人与社会组织进行有效沟通的背景。同样地，传统，还是确定个人之为个人所有内涵的根据。皮尔士(Charles Sanders Peirce)在描绘知识的信念特征时，把知识说成是个人性情交织而成的习惯。罗蒂更进一步宣称，自我就是个人所有习惯的复合体，就是由个人信仰与欲望交织而成的网，而我们无法知道什么是自我这张网的中心。杜威的观点更加形象有趣，他说，我们的"思维是在我们的习惯的隙缝中，一点一点分泌出来的"。杜威关于思维和知识的观点，简直就有鲜明的儒学色彩。杜威实用主义跟儒家思想一样，认为只有随顺传统，尊重脱胎于传统的事物及其内在秩序，我们的思想与行为才能称得上"合乎道理"(to be reasonable)。

在儒家思想和实用主义中，合理性源于依照其所在传统延续下来的秩序。"理"意味着"模式"(pattern)，并且是"连贯而有条理"(coherence)的。"合理"的传统的具体体现就是礼法制度。所以，传统通过支撑其构架的礼法制度，使整个世界变得富于意义，容易为身在其中的个人所理解。制度性的构架是世界上主要事物之间关系的代表，这些关系制约着每个具体事物，从而将世界联结成相互关联的网状模式。在传统中表现出来的世界网状模式中，所有的事物都被赋予一定程度的合理性。具体事物本身既是独特的，但又处在与其他事物复杂共在的连续体当中。可见，一切事物的合理性都是与其他事物同步的。通常来说，推理是将事物的普遍本质在具体事物身上体现出来的思维过程，而对"礼"的认知则截然相反，因为这需要人们从具体事物上找出作为支撑传统关系模式的相关细节。因此，"思维"是一个意识的澄清过程，这个过程的对象是，一切事物身在其中的关系模式和为此模式隐藏的模糊的可能性。具体事物所在的关系网络，能够赋予该事物一定的意义与价值。思维在由具体事物与事件构成的世界网状模式的背景下展开，在各种人的关系以及这些关系之间的空隙里不断推进。世界网状模式正是从传统中派生出来的。

(六)将实用主义引入儒家民主

现在，让我们来探讨一下实用主义和儒家思想的最后一个共通点。也可能是最重要的共通点，这就是它们对民主的理解。杜威实用主义无疑是民主的（democratic），而且是无法用现在的民主概念说出来的。令我们惊讶的是,杜威的民主观念,与基于儒家思想的对民主的理解相比较,有明显的相似之处。那些将儒家思想与民主观念对立起来,认为"儒家民主"（Confucian Democracy）一词中"儒家"与"民主"是完全矛盾的人至少犯了两个主要的理解错误:第一,他们没有认识到儒家的"权威"思想包涵着不可或缺的道德与美学内容。儒家从其一开始形成时就关注个人的自我修养,尤其关注君主与臣属关系中的自我修养。在现实政治中,儒家思想的推行要求统治者以模范德行感召天下。而这一点之所以能够成为可能,必须只有在统治者自己是文化的产物,而不是文化的制造者的前提下。另外,儒家的"正名"思想的提出,正是为了防止个人权力的滥用。如果父亲的行为不符合礼制的要求,他就不应被称为"父亲";与此同理,如果统治者的行为不符合礼制的要求,他就不能被尊为统治者。

众所周知,从古至今,儒家社会的内部冲突的调停和解决,并不是通过西方意义上的法律体系来完成的。健康的儒家社会能够很好地进行自我调节,这说明存在一个最低限度的支配政体。正是这个支配政体维持着人类社群的基本和谐稳定,并在最需要的社会操作层面保障基本的社会秩序。而儒家权威的形成,也是依赖了这个最基本直接的操作层面,因为,在此层面上,权威的一致性方得以形成,并得到系统化的表述。在没有达到大众拥护的君权时,儒家社会的自我调节的情形大抵如此。那些把儒家思想和民主观念对立起来的人还犯了另一个错误,这个错误来源于他们相信这样一个信条,即等级制度与民主观念水火不容。这一信条的错误是非常显而易见的,因为他们盲目地相信民主观念就是以独立个性为基础的个人主义,机械地在民主观念与这种个人主义之间划数学等号。

民主社会的实现,必须以人类社群沟通的存在为基础,这个人类社群沟通的实现,要求极大的丰富性,这种丰富性表现出来的美学特征,是无法在依赖单一等号来界定的特定历史境域中实现的。不论是儒家思想，还是实用主义，都非常需要在现实的等级制度下实现人与人之间的伙伴（parity）关系，而不是抽象意义上的平等。如果一个社会，所有的个人都和谐地共存于传统与现实交融的关系中，而这种关系又很好地衬托出他们独特性，以便使他们充分发挥自己的能力，那么，我们说，实现了这一独特性质的社会就是一个民主社会。在美国建国初期，美国的民主认同人与人之间在知识、品德和承担责任等方面的严重不平等。即使如此，对教师、牧师与官员的尊敬并没有取代"在上帝和法律面前人人平等"的基本信条。这段历史说明，始终如一地依靠并认同文化精英，在全社会范围内给予他们特别的尊重是确立民主和平等的最有效手段，这充分防止了人类社群的沟通不至于走向单调乏味的千篇一律，这种千篇一律仿佛就是数学式的机械平等在活生生的人类社会中的翻版。

在现实操作的层面上，儒家思想的目标是要建立沟通的人类社群，这个人类社群其实就是家庭的延伸。非常清楚的一点，在家庭关系中，家庭成员的等级是绝对分明的。在此基础上建立的民主制度的理想情形是，等级森严的社会制度逐渐退出，取而代之的是人的过程性概念。人处于不同角色和社会关系中，在这种社会关系的展开过程中，既给予他人一份尊重，同时自己也获得一份相对程度的尊重。就拿我们自己来说，自己对教师职业的尊重会使我们在一定时候被学生尊重。人类社群的沟通的一个基本含义就是，社群中的施惠者与受惠者的角色常常是随时互换的。即使在等级社会中，这个含义没有改变，我们不能总用僵硬的老观念来思考等级，我们的民主理想正是要给等级制度注入活力。

毫无疑问，儒家思想与民主观念绝不矛盾。事实上，东亚儒家社会制度的民主化，已经不能生搬硬套当代西方社会流行的自由主义民主模式，而是到了将美国实用主义引进儒家思想的时代了。

（海　明　译）

50

哈贝马斯的文化间性

——哈贝马斯中国之行记述

曹卫东

一　哈贝马斯的迟到

　　如果说哈贝马斯前期思想中有一个致命弱点的话，那就是缺少文化间性，也就是通常所说的西方中心主义色彩过于浓烈。到了二十世纪九十年代，这种情况有了一定的改变，原因大概在于，哈贝马斯在把他的"交往行为理论"向国际关系层面上推进时，发现最难逾越的障碍是文化，或者说，如何把他的"主体间性"概念落实到文化层面上，在全球范围内建立起一种话语性的"文化间性"关系，成为了哈贝马斯的一个关注点。

　　综观哈贝马斯的著作，我们不难发现，其中有关中国的论述可谓凤毛麟角，且又都是负面评价。比如，在一次访谈中，有学者问及他的生活习惯，他立刻表示反感，认为这是典型的中国式的问题，不值得回答。尽管中国在哈贝马斯那里没有得到应有的重视，甚至遭到了一些误解，但这似乎并没有妨碍哈贝马斯著作进入中国。从二十世纪七十年末开始，哈贝马斯的著述就陆续地被翻译成中文，比如《认识与兴趣》、《论历史唯物主义的重建》以及《理论与实践》等著作中的一些重要篇章。中国社会科学院哲学研究所的《哲学译丛》杂志在这方面功不可没。

　　邀请哈贝马斯访华，最初可以追溯到 1980 年。这一年，中国社会科学院和北京大学的一个学术代表团应邀访问德国，重点访问了法兰克福大学社会研究所，并专程前往慕尼黑，拜访了时任马普学会生活世界研究所所长的哈贝马斯。据哈贝马斯本人和他的弟子杜比尔（Helmut Dubiel）教授的回忆，中国的这个代表团给了他们很深的印象，并正式向哈贝马斯发出了访华的邀请。

令人遗憾的是，这次邀请一直都停留在了书面上。哈贝马斯第一次与汉语世界建立起直接的文化间性关系，是若干年以后的事情了。1996年6月，哈贝马斯应邀访问香港。可能是当时的知识准备还很不足，或是访问的调子太低，哈贝马斯的香港之行没有留下专门的演讲材料，在学术界也没有引起太大的反响，除了《明报》杂志曾有专文记述外，其余似乎没有再见到相关的报道。哈贝马斯与汉语世界的第一次接触，显然是磨合得不够理想。

时间很快到了二十世纪末。这中间，有许多学者代表不同的学术机构，以不同的方式，曾不断地向哈贝马斯发出访华邀请。大概是盛情难却吧，哈贝马斯终于决定1999年4月正式访问中国。据安排，在访问中国大陆之后，还将赴中国台湾讲学。然而，好事多磨，哈贝马斯的访问因故被推迟。当时声明的理由是生病，但也有别的解释，比如，中国国内就有人认为跟他支持科索沃战争不无关系，而德国本土则有人推测是由于哈贝马斯对中国信心不足所致。

历史进入二十一世纪，哈贝马斯终于踏上了中国的大地。尽管姗姗来迟，但终归把他和中国之间的文化间性付诸了实践。在哈贝马斯到来前夕，北京有媒体大造舆论，把他的这次中国之行与上个世纪罗素、杜威、萨特的中国之行相提并论，认为必将大大推动中国学术思想的发展。媒体舆论虽有造势的意思，但只要想想哈贝马斯在上海和北京激起的学术热潮，也就会发现媒体舆论倒也不虚。

二　哈贝马斯的演讲

根据有关方面的安排，哈贝马斯此次访华共有七场演讲，演讲地点分别为京沪两地的知名学府和研究机构，包括中国社会科学院、清华大学、北京大学、中国人民大学、中央党校、复旦大学、华东师范大学。演讲的题目大都是哈贝马斯从近年来出版的相关著作中精心挑选出来的,有《论人权的文化间性》、《论实践理性的语用学意义、伦理意义以及道德意义》、《民主的三种规范模式》、《全球化压力下的欧洲民族国家》以及《再论理论与实践的关系》。把哈贝马斯此次的演讲题目和 1999 年拟订的访华演讲计划两相对比,我们会发现有了一些微妙的改变,比如,去掉了有关交往行为理论的基本介绍,加强了政治哲学和法哲学的内容。

(1) 首场演讲在中国社会科学院的学术报告厅举行,题目为《论人权的文化间性——假想的问题与现实的问题》(Der interkulturelle Diskurs ueber Menschenrechte — Vermeintliche und tatsaechliche probleme),由曹卫东担任翻译。《论人权的文化间性》原题为《论人权与合法化》(Zur Legitimation durch Menschenrechte),选自《后民族结构》(Die postnationale Konstellation)一书,本是用于志贺法兰克福大学政治学系教授毛斯女士六十寿辰的。

文章共分为四个部分,涉及到对民主法治国家的程序性论证、西方对人权观念的自我批判、他者的人权话语(主要是所谓的"亚洲价值"问题)以及原教旨主义的挑战等。哈贝马斯的演讲选取的是后面两个部分。在哈贝马斯看来,"人权思想主要不是源于西方文明这样一个特殊的文化背景,而是源于这样一种尝试:即对已经在全球范围内展开的社会现代化所提出的一系列特殊挑战作出回应"。可见,哈贝马斯否定的是人权的文化语境主义,提倡的是人权的话语实践论,强调人权的普遍性在于它是现代化的必然结果。

由此,哈贝马斯对所谓的"亚洲价值"以及原教旨主义进行了批判,认为前者是肢解了现代化的总体性,把个体主义的法律制度与社会经济现代化隔离了开来;后者则导致了共同体缺乏包容性。最后,哈贝马斯认为,东西方之间关于人权的争论是一个很好的契机,因为,通过争论,可以揭示出人权概念隐藏着的规范内涵;也就是说,通过争论,可以有助于我们寻找到人权概念的普遍性之所在。

需要交代一下的是,哈贝马斯在演讲中把"中国"和"台湾"是并用的,这反映了他对于中国统一问题的一种个人立场;此外,哈贝马斯在演讲前夕,临时还把文稿中类似于"中国正在走向资本主义现代化"的说法全部改成了"中国正在走向经济现代化"。他是到了中国后改变了自己对于中国现代化的看法,还是别有顾虑,我们不得而知。

(2)《论实践理性的语用学意义、伦理意义以及道德意义》(Vom pragmatischen, ethischen und moralischen Gebrauch der praktischen Vernunft)是哈贝马斯在清华大学演讲的题目,由甘绍平担任翻译。该文选自《话语伦理学》(Erlaeuterungen zur Diskursethik)一书。比较起来,该文是所有演讲中最为抽象、也应当最有意义的,因而也是最难翻译的。

哈贝马斯认为,实践哲学主要有三个来源,即亚里士多德的伦理学、功利主义以及康德的道德理论。黑格尔用他的"客观精神理论"以及"扬弃"学说,把这三个来源综合了起来。到了当代,在黑格尔的基础上,又形成了两种不同的学说。一个是社群主义伦理学,它坚持了亚里士多德的善的伦理学,放弃了理性的普遍主义;另一个就是哈贝马斯的话语伦理学。它从黑格尔的"承认学说"出发,从主体间性的角度重新解释了绝对命令。因而,在哈贝马斯看来,话语伦理学应当同时研究道德问题、伦理问题以及语用学问题,只有这样才能避免落入历史主义的误区,即避免用伦理消解道德。

哈贝马斯自觉他的话语伦理学是一种后黑格尔主义的综合学说,是在向康德实践哲学回归过程中对实践哲学的一次革命。遗憾的是,哈贝马斯的话语伦理学在汉语世界还没有受到应有的重视。按照哈贝马斯自己的思路,话语伦理学应当是他后期政治哲学的一个起点或基点,所谓"为承认而斗争"的政治,在当代西方政治哲学领域构成了一个崭新的研究视角。

(3)哈贝马斯以《民主的三种规范模式》(Drei normative Modelle der Demokratie)为题,分别在北京大学和中国人民大学作了演讲,由靳希平等担任翻译。《民主的三种规范模式》选自《包容他者》

(Die Einbeziehung des Anderen) 一书，最初收入为纪念德国著名马克思主义哲学家费切尔 (Iring Fetscher) 而出版的文集《自由的机遇》(Die Chancen der Freiheit)。

在这篇演讲中，哈贝马斯根据公民概念、道德概念以及政治意志的形成过程，对作为理想型的自由主义政治观和共和主义政治观进行了分析和批判，并提出了一种同样作为理想型的程序主义政治概念。

在哈贝马斯看来，自由主义也好，共和主义也好，其出发点是一致的，都是以整体与其部分的关系为基础的国家概念和社会概念，其哲学基础说到底还是主体性概念。相反，"话语民主理论提出了一种非中心化的社会概念，这种社会是和政治公共领域一起分化出来的，成为一个感知、识别和处理一切社会问题的场所"。政治系统既不是社会的顶端，也不是社会的核心，而是众多行为系统中的一个。同时，在话语民主当中，主体性哲学失去了其意义，取而代之的是主体间性概念。由此可见，哈贝马斯所谓的话语政治是一种非中心化的政治模式，它的运作核心已不再是经济系统，而是生活世界。

需要强调一点的是，《民主的三种规范模式》可以看作是哈贝马斯政治哲学的一篇纲领，是其话语政治的导论。目前，他所提出的话语政治 (deliberative Politik) 范畴在西方与自由主义以及共和主义的政治概念形成鼎足的态势，形成了不同的研究领域，并没有广泛应用于国家和社会的各个领域。值得一提的还有，早在几年前，这篇文章就已经被介绍到了中国，其英译文曾刊登在《中国社会科学季刊》上，记得主编者还曾特地撰写了篇幅不大但颇精到的引介。可惜，文章未能引起国内学者的广泛兴趣，一直默默无闻。

(4)《全球化压力下的欧洲民族国家》(Der europaeische Nationalstaat unter dem Druck der Globalisierung) 则是哈贝马斯在中央党校和复旦大学两次演讲的题目，分别由张慎和张庆熊担任翻译。

民族国家作为一个政治哲学范畴，与其说是哈贝马斯的论述对象,不如说是哈贝马斯的批判对象。从对欧洲民族国家历史的追述(《欧洲的民族国家》),到对民族国家与民主制度之间内在联系的发掘(《论法治国家与民主之间的内在联系》),哈贝马斯孜孜以求的是,在全球化语境下,如何推动民族国家向跨民族国家的转型,如何推动现代世界进入后民族格局当中(《后民族结构》)。

不难看出,《全球化压力下的欧洲民族国家》讨论的重点已经不再是理论问题,而是实际问题,具体就是:在全球化的压力下,欧洲民族国家出现了控制能力下降、决策合法性匮乏、调控和组织不力等严重问题。为了克服这些问题,迎接全球化的挑战,欧洲各派政治力量提出了四种不同的政策:即新自由主义的全盘肯定政策;欧洲怀疑主义者的全盘否定政策;以德国社会民主党和英国工党为代表的左派政党所采取的所谓"第三条道路",以及以哈贝马斯本人为首的一批左派知识分子所主张的"世界大同主义"。

哈贝马斯在分析了这四种政治对策之后,着重讨论了欧盟的现状和未来。他认为,欧盟虽然已经建立起了紧密的市场网络,在经济一体化方向上迈出了关键的一步,但尚缺少与之相配的政治调节制度以及广泛的民族团结基础。因此,在哈贝马斯看来,欧盟的当务之急,或者说,欧盟最终能否取得成功,关键取决于能否创立一种全体公民都能积极参与的政治文化,形成同一的欧洲政治公共领域。而欧盟的成功与否,又直接关系到哈贝马斯等人所说的世界公民社会的前景。

哈贝马斯对欧洲民族国家的讨论,在很大程度上反映出了他的现实关怀和政治思想。用他自己的话来说,他在思想上是一个后黑格尔主义者,在政治上则是社会民主主义者。我们不敢说他的有关主张在德国乃至欧盟的政治当中究竟能发挥多大的作用,但从他有关民族国家的论述与德国政府最近提出的关于欧盟改革的一揽子建议当中,我们是可以发现一些微妙的联系的。还要指出一点的是,哈贝马斯在论述民族国家的时候曾提到过中国,他认为,严格来讲,中国到目前为止还不是一个成熟意义上的民族国家,因为它还没有完成从传统的民族认同向现代民族认同的转变,也没有解决公民资格的民主认定问题，更面临着多民族文化认同的建构问题。

(5) 在华东师范大学的演讲题目为《再论理论与实践的关系》(Noch einmal: Zum Verhaeltnis von Theorie und Praxis)，选自哈贝马斯七十岁寿辰的纪念文集《真理与论证》(Wahrheit und Rechtfertigung)。

我们都知道，哈贝马斯早期曾有著作专论理论与实践(Theorie und Praxis)。现在再论理论与实践，既是旧话重提，更是对自身思想的一次总结。在哈贝马斯看来，关于理论与实践的关系，古典哲学有两种看法，一个是柏拉图的，认为理论本身最具有实践性，因为理论的教化过程集"认知"和"救赎"于一体。另一个是亚里士多德的，认为理论要想获得实践的意义，就必须以实践哲学的形态出现。到了现代哲学(以康德、黑格尔和马克思为代表)，自然法理论和历史哲学对于理论和实践关系的理解又有了不同，它们用道德政治问题取代了存在的问题，用主观能力取代了客观精神，进而在自然法和大革命之间建立起了紧密的联系。

在理论与实践之间出现断裂或错位的情况下，哈贝马斯又一次提出"哲学何为"的问题。这是对他导师阿道尔诺的一次继承，也是一次挑战。面对哲学的社会功能，阿道尔诺自己是悲观的，而哈贝马斯则充满乐观的情绪，认为哲学在海德格尔、布卢门贝格以及阿佩尔的批判下和在后现代主义者的解构下，依然可以大有作为。按照哈贝马斯的理解，哲学的活动场域应当在于生活世界。因为生活世界构成了交往行为主体共同解决日常问题的视界。现代生活世界的分化(文化、社会和个性)，向哲学提出了更高的功能要求，哲学不能仅仅满足于解决生活世界某个领域的问题，而应当与生活世界建立起总体性的关系。

最后，哈贝马斯还讨论了"公共知识分子"的地位问题。现代社会功能的分化，使得知识分子本身也出现了分化：从事专门知识研究的科学专家和专事治疗的意义传达者。哈贝马斯认为，无论是科学专家还是意义传达者，都没有很好地履行起哲学的社会职责，前者关注的主要是技术问题,缺少政治和道德的关怀;后者忽视了在世界观多元化的背景下建立普遍承认的规范的重要性,因而他们都失去了作为"公共知识分子"的资格。所谓"公共知识分子",在哈贝马斯看来,就是那些积极投身到现代社会自我理解的公共过程中去的行为者,也就是积极投身到文化公共领域、政治公共领域以及民族公共领域中去的行为者。这些人不是选派出来的,而是主动表达意见,关注普遍话题,在各种不同的利益之间做到不偏不倚。换言之,"公共知识分子"的社会职责和历史使命就在于为建立国家层面和国际层面上的民主制度而努力。

哈贝马斯在华演讲,从人权概念讲到民主范畴,再到民族国家,最后落实到理论与实践的关系(知识分子的地位),层层推进,其中贯穿着的一条主线,就是文化间性背景下的话语政治概念问题。必须承认,哈贝马斯的每一次演讲都是十分精彩的,严谨而不失幽默。尽管由于翻译水平比较悬殊,机构特征各不相同,各地演讲的效果有所差别,但总体而言,演讲都取得了很大的轰动效应:在中国社会科学院,由于听众太多,许多人不惜在狭长的空地上席地而坐,据说是社科院有史以来最热闹的一次学术活动;在清华大学,莘莘学子们不顾劳累,东奔西走,为的只是能在变换后的报告厅里争取到一席之地,哪怕是站席也行;在北大、在中国人民大学,场面或许都可以用人山人海来形容。在复旦大学,相辉堂几乎爆棚。面对滚滚人流,校方无奈之下,只好动用警察维持秩序,把报告厅变成了进不得出不得的"围城"。这样的场面,这样的效应,无疑会使得哈贝马斯的来访在中国当代学术史以及中西文化交流史上留下浓重的一笔。

三　哈贝马斯的座谈

哈贝马斯访华期间,应不同机构和个人的邀请,参加了多场座谈会。我们这里选择两次座谈会着重加以介绍。一次是在北京的《读书》杂志社,另一次则是在上海的世纪出版集团。

《读书》杂志社的座谈会安排在2001年4月17日下午,由《读书》主编黄平先生主持,与会者包括:魏松、黄平、信春鹰、万俊人、秦晖、刘北成、孙歌、张博树、陈燕谷、赵汀阳、李银河、赵彬、曹卫东等。

　　在去《读书》杂志的路上,哈贝马斯教授曾表示,对于中国,他主要关心的有这么几个问题,一个是中国的法律制度问题,也就是说,中国当代的法律制度与西方法律制度以及中国传统法律范畴之间的关系问题;再一个是中国目前的宗教问题,比如说,中国现在究竟有多少宗教信徒,他们主要信奉的是哪些宗教,宗教在中国人的日常生活中起到什么样的作用;另外,他也想从学术的角度了解一下法轮功的情况,因为在德国同样也有类似于法轮功的教派,如何对待这样的教派,在德国也是一个比较棘手的社会问题。最后就是中国知识界所谓自由派和新左派的论争情况。

　　但由于种种原因,座谈未能紧紧围绕上述问题具体展开,而是集中讨论了哈贝马斯思想发展过程中的几个问题,比如,哈贝马斯与福柯之间的争论,与罗尔斯之间的争论,以及所谓的"历史学家之争"等。对于与会学者提出的这些问题,哈贝马斯分别作了细致的回答。最后,哈贝马斯还是没有忘记他所关注的问题,提出想要了解一下中国的法律制度问题以及自由派与新左派的争论情况。信春鹰和黄平分别向哈贝马斯作了介绍。有关座谈会的详细内容,已经翻译整理出来,即将发表,有兴趣者可以参阅。

　　很显然,座谈会上自由的气氛和活跃的思维,让哈贝马斯觉得有些惊讶。特别是赵汀阳教授给他们夫妇作的抽象素描,更是让哈贝马斯激动不已。座谈会散后,哈贝马斯在回宾馆的途中表示,座谈会在很大程度上改变了他对中国的看法,如有可能,他一定会写一本关于中国的著作。当然,哈贝马斯也对座谈会未能形成主题性的讨论表示出淡淡的遗憾。另外,哈贝马斯也觉得,黄平先生的回答有些顾虑和保守,未能把自由派和新左派的争论阐述清楚,让他觉得有些不理解。

　　上海世纪出版集团近年来一直都在着力出版哈贝马斯的著

作，多卷本的《哈贝马斯文集》正在陆续推出，多卷本的《哈贝马斯政论文集》也在编译之中。2001年4月25日晚，应陈昕社长的邀请，哈贝马斯到上海世纪出版集团与有关译者见面，并同在沪的一些中青年学者进行了座谈，主题为"话语政治与民族认同"。座谈由陈昕先生主持，参与座谈的主要有薛华、张汝伦、张庆熊、许纪霖、洪涛、孙向晨、丁云、施宏俊、曹卫东等。

座谈会首先由哈贝马斯教授做关于话语政治的主题发言。哈贝马斯指出，所谓话语政治，概括起来，就是要在自由主义政治和共和主义政治之间开创出第三条道路，即程序主义的民主模式，因为，在他看来，自由主义过于现实，而共和主义又过于理想，两者在对时代的诊断上都出现了偏失。不难看出，哈贝马斯的程序主义是一种带有综合或调和色彩的范畴，因而受到了与会学者的一些批评。由于时间关系，哈贝马斯向中国学者提出的惟一一个问题是如何解释后现代主义在中国的接受现象。复旦大学的张汝伦教授和张庆熊教授分别从经验和规范的角度进行了回答。

事后，哈贝马斯说他觉得抱歉的是，他不该在晚餐时饮酒，因为他只有在就寝前才用酒。酒精可以让他兴奋的大脑停顿下来，帮助他进入休息状态。晚餐时的不谨，一度使他觉得非常疲惫，但中国学者认真的态度和严肃的问题，很快就把他从疲惫中解脱了出来，使他越发觉得精神，甚至有些兴奋。京沪两地学者尽管学术风格有所不同，兴趣点也不太一样，但在座谈当中显然都是"有备而来"，"所有的问题都是经过深思熟虑的"，这点给了他很深的印象。

四　哈贝马斯走了

2001年4月29日，哈贝马斯搭乘汉莎航空公司的班机回国。哈贝马斯的到来，让二十世纪八十年代文化热中的学术火爆场面在中国又一次"回光返照"。但综观哈贝马斯在华的短短数日，难免让人觉得我们是热情大于理解，被动接受大于积极挑战，盲目追问多于合理商谈。

哈贝马斯离开后,给我们留下了许多意味十足的花絮。比如,4月15日那天,接待方中国社会科学院经过缜密的准备,本想在首都机场举行一个较为隆重的欢迎仪式。可是,哈贝马斯大概是"来华心切"吧,或者是老天爷开玩笑,他乘坐的班机竟然提前一个半小时到达北京,让所有准备到机场迎接他的人都措手不及。最后,欢迎仪式只好临时改在北京国际饭店大厅举行,虽然粗率了一些,但还算体面,没有留下太多的尴尬和遗憾。

再比如,我们有许多学者可能都拿到了哈贝马斯的名片。但大家未必知道,这是哈贝马斯生平第一次有自己的名片,而且是为来华访问专门准备的。据他解释,他是吸取了到日本访问的教训。在日本访问的时候,他发现几乎所有日本学者都有自己的名片,而他不得不不厌其烦地一遍又一遍地给别人留地址。在准备名片的时候,哈贝马斯才发现,自己的社会声誉虽然盖世,然而社会兼职却几乎没有,可他又觉得总该给自己冠上一些头衔,左思右虑,最后他决定在自己的教授职务前面加上一个"Multi",大有多功能的意思,倒是蛮符合他的跨学科身份的。

还比如,哈贝马斯在演讲时充分展示了他对德国文化历史的独特理解,记得在清华大学演讲的时候,有学生问他如何评价德国浪漫派诗人荷尔德林 (Friedrich Hölderlin)。哈贝马斯的回答是:"荷尔德林是德国最伟大的诗人之一,应当和歌德、席勒处于同样的地位。而且,荷尔德林成长的时代,正是德国民族意识形成的时期。荷尔德林的精神遗产在于,让我们认识到我们应当从世界大同的角度,来理解和培树一个民族的自我意识和自我认同。"

但是,哈贝马斯离开后,给我们留下的不应仅仅只有花絮,更应当有激发起我们讨论欲望的深层次的问题。我们相信,经过一段时间的消化,在不久的将来,中国对哈贝马斯的研究会有一个新的突破,哈贝马斯与中国的文化间性关系,也会因此而得以继续和深化,或走向紧张,或走向融洽。

2001 年 5 月 15 日写于北京

"文明之间——互惠知识与在线教育"

国际学术研讨会纪要

2001 年春，由欧洲跨文化学会、中国社会科学院文化中心和中国文化书院共同举办的"文明之间——互惠知识与在线教育"国际学术研讨会在北京召开。参加会议的二十余位学者分别来自中国、法国、英国、意大利、西班牙和加拿大。

会议由汤一介教授、李比雄教授、赵汀阳教授共同主持。从事不同学科研究的与会者立足于各自的学科特点，从经济、法律、人类学、社会学、哲学、自然科学等视角对会议主题发表意见，言论的焦点很自然地集中到中西方不同文化形态的冲突上面，也最终落实到我们一直关注的"跨文化对话"的主题上来。由于与会学者来自不同的文化和学科背景，使得这一主题的拓展与延伸通过时而平缓时而湍急的言谈得到了多层次、全方位的体现。

以全球化与"新经济"为前提

尽管与会学者立足于不同学科，"全球化"这一整体的世界发展趋势作为基本的现实处境仍然得到了大家的关注；无论赞成或否定，对这一话题的谈论本身就意味着一种普遍的共识。其中，社会学科与人文学科、西方学者与中国学者之间的差异进一步引发了更深入的思考。

会议开始，首先由法国著名经济学家，巴黎索邦大学的克雷斯丁·德·布瓦如 (Christian de Boissieu) 教授发表了题为"全球化：宏观经济、微观经济与新经济"的主题讲演。接着，意大利女经济学家菲奥蕾拉·柯斯托蕾(Fiorella Kostoris Padoa Schioppa)教授分析了当今全球领域内的"新经济"现象。她认为"新经济"与传统经济之间并不存在明确的界限,而是在经济效益方面较旧经济具备更大的活力,其最显著的特征是通过国际互联网的技术,推动覆盖全球的一体化进程。"新经济"主要产生以下几方面的影响:首先是由上述特征衍生出来的与宏观经济的紧密联系,以及对于经济能力全方位的提高;其次是随之而来的新的不平等现象的加剧:包括技术熟练工人与不熟练工人之间的冲突以及直观收入上的不平等;第三,在更深的层面上,"新经济"激活了全新的运用货币的方式以及货币在经济生活中流通的方式,这一点对于哲学认识论来说颇有启发;最后,"新经济"在实际社会生活中对经济政策乃至经济制度产生了实质性的影响。菲奥蕾拉·柯斯托蕾教授认为,目前由"新经济"的产生而形成的强势文化通过历史的演变正在展现新的趋向,这就是对于异己力量的相对容忍。当然这还是不够的,因为容忍的主体与被容忍对象之间的人为区分造成了一定的内在差异。对于不同地域文化、制度或学科的差别,甚至国际交流与民族国家内部的平衡而言,真正的认同在于统一性与多样性的有机结合。因此,开放的做法终会取代跨文化交流中的相对封闭状态,在面向独立的文化个体时,平均化手段(相互协调,对立双方之一方毫无取舍地改变自身以达一致的做法)势必让位于独立自主的自由竞争。总之,"新经济"对于文化之间相互认同的启示在于覆盖全球的经济生活带来的竞争行为使得双方在自然的协调中彼此受益,因为突破地域限制的"新经济"为信息的交流、社会透明度的增加提供了真正的契机。

来自法国尼斯大学的资深物理学家和哲学家让·马克(Jean-Marc Levy-Leblonde)主讲的题目是"西方科学与认知的危机"。他认为现时的"全球化"基本上可以称之为"西方化"。他首先立足于西方背景对科学理念的变迁、尤其是始于十七至十八世纪科学理念的转向进行了详尽的考察,大体划分出以下几个演进阶段:古希腊时代科学精神对技术持鄙视态度,十七世纪之前科学理论与技术曾一度融洽地结合在一起;而进入十九世纪以后,这种平衡被打破,技术重新脱离科学,并逐步实现了自身社会功能的转变;这一转变一直持续到今天,具体说来:第一,技术的类型由原来的生产型、资源型向个人享用型过渡;第二,技术的更新之快使人们逐渐失去对其社会功能进行思考的时间——这两点表现为一方面要求基础理论迅速带来可见的技术成果,另一方面将原来开放型的个体研究转变为有计划的、封闭的群体行为。这样一来,单纯的技术应用成为比科学本身更受关注的事情。这便是西方社会当前所面临的基本问题:当我们越来越有能力控制这个世界的同时,人类是否得到了新的科学认识?事实上,"全球化"意味着文化形态多样化的减少。出于对这种危机的挽回,我们所持的策略是尽量保持社会及人文学科多样化的成分,以确保对未来发展的不明确性有所应对。

会上关于"全球化"概念,各位学者也持不尽相同的看法。例如从事人类学研究的王铭铭教授就认为这一概念的实在性与用途十分令人置疑。他认为"全球化"无法为我们提供任何新的内涵,一方面,所谓"全球化",是三十年前"世界体系"概念的现在时形式,二者的内涵是同一的,即指称"世界文化一体化"("one world culture"),事实上,从"世界体系"到"全球化"这一转化过程的实现更多地依赖于现实因素的参与,其中的理性含量是可推敲的;另一方面,如果说"全球化"意指的是国家、民族间的界限与冲突,则这种涵义古已有之,这一点尤其不能以"全球化"的趋势对世界进程作简单理解。真实的情形是过往时代的某个区域与整体世界的交流常常超出我们的想像,他以人类学的观点为我们提供了九世纪以来福建泉州历史发展的个案。他指出九世纪至十三世纪中叶,泉州是仅次于亚历山大港的世界第二大港。当时的泉州人对异族移民的态度体现出在当今社会难得一见的文化认同,而这一区域对更为广阔的文化交流充满着兴趣与愿望,他们曾经在当地政府的率领下修建了一座名为"通远王"的庙宇来表达这个意愿。这一点甚至与当时中国意识形态的导向也是十分冲突的。但泉州的历史是它自己的历史,它并没有遵循由封闭到开放的现代社会的发展模式,相反,在跨文化交流成为中国迫切需要的今天,泉州人的意识却令人惊异地走向了封闭。据此,王铭铭认为"全球化"对整个世界文化来说并不是一个真正有效的概念。他对这一概念的反思,在某种程度上确立了一种"非西方化"的理解方式。

互惠认知的必要性与可能性

在"全球化"的语境下,关于"互惠知识"可能性的探讨逐步深入下去。在这一命题成为会议核心议题的同时,它自身特有的敏感性也分外鲜明地展现出来。北京大学的朱苏力教授作了题为"知识互惠与知识征服"的发言,他认为不同文化之间的交流无疑非常重要,对于交流双方来说这种跨文化对话无疑应当处于互惠状态,但他在法律社会学的调查中发现事实却并非如此,知识互惠的前提往往建立在国家权力关系的持衡之上,并且以非个体化的经济实力为基础。在这样的机制推动下,就形成了不可避免的现实:知识交流过程中必有一方被置于受动的地位,进而造成强势文化与弱势文化的分野。处于弱势的文化群体不但成为强势文化进行知识征服的对象,而且会在缺乏自信的心态之下将主动的知识吸纳过程转变为自我强加的过程。因此他认为,在目前状况下,不同文化知识之间不可能有真正的互惠交流,即便表面上看似互惠很大程度上也同样是一种强加。他以大学校园生活为例:来自乡村的学生进入到以城市为背景的学院氛围当中,如果他们不主动吸纳那些以西方文化为主体的知识,不去熟识原本陌生的城市生活方式,那么他们将很难摆脱被歧视的现实处境。他们当中的一些人也许就此改变自己生活的坐标,但也有一些人,在他们的内心深处,真正可以打动灵魂的还是被城市人视为"土气"的乡村文化。朱苏力教授强调的并不是对不同文化形态优劣的评判,而是在知识选择的过程中是否真实地奉行了内心意志,其中的关键在于不以强加或自我强加的方式建构自身的知识系统,不将本该自觉的文化选择受制于国家权力对强势地位的争夺,否则将成为一场以文化为名义的压迫。他把"平等"提升到跨文化对话的核心地位,强调这种"平等"不仅是逻辑上的,而且更重要的,应是现实生活中所造就的"互惠"。正因为文化之间互惠的重要,真正平等的知识互惠才需要我们给予切实的关注。朱教授的观点一方面触及到文化对话的核心问题，另一方面，也因为它直击中国文化现实处境而不可避免地引起了国内学者的争论。

来自伦敦大学的人类学家柯西莫·真列（Cosimo Zene）教授审慎地提出应为"互惠"确立一个较为清晰的概念界定。首先他清醒地意识到自己是从纯粹的西方立场来进入讨论的，包括他所采用的方法论也同样只是出自西方语境。他认为整体的方法论应是复数，但相对于每一个文化个体来说，真实的情况是无法避免单数方法论的局限。正是在这一前提下，他认为：所谓"互惠"，是指身处文化交流过程中的各方，都持有彼此交流的意愿；具体包括两个基本层面：自身呈开放形态以便让他者理解自我文化的本真情状；与此同时，展开对作为他者的异文化的同步理解。然而，只看到这一点还非常不够，在文化交流行为的背后隐藏着一个巨大的危险：那就是在此过程中权力的参与。这种参与通过政府、学术体制等权力机构的运作来驱动文化交流的最终结果。然而，我们所说的知识"互惠"并不是作为确定的必然结局、而是作为以平等为前提讨论的结果，作为一种期待而存在的，它在表述中描绘了一个文化交流的完满状态，但不会轻易落实在现实中。相比之下，权力之间的较量就显得更为有效了。这个观点在尼采、福柯、伽达默尔那里不断得到强调与充实，真列教授在本次会议上的阐述多少对朱苏力教授的发言形成了回应。他进一步将这种文化交流中的实际情形比拟成人类学中"礼物交换"的行为：在物质性的礼物背后，深藏着不宜表达的利益冲突。针对此种状况，真列教授提出了一个颇为独到的解决方案。他引入勒维纳斯十分注重的"自我所赋有的伦理责任"(conosess)这一概念，并赋予它崭新的含义。在基督教的传统中，"conosess"最为明确的意义是"自我所赋有的伦理责任"，他认为若淡化这一概念的宗教意味，则其直接的内涵所指向的是一种"积极的被动性"，正是这一点可以作为实现"互惠"甚为奏效的前提。因为这个词汇突出了真正交际过程中肉身的实在性与直接性，这种实在性与直接性是无可替代却又极易被人忽视的。身体面对身体，最大的障碍与互惠的最大可能同时展现出来，在这样的情境中，人对自我责任的担负才可能是真切与主动的，即达成上文所述之"积极的被动性"。这种担负在直接性当中有效地抵挡了权力对文化选择的支配与压迫。尽管很多学者在文化对话中对权力因素的存在以及由此而来的危机深有同感，但他们并不倾向于把权力之间的征服简单地归结为文化特质上的天然冲突。事实上，对于强势、弱势文化的划分更多地体现了文化之外的决定性因素所具有的驱动能量。从"全球化"到"知识互惠"的过渡，学者们的视点逐渐集中到概念本身的可能性上来。无论对于来自西方的学者，还是中国文化处境当中的知识分子，文化的互惠与权力的争夺交织在一起的复杂状况使得任何一方都陷入某种"危机"之中。当然，不同文化境遇所面对的"危机"又可以引发出不同的话题。

法国塞尔日——蓬图瓦兹大学的阿兰·李比雄教授以莱布尼茨的如下观点为出发点，详细地分析了西方文明历程所特有的"危机"形态。莱布尼茨认为：任何可能的人类历史都可以用语言来描述，语言的规范性体现在运用有限的文字表述人类进化的一切可能，这就必然构成文化整体对部分的侵害。李比雄教授认为当前的知识危机状态与当年莱布尼茨的上述构想极有关联。但首先需要肯定的是知识在变化中的危机状态是知识的常态：知识作为有机体在与变动不居的外界发生互动的时候必然面临不足与缺乏，于是调动自身的衍生能力产生更多的新信息，而过多的信息、过多的告知行为又会反作用于知识的常态。因此，危机是知识构成性的内在状态。包括互惠知识在内，任何知识的建构都会和外在世界的更新发生交汇、碰撞以及良性或非良性的反应；否则，知识论与方法论都会变得固定而停滞。如果莱氏的构想得以成立，那就会形成一个完整、封闭而稳定的方法论类型。在逻辑上，又可分为三种可能的形态：第一是完全杜绝崭新方法论的涌现；第二种是虽然可能出现新的知识类型，但是在已有的知识论基础上生发出来的，因而这种创新并不涉及本质，也就无法真正深化我们的认识——这正是西方文化所遭遇的"危机"的真相。不能不说莱布尼茨的构想在思想背景方面为这种封闭的文化发展体系提供了长足的支持，但显然这两种情况都不是

我们理想的知识交惠方式;第三种可能则代表着知识更新的方向
——所产生的新知识以西方文化以外的他者文化为基质,或将两种
异文化完好结合在一起。具体来说,西方文化在莱布尼茨构想的影
响之下将大部分的注意力集中于明确、清晰的命题,而任何非概念
形态的思维方式,如中国传统思想,都被排除在考虑之外。由此,莱
布尼茨构想给予互惠知识的启示首先是方法论上的:它要求对于我
们已掌握的一切知识都不应放弃反思;它在逻辑上主张以尽可能小
的集合,无限地、不重复地表达人类整体的处境。尽管在操作上这难
于做到,但它能激发对这种有限性的反思:之所以有限实际上与该
文化所持的语言个性有关。对印欧语系的文化来说,有限的字母经
由词、句将有限性逐步传递到思想表达中去;但汉语就不同了,它的
构词机制尽管同样是有限的(符合莱氏构想),然而汉语可以突破拼
音文字恪守的矛盾率,从削弱逻辑力量开始逐步使自己成为更加开
放的知识系统。可见,互惠知识的实质在李比雄教授那里就是相互
从对方那里得到对自己文化的启示。

前面几位中西方学者的立场基本上都紧紧围绕自身文化的处
境而展开。

有关互惠利益的最大化策略

中国社会科学院的赵汀阳教授在他的题为"'欧亚'概念作为
一个互惠利益最大化策略"的发言中提出了另一个视角。与其他学
者不同的是,赵汀阳教授更加明确地将对"全球化"概念的反思定
位在实践策略而不是形而上学的哲学层面。在他看来,Globalization
的整体想像可以分解为 Eurasia(欧亚大陆),Pacificia(环太平洋地
区)和 Atlantia(环大西洋地区)三个以地域为基点的混合关系,这种
关系要求我们给予政治、经济、文化诸方面复合性的思考,并在此
基础上谋求一种在混合因素条件下的综合最优策略。首先,他提出
互惠博弈(Reciprocal game)的假定,从非合作博弈(non – coopera-
tive game)各方所能够追求的利益最大化可能性上说,只有当各方

的利益都最大化才能使得任何一方的利益最大化。赵汀阳教授主张以中国传统思想中"形""势"的概念来假定一个政治/文化实体,并将其表述为特定的资源配置:两个以上的政治/文化实体之间的静态关系就构成一个特定状态的"形";同时,在非合作博弈的情况下,如果进入动态(dynamic)关系的理解,如何利用实际上的"形"而构造一个最有利的"形"这样一种最大化行动策略,就必需理解各种潜力和倾向的可能变化,也就是"势",以便知道最大化的可能性。他认为文化是一种最长远的和最大的利益;并且,文化必须保持自身成为一种有活力有创造性的"文化行动"。据此出发考察Eurasia、Pacificia 及 Atlantia 三个互动关系在利益最大化方面所蕴涵的三种潜在方向。他认为:Eurasia 概念是更有潜力的文化概念:欧洲与中国在地理上的远距离造成他们之间政治利益冲突的相对最少;而欧洲和中国在文化上也足够远,没有亲源,同样深刻厚重,两种完全不同的深厚文化传统相会时能够产生互相反思能力的最大化;文化资源很大程度上来自深厚的传统,而深厚的积累会形成文化的分量,有深厚文化背景的欧洲和中国属于同等的文化等级,尽管文化风格非常不同,这使得他们之间的对话与交流具有更深层次的可交换性。因此,Eurasia 概念蕴含着发展一种最大化互惠的知识共同市场甚至知识共同体的可能。赵汀阳教授提供的方法在于他以直面文化冲突的方式将其中的困顿难解之处纳入到思考的前提中去,从而使互惠知识的讨论获得了更为有效的深入。

这次会议还详细讨论并展示了有关"在线教育"的设想和蓝图,在此从略。

展望

最后,应该说明此次会议是中国与欧洲多次联合讨论"文明之间——互惠认知"链环中的一个环节。它承接了 2000 年在意大利波罗尼亚大学召开,由著名学者埃柯(Umberto Eco)主持的,以"方法论——互惠认知"为题的国际学术会议,在某些方面拓宽了上次会议取得的各项成果，同时也为即将于今年 11 月在比利时召开的，更大规模的互惠认知的国际学术讨论会提出了新的思考和问题。我们坚信这种持续不断的关于互惠认知的讨论一定会在全球化的形势下，为人类文明的多元共存和发展寻求出一条最好的途径。

（赵　嘉整理,发言未经本人审阅）

自我·他者·虚己

[英]柯西莫·真列

一、我之所以来到这里是因为赵汀阳和阿兰·李比雄的邀请。一年多以前我在日本见到了李比雄,后来又在西班牙一个关于"朝圣"的会议上碰到了赵汀阳。由于对共同的话题感兴趣所以我们一直保持着联系,可能是因为我们都愿意给"互动知识"之梦一个机会,尽管这是件相当艰难的任务。换句话说,"对话"已经开始,而且我们都希望话题继续活跃下去。可能真的,我们持续下去的愿望发挥了重要作用,但我们自己也不知道结果会是怎样。如果我可以用个暗喻的话,在西班牙思考"朝圣"问题时,我们就已经一起走上相同的道路,但与朝圣客不同的是,我们旅途的终点仍暧昧不清。此外,我们是带着我们的过去、我们的现在、更重要的是我们的未来,来到这里的。对话同时已经延伸到与他者的融合,我们之间用一种不属于我们的语言——英语来交流。不过,交流的意愿会赢得那一天的到来。

我对了解东道国中国,包括了解她的语言、文化、历史等等的渴望正与我对她所知的贫乏程度相当。在此意义上,我不需要运用太多的谦卑来承认自己的无知。马可·波罗之后许多意大利人已游访了这个伟大的国家,有些人甚至以为他们足以称作中国问题"专家",这不是我的情况。也许即使是专家也需要摆出姿态让别人发言,结果是那些流行的观念并不反映他们对于这一他者的看法,而他者因其多样性而令他们感到"惊讶"。为了理解，我又一次特别需要约束自己，控制我所受到的西方式的训练，然后去倾听。认知的渴望确确实实存在。现在重要的是，我要让自己弄明白自己认知的方法和"风格"，以及让别人了解自己认知愿望背后的意图。这一切相当于认清我在此不是什么"实验"，不是类似于由给我以力量并左右着调查对象的实验室里所控制的事物。恰相反，这是一种"体验"，而且就此而论，它注定就要使我深深触动，并自我调整，就像我也触动、影响他者一样。

二、来自我的方法的第二种反省涉及到我目前在一所英国学术机构的境况。我所在的学院叫做亚非学院(SOAS)，这多半会令人想起大英帝国及其殖民历史；而且雪上加霜的是，如今亚非学院的格言仍然是"知识就是力量"。在学校里我给研究生(硕士生和博士生)讲授一门"宗教研究的理论与方法"的课程。亚非学院的宗教研究全是非西方的宗教，尽管它也包括基督教，但那实际上是为了研究非西方的基督教。许多选修该课程的学生在本课程结束时希望能被某些工具充分武装起来，以便使他们能在其他专门的领域和研究中"控制局面"。但让有些人惊奇而让别的人失望(这当中也包括一部分教员)的是，我采取了批判的立场，对许多西方的方法论和理论方法提出了质疑。在我看来，这些方法实际上只是为了在被调查对象身上最大化地施展主体的"知识"。我确信有些人更喜欢接受一种准确而"合理"的训练——也许是分析哲学或结构分析，而对于认知时运用的方法论的道德规范和对他者的责任却没有什么怀疑反省。阿兰·李比雄那段著名的经历更能说明学术机构的权力以及他们对丧失权力的恐惧这一问题。当他建议启动"互动人类学"(reciprocal anthropology)项目时，他许多同事从已在运行的特定方法论前提出发，做出的反应相当合乎逻辑。事实上这毫不奇怪：对"结构主义"自身稳定的结构而言，互动人类学被认为是一种威胁和瓦解力量。这就是对他者的恐惧，用同样的词来说，就是对他者走向我们、了解我们的恐惧。

三、经验分析的第三种行为来源是我对我和我的同事正在筹备的一个会议的思考。今年九月亚非学院将要举办一个被命名为"对话与差异"的研讨会，这个会议有望讨论到这次会议我们所涉及的许多话题。在给那些发言的代表的邀请信中，我们列出了一系列问题，现在我想把它们向更广泛的听众展开。

在认清"对话"作为调查研究的方法和工具的重要性之后，我们接着要强调"对话"的含混性，并揭示它模棱两可的特征。

话语和语言霸权不断引起对作为本次会议中心议题的争论和问题的逼问：霸权问题本身怎样才能更好地被表达？后殖民理论能否提供一种"重思"话语的手段？非西方语言如何进入由英语主导的对话当中？话语怎样在非西方文化中形成概念？那些不能简约为欧洲模式的"本土"形式的话语，可否回避事实上存在着的权力结构？并敞开一条朝向可能的或是可以成立的多理解之路？或者说，跨文化对话一定要发现自己必然被还原为西方那种"自我向着他者运动"的模式吗？批判的理论能帮助我们"取消"看似对话的独白"言说"吗？欧洲之外的理论能瓦解这种优势吗？欧洲思想可以解构自身从而欢迎其他的对话方式于是不再一味强加普遍模式吗？换言之，合乎伦理学的对话可能吗？这些要点尽管主要聚焦于哲学与人类学两门学科，但本次研讨会将运用多学科的方式将其展开，从而促成横跨各种知识学科间的对话。如果哲学能够提供一个平台来思考对话自身根基的各种问题，那么人类学也可以有助于检验我们对他者意外的参与。对话的问题已经在人类学中发生了深远的影响，尽管它不能解决"作者的危机"(authorial crisis)问题，不过它可以服务于瓦解强势的(经常是西方的)作者在创造"他者"的尝试中表现出的霸权，从而帮助我们确定差异与多元的重要性。

如果这些所有的问题都统统指向西方认知主体思想中的危机，那么这种危机自身就意味着成长、向成熟方向的进展，而不是顾影自怜的哭泣或是毫无意义的辩解。

关于认知主体(自身、"我"、作者)之死的争论已经让位于更多的反省；而且，一方面，如果它揭示出西方哲学的限度——对存在作简要表达时的支离破碎和不完整的局限，那么在另一方面它却是展开了一条理解自身的新途径。

许多作者都在强调伦理自我在面对他者时自我证成的责任，这种做法远胜于在"作者之死"问题上逃避的态度，逃避尽管可能，但它无法解决问题。因此，从巴赫金式的存在作为共存(existence as co－being)的"对话原则"和也被称为"反应能力"的"回应能力"出发，我们在"存在事件"(event of existence)中找不到任何对于自我的托词；或者像托多洛夫注意到的那样，"我"对"同一"的拒绝恰与对他者"你"新身份的断言相对应。①

自我的责任在勒维纳斯的思想中变得更为根本。他提醒自我应成为"不管它自身"的主体，为了他者的缘故而要放弃它"要命的自由"，把伦理学作为"认知可以在此发生的非可到达的内容、非空间和乌－托邦"来接受，去支撑"存的努力"，以便反抗私我的至上和所有事物都向"同一"的退减。可以确定的是："伊曼纽·勒维纳斯的思想被一种简单但意义深远的观念所支配，那就是西方哲学在持续不断地压抑着他者。"(C. 戴维斯)勒维纳斯力倡伦理学的首要性，他认为他者的他者性"超出理解范围"。根据"互动认知"，我们就会问："如果他者让人去了解他本人又将如何？"或者是"应该由哪种道德规范来调整互动认知的行为？"

部分的答复可能来源于许多后结构主义思想家的立场。他们效法勒维纳斯，不断转向伦理学问题试图来解决无休止解构的僵局。当支撑"正义"、"责任"等术语的信仰体系处于崩塌状态时，我们再来谈论这些词语又意味着什么呢？拥有一个没有根基、对普适性没有迫切需要或要求的道德伦理可能吗？ 此外我们还可以再加上一条："如果自我都不能在知识内为知识自身证明其合法性，那

---

① 巴赫金继续说道："人（既包括内在的也包括外在的）的存在乃是一种深刻的交流。是交流的手段……是赞同他者、通过他者、支撑自我的手段。人没有内在的自主领域；他全部而且总是处于边界；他在他者的眼中或是通过他者的眼睛来检视自我……我无法离开他者，没有他者，我不成之为我，我必须在他者那里发现自我，在我身上（在相互反省和感知中）发现他者。证成不能是自我证成；承认也不能是自我承认。我从他者那里得到我的名字，这一名称为他者而存（自我命名乃是从事篡位的行为）。对自我之爱也同样不可能。"

么他/她又如何证明'互动知识'正当?"也许通过使"互动认知"伦理化,冒着不向他者强加(或普及)道德规范这种"荒谬的"危险可以做到这一点。这也可能是关于"互动知识"理想化的方法论;根据这种方法论,方法本身总是被推延、讨论,并从他者那里习得。

下面是我想说的最后一点,它不仅是结束时的评论,而且也是对上述我所陈述内容的重申。这里有一个主要是和基督教圣经神学相关的词语"神性的放弃或虚己"(kenosis),它不停地在那些敦促我们的思考要关注自我伦理责任的作者笔下反复出现。巴赫金和勒维纳斯都提到了它,后来瓦提默(Vattimo)也讨论过它。神性的放弃或虚己"(kenosis) 指的是耶稣基督放弃神性的自身而成人(道成肉身)的行为。对巴赫金来说,根据基督教正教神学,这意味着肉身(body)重要性的恢复;对勒维纳斯而言,它代表着与他者相连的主体的"虚空";而瓦提默则提出:"拯救的历史在神性放弃或虚己之中被人领悟这一特征,必须要归功于强大结构的'瓦解'或是弱化的全部经验。"

如果我可以舍弃"神性的放弃或虚己"这一概念厚实的基督教神学基础,然后将它移植到我的结论中的话,我想说的是:"神性的放弃或虚己"这一概念代表了(此前不曾被认为具有认识论和方法论的意义)"互动知识"的认识论和方法论。(Kenosis represents the epistemology and methodology 〔of a non – epistemology and non – methodology〕of reciprocal knowledge.) 假定我将我之为我归功于我已许可他者参与建构我本人的"知识"的话,那么它就是指不断主动地去"被动"参与非我所能控制的事物。　　(秦　晶　译)

关于"互动认知"的认识论和方法论

[法]阿兰·李比雄

本文意在描绘一种对互动知识而言可能的认识论及相关的方

法论。为了达到这一目的，我将最初的题目分解成几个不同的部分，以便得到某些部分的结论。一开始我就应该对所要展开的论题，即认识论从一到多的重要性做出区分，从而澄清我的立场只是众多可能到达期待结果的认识论中的一种。我要在此声明：我的论述只限于西方思想，或者至少说它依赖于这一前提，而且也正是这一首要的限制令我意识到他者在场的必要。

首先，我想讨论一下"互动之物"和"互动性"这两个概念。一开始，我想就应该确定存有一种激发"身陷其中"的参与者去创建某种类型的"交换"的意向或渴望；换句话说，就是存在一种为了认知，而向他者敞开胸怀的倾向和决心。这种倾向和决心应是互动的。这就意味着不仅存在认知的决心，而且还有一种被知、让他者理解自己的意愿。这种态度——我之所以使用了态度、倾向，甚至渴望，是因为缺乏更好的词语——大概会消弭知识被权力所组织的危险，这种知识也就是尼采和后期福柯所谓的"作为权力意志的知识意志"。推测起来，这种互动的认知意志更接近于在对话过程中发生的、被伽达默尔称为"视界融合"的东西。以后我们还要回到这一点，到时候我会进一步探讨互动的观念，进而展开对我们最初话题其他部分的分析。

互动之物和互动性在人类学研究中也占有突出的位置，在被想像为"市场/经济交换"对立面的"礼物交换"层面更是如此。人类学越来越清楚地发现，根本没有"免费的礼物"这回事，礼物的背后通常是或明或暗需要捍卫的利益。如果这是真的话，那么问题就在于"互动认知背后的利益是什么？"或者说，是什么激发了我知或被知的愿望？这种动向或行为的目的何在？简单来说，互动认知代表了一种努力，一种使我们的生活更加人道、使人们可以共存的努力和为之奋斗的理念，希望让人类生活不被"冷冰冰的机构制度"的权力与控制所左右，这种"冷冰冰的机构制度"包括政权、极权国家、民族国家以及此类的东西。"互动认知"表现出一种努力，这种努力认为我们的认知和众人一样，远比这些机构制度——其中也包括学术机构——要我们相信的那样更为宝贵。根据通行的流动与交换法则,这种努力甚至可能还包括我们要冒险去接受"互动之物"不确定的结果,尝试着控制交流中的损失,去相信"没有回报的付出"是可能的。我们要么去碰运气,要么必须量化处理,"我会按你让我了解你的程度来让你认识我",以便使我们间的"互动"成为由逻辑、惯例、法则所调控的"公平的交换"。

假如有了这些依据,对"互动认知"的探索就开始变得相当琐细。请记住我是从西方思想的角度来展开讨论的。事实上,从这一角度出发,互动认知的方法可能就意味着对自我、对试图认知者的成效最佳化的处理。认知者经常对"互动之物"这个术语置之不理,或者仅仅从认知者自己的观念出发,而没有留下更多"让他本人被他者认知"的余地。

为了更清楚地认识这一点,我们需要就认知和"知识"做些回顾,然后给予"互动知识"的陈述内容更多的关注;我甚至要回到最初的观念,或是特尔斐神庙入口处"认识你自己"的拉丁铭文。第一步也是最重要的一步,我想就是与我本人所在的传统及其对"知识"的态度达成共识,或者是清楚地了解它。实际上,就像以前"知识就是力量"所指出的那样,在某种程度上来讲,它仍然是知识应用于军事、政治、法律、宗教以及经济活动的方式而已。历史上发生过的许多错误、失常和畸形,只有后人才能认清,其根源就是对于权力的渴望。这些权力总是被如何使权力更加有效的相关知识所调节,其中甚至包括智慧和哲学的知识。就我而言,这种记忆的训练也是谦卑的练习,谦卑的态度使我认清我所在的传统是怎样滥用"知识权力",而"知识"本身又是如何轻易被有权力者收买来增加他们权力的。这种与西方思想中主导而全能的逻各斯(Logos)的存在达成的妥协,正类似于伽达默尔称之为"效果史意识"(effective historical consciousness)的东西,而那些带有"成见"的意识仍存在于我背后的许多传统之中。因此,甚至对于那些在富有侵略性的逻各斯的逻辑中起源并被包含在内的词语,人们仍需要特别留意并洞察它内在的危险,"认识论"、"方法论"之类的词语就太容易令人想起它们与逻各斯的联系。不过循着勒维纳斯(Lèvinas)

的思路,我们还必须认识到需要使用"希腊的语言"来彰显我们的言语和行为。一项重要的任务尚有待解决,那就是通过呼吁另外一种可能来不说(unsay)希腊哲学所"言说"的内容。在勒维纳斯那里,这种可能是指靠他者性的进入来打散自我"认识论方面的确定性"。这会是被应用于知识并将知识改造为"互动之物"的修正吗?这种"互动之物"本身含有"伦理学"的痕迹吗?稍后我们再来讨论这些问题。

我们一旦阐明能够在像勒维纳斯这样的思想家帮助下,取消希腊哲学的言说之后,我们下一步要做的就是去发掘这一传统中容忍"互动知识"不同于那些起源于强大逻各斯的知识的倾向。事实上,问题在于"西方思想中是否有允许知识不被权力所组织的那么一缕或一抹希望?"换言之,西方逻各斯的傲慢能否被平息?而且这种傲慢会否让位于谦卑、面对面的思考、认识论和知识呢?

毋须太过详细地展开,我们便可肯定而简洁地指出,被欧洲思想家再三提及的"欧洲思想的危机"和对这一思想限度的怀疑已催生了众多不确定因素,从而摧毁了以往西方坚定的断言和信念之下安稳的根基。毫无疑问,正是这些西方思想赖以成立的公理,在各种层面上鼓励了许多对他者的破坏、控制和征服行为。

但这些不足以成为我们绝望的理由,更准确地说,当我们怀着谦卑,便会意识到有"弱势的小逻各斯(logos)"一直在傲慢的逻各斯中占有一席之地。弱势的小逻各斯愿意"通过遭遇而学习",因而更欢迎他者,而不是在占有、控制他者并使他们成为自己私有物意义上来理解他们。为了使之更为明确,这里我不想诉诸于任何类型的"文化相对主义",尽管它可能会允许我们回头,而且当他者在寻找走出"黑暗年代",到达我们所定义的"现代"、"后现代"的路径时对他们"抱有耐心"。对"知识"的量化并不像对知识间某种类型的"差异"的定量那样麻烦,随后我们还会重返"差异"的重要性这一问题。

从弱势的小逻各斯角度来看,"互动知识"向认识论和方法论提出挑战。我的意思是说在人群、文化、宗教以及类似物之间的交流联系中,考虑到双方的在场,因而对彼此立场的基本认识好像必不可少。但这种"基本认识"并非确定不变而只是短暂存在;换句话说,"互动知识"不能起源于某种手册中所记载并需遵循的方法、规则或定律。它应由自然科学来操作,而自然科学中的"调查对象"则被假定为不同于调查主体并与之对立。在我们的案例中,伽达默尔可能会说,他者的言说以及我对此可能的反应都有自己的困惑缺失,但在"真理"令对话双方都感到惊讶的"戏谑情景"(playful situation)中,"互动知识"便会产生。同时,摆在我面前"不可让渡的主体性"(勒维纳斯)都没有因我所可能的言说与他者所说的内容而削减。我要说的就是在"互动认知"中我们需要就此事实达成一致:是两个主体在发挥作用,而不应是主体/客体的二分。伽达默尔式的对话建议一种对称的联系,而在向面临着他者的他者性的自我所提出的道德责任要求中,勒维纳斯则主张不对称性,看来寻找两者间的解决或平衡这一问题仍悬而未决。

当然,人们也可以只是听从哈贝马斯的指导,恪守交流规则(交流能力理论)①去到达真理;或者,他也可以遵循德里达式的途径所建议的方法论,在该方法论中,文本的位置最为重要,因为它认为交流是在文本之间而非众人当中产生。另一端是由海德格尔提出来的,特别是在他后期的著述中,海德格尔将"我们可以在凝视中等待而不要去操纵存在(Being),这样它才能自我显现"的观念加以理论化阐述。

所有这些不同的立场和与相异性(alterity)交流的意图都使我意识到:根本不存在适当的认识论和方法论足以包容和压缩他者之为他者的相异性、他者性的无穷和面对着他者时我自己的他者性,以及我全部的人性特点与解释学上的无限。

自我与他者都被理解为声音、面孔、历史、记忆、过去和未来、

---

① 为了与认识社会世界的科学方法中的客观论作斗争,哈贝马斯将阐释学引入社会科学的方法论当中。客观化方法的存在及其相对的成功,同时也表明了一门心思只放在阐释主观想要传达的意义做法的局限:社会存在不仅是由那些身处其中行为的意图所表征,而且还表现为那些替意图的认可与实现划界的"客观"内容。

后悔与要求、理解的尝试、渴望、情欲、好奇、惊讶、诗意……所有这一切都是小逻各斯(诸如交流、对话、语言)的一部分,不可以被包容在方法(method)(就像理性的尺度与标准一样,它仅是为达目的而需遵循的途径)之内,它们也不可以被归纳于认知(epistemic)当中(认知起始的根基在于神奇的公式、定义、区分和推论)。

当然从西方的视角出发,"互动知识"敦促我抛开自我的傲慢,带着谦卑和弱势的小逻各斯去倾听他者。这种弱势的小逻各斯并不代表身份认同的丧失,恰好相反,它叙述的是一可以信赖的主体,该主体的责任意味着我们有能力对他者性声音做出回应。另一种做法就是去"认识他者",从而将他/她定义、划分、归类到我们认识论的理论之中。

可能在这一点上,某些合适的个人经验,即用来平衡那些加于理论之上无法摆脱的关联的经验,更值得我们花些时间来讨论。

(秦 晶 译)

从"天下"到"国族"
——兼及"互惠理解"*

王铭铭

过去三十年中,针对权力/话语进行"后现代反思",曾使我们意识到跨文化误解的部分根源在于西方帝国主义的"世界体系"。可是,正是这种反思,使我们陷入另外一种困境——让我们失去了

---

* 本文的原稿题为 "The Turn of Heaven: Empire to Nation, and the Relevance of Reciprocal Understanding to China",原文将作为意大利波罗尼亚"互惠知识国际研讨会"讲座稿发表于法国思想批评杂志《Alliage》,本文是该文(篇幅约三万个单词)的摘要稿。我必须感谢北京大学乐黛云教授,是她建议我将原文整理出一篇中文版的短文发表在《跨文化对话》。在这篇短文的写作过程中,我获得北京大学社会学人类学研究所博士研究生张宏明同学的大力帮助。因为篇幅所限,本文删去大量参考文献和注释,尤其是读者比较熟悉的中文参考书目。

对其他一些类型的跨文化误解的意识，忽略了那些没有被反思的"非西方文化"的内在问题。我们的人文知识，处在这样一个矛盾的时代：有良知的学者认定帝国主义是污染了世界的"恶之花"，而我们却难以肯定，文化之间的和平相处局面，是否一定会从权力格局的重复论证中生发出来。

西方和非西方后现代主义者对于西方近代启蒙内在的"权力意志"展开的共同反思，不能满足我们针对这一方面展开跨文化对话的要求。相反，它时常使我们对"西方"的"文化帝国主义"过于敏感，从而忽视了人文世界曾经或依然存在的内在危机。于是，我们需要探索一套共同的方法，来发现文化之间存在的相互误解/理解的成因；而为了发展这一套方法，我们又需要通过辨别各文明内部世界观的历史演变，来发现人类面对的共同问题。

作为这种探讨的初步尝试，我在这里将简略地勾勒出中国古代宇宙论图式向现代国族观转变的历程。必须指出，这里所要呈现的，绝对不是一个考据学意义上的重新认识，而仅仅是一个理解和诠释的纲要，它将涵盖的历程，是宇宙观从"帝国到国家"（empire to nation）的历史性转型。大家知道，这一转型不是中国历史独特的经历，但它所生发的知识体系，与中国文明进程的特定轨迹难以割裂，且影响着我们今日认识这个世界的方式。因而，对它进行分析，也将有助于我们解释近代世界观的变化及其面临的困境。

"礼"为核心的"天下"

帝国到国家的演变过程，几乎是所有文明社会的共同经历。在欧洲的历史场景中，已经有许多学者指出，这个演变过程的转折点，是近代民族国家观念的奠定。而从中国文化史来看，这又具体表现为"天下"观念的范畴变化。那么，我们原有的"天下"是怎样的？从周到汉（公元前11世纪到公元24年）是为中国的"上古"时期。大家知道，《周礼》表达出的世界观针对的乃是"天下"，其涵盖的地理范畴或许并非那么广阔，但从观念上讲，它却不受一国一朝的局限。从其原本的定义来看,"礼"是"天下"趋于"大同"的重要手段。但"同"并不意味着"天下"只是一个单一的文化,"天下"以"五服"环绕"帝都"而构成,"帝都"是世界的中心,根据距离中心的远近和文化的等级,"五服"呈带状地由内向外扩展,依次是甸服、侯服、绥服、要服和荒服。"礼"所维系的是一种既包含"一体性"又强调"等级性"的世界观图式,具体也就是说,它既包含帝都和诸侯之城在空间上的分布,也是等级性的"文野之别"的人文世界。

我们常说,"天下"是一个"和而不同"的人文世界。①"和而不同"可能潜含着对处理当今跨文化关系有益的模式,但它的原本面貌却是一种具有文化中心主义特征的宇宙—地理图式。不过,尽管这一文化中心主义的图式长期影响着中国人的宇宙观,但应该指出的是,我们上古的文化,可能性是多样的:尽管《周礼》为后来中国人"天下意识"的发展提供了一种基本框架,其他经典如《山海经》和《诗经》,还是创造了我们看待世界的不同角度。《山海经》描述的事物中最引人入胜的是:居住在远离帝都的山民中,有人与"天"的关系比天子还紧密。同样有趣的是,《诗经》中的《国风》中的诗歌都来自乡野村落中节庆时唱的歌谣,反映了两性的交换在群体之间发挥的粘合作用,而这竟然与反映士大夫情趣的《雅》和反映帝国仪式的《颂》并列一册。这里,"性别之礼"巧妙地表达了"共同性情"的结构性逻辑。一句话,这三种文献都共同强调了天与地、中国中央的方式与次中央的方式之间共有是"共同性情",但它们的表现方式各不相同,构成了几种人类关系的生产模式。

我接受葛兰言(Marcel Granet)的观点,认为只是到了汉代,先秦时多样性的古典世界观才被建基于《周礼》之上的单一正统世界观所取代。到汉代,原来文本中表现出来的多元的仪式、神话和季节周期的传统,逐步被重构进一种自然与社会相互糅合的政治

---

① 参阅乐黛云、李比雄主编《跨文化对话》第四辑"卷首语",上海文化出版社 2000年版;费孝通《在二十一世纪人类生存国际学术会议上的讲话》,《厦门大学学报》2000年第4期。

论。这种政治论建立在模糊的"天人感应"的信仰上。①然而,我们必须认识到,这种宇宙观的政治转变,不仅影响着汉代,而且也制约着中华帝国宇宙观的长期发展。从汉代开始,"帝都—五服"的模式成为中华帝国宇宙观的核心。葛兰言对春天节庆的研究揭示了这种转变。②节庆原本不统一的时间、地点、功能都被固定下来,举行仪式的山川变成皇家的神坛,山民中的萨满成为皇帝的方士。在文明的外圈具有不同生活方式和世界观的人,既作为帝国正统的对立面,也被驯化为附庸。③

虽然汉代的宇宙论曾在清代作为"汉学"重新兴起,到所谓"晚期中华帝国时期"(明清)之前,尤其是在唐到元之间的那段复杂的历史中,另外一种宇宙论给中国人的"天下观"带来了极为重要的变化。这主要表现在从唐的"他者中心观"向宋元的朝贡世界观的转变上。值得注意的是,在唐代,正统的汉式天下观衰落,佛教随之勃兴,这时,把中国视为非中心的世界的观点,已经成为可能。公元627年,玄奘前往印度取经,十九年后回国。他写就的《大唐西域记》记述了他访问过的一百五十个城邦和部落,描写了不同地方的政治、战争、物产和宗教虔诚。这本书创造了一幅"心灵地图",表明真理存在于他者(other,印度)之中,以此取代世俗的儒家思想。到宋元时,这一"他者中心"的世界观为一种特殊朝贡世界观所取代。

中国中心的朝贡世界体系的出现,部分得力于中国东南或南部的海外贸易(Hill Gates 认为这种模式没有变化地与"小资本主义"并存[1990])。在朝贡体系中,与"海国"和"番"的关系极为重要,《岭外代答》、《诸番志》和《岛夷志略》都记述了众多海外的风土人情。从这些志书中表现出的宇宙观,与《周礼》中王朝的首都与世界混淆不同,志书以贸易口岸为参照点,大致测量中国与其他国家的距离。但这并不意味着会产生"文化相对论",志书的作者都具有"中国世界体系"影响下的帝国主义者的特点。他们在共同创造一

---

①② Marcel Granet: Festivals and songs of Ancient China. London: Routledge. 1932。

③ Wolfram Eberhard"The political function of astronomy and astronomers in Han China", in Chihese Thought and Institutions edited by John King Fairbank, PP. 33 – 70. Chicago: The University of Chicago Press. 1957.

种中心—边缘关系的结构，这种关系在天的宇宙观中达到了顶点。在这种结构中,中心与边缘的交换也不是互惠的,而是等级性的,中心作为天子或父亲,要赏赐给边缘这些朝贡者或儿子更多的东西。中心是道德和文明的终极力量和审判者,他者的主体性被表述为物产诸如山妖之类的"半人的东西"(虽然现代民族研究者时常认定他们是古代的少数民族部落)。

很多人认为,十六世纪以后,中国中心的朝贡世界观遭到了西方宗教的"全面冲击"(实际上这种"冲击"初期的情况与后期的情况,有很大不同),随之发生了部分改变。十六世纪下半叶,利玛窦、艾利略等传教士来到中国,带来了"天是球状"的"科学"看法,①但我们务必注意到,这种"天主中心"的世界观随后被中国人驯化成一种新的中国中心的世界观。十八世纪晚期,英国特使马戛尔尼带领使团访问中国,乾隆帝及整个王朝将他视为进贡国的使臣。在圆明园,收藏着各个国家的奇珍异宝,中国文明的宇宙仍然被呈现为完美的平面的"朝贡体系"。②到了十九世纪中叶,魏源的《海国图志》尽管意识到了各大洲的地理分野,却仍然把其他各洲环绕着中国来排列。魏源提醒清朝统治者要注意世界秩序的变化,但他的基本立场,在于复兴中华帝国的"天下"(人类学已将这种"文化振兴主义"的"天下观"称作"本土主义")。

从"开放帝国"到"封闭国族"

我希望在未来的研究中,能够集中精力对这里想要诠释的那个复杂的人文世界进行比较详细的分析。不过,在意识到漫长的叙事也有可能掉进"简单化"的泥坑的同时,我认为这里有必要指出,这种过于"概括"的历史能够使我们清晰地看到,从周代的"天下",

---

① Jonathan Spence: The Chan's Great Continent: China in Western Minds. New York: Norton. 1998.

② Jame Hevia: Chrishing Men from Afar: Qing Guest Ritual and the Macartney Embassy of 1793. Durham and London: Duke University Press. 1995.

到宋元的朝贡世界观,再到清代的本土化世界观,这一系列变化说明古代中国绝非是一个自我封闭的、"国家"中心的文化体系,而是一个变化的"世界体系"。我们之所以说它是一个"世界体系",不是因为它与近代以来欧洲中心的政治经济世界体系完全相同,而是因为我们必须尊重一个事实,即,政治经济学意义上的"世界"无非是近代的产物,而以人文世界为中心建构起来的"世界体系",却至为古来,并且对于我们今天仍然有着深刻的影响。

矛盾的是,尽管我们可以说中国古代曾有一种相对开放的宇宙观,但近现代大多数中国学者却将我们近代的变革归功于西方启蒙,他们中有些人毫无批判地接受了一种观点,即现代中国社会科学仅仅是在十九世纪对社会达尔文主义的翻译中才产生的。我的疑问是,中国版的进化论真的构成了一种宇宙观,并把中国和"外部世界"的关系完全颠倒了吗?作为中国启蒙和现代性的一个重要分支,进化论的著作被吸收进了王朝变法的中国观念之中。整个十九世纪,在对中国命运的知识性和政治性讨论中,在新的世界秩序中重造"天下"的预言居于主流地位。康有为、严复和梁启超虽然都从各自的角度阐述了西方的进化论,但他们共同的出发点都是让中国富强。康有为在欧洲旅行写下的游记,仍然对中国文明引以为荣。而在对欧洲社会哲学概念的理解中,又表现出现代性的本土策略。在翻译中,进化论被译作"天演论"。这表明了一种本土的观念,即曾转移到欧洲的"天"(很多哲学家将"天"译成"自然"[nature],确实也是一个很有意思的跨文化翻译问题),在十九世纪末如何回到它的中国家乡。到二十世纪,用汉(华)语叙述的人类学成为一种工具,使从欧洲到中国的转移或多或少成为一种神话—历史。二十世纪初,从西方寻求富国强兵之道仍然居于首要位置,新文化运动和五四运动显得更为激进。但我们不应忘记,二十世纪也是中国寻求国家认同的世纪,现代性和中国传统在此诉求下同时得到强调。这种综合性追求的结果,就是西方的现代性在中国的"天"和思想中的被驯化(domestication)。

作为一个鲜明的案例,现代汉语人类学(Chinese - speaking

anthropology)正适合于这种驯化工作。蔡元培在《说民族学》(1926)一文中，主要探讨民族学理解族群多样性与中国文明的方法。而吴文藻在《民族与国家》(1926)中，则论证中国的国家建设不同于欧洲的"一个民族一个国家"的理念。二者都关注中国自身。随后，中国人类学逐渐形成两派。南派以中央研究院为主，注重族群文化的历史研究。北派以燕京大学为主，更具政治性，以小村落及其变迁的研究为著名，也有族群的研究。族群研究在后面变成了"边政学"。两派共同之处都是，研究概念主要来自欧美社会科学，但只局限在对中国内部的族群和文化多样性的研究中，从而把相对于汉族城市居民的边疆人民和农民，当作原始且古老的，就像非洲相对于欧洲一样。到二十世纪五十到七十年代，民族识别工作打断了上述的研究工作，大多数人类学家参加了民族识别。这项政策性的工作一方面是在中国内部对其他文化进行分类，另一方面也是对少数民族的文化进行抢救性调查。燕京大学的村落研究方法，则在土改和典型村的描述中得到采用，其功能主义的方法则被抛弃。与西方运用跨文化的对比来反思欧洲极权主义的民族国家建设相比，汉语人类学的"创新"之处在于，把"内部的野蛮人"当作现代性和国家这类"大传统"的"敌手"。研究他者文化的人类学就被驯化成研究"内部他者"而非"外部高贵的野蛮人"的人类学。①

我以为，这样一种将"他者"的知识论改变为"自我文化论证"的做法，发源于近代以来华夏学者对于世界格局的新认识。一方面，我们的社会科学与它们的西方"族谱"一样，围绕着民族国家的建设呈现出自身的论证目的和关怀。另一方面，基于民族国家观念建设起来的知识论，却因难以符合我们历史上存在的"天下观"，而必须进行"本土化的改造"。这一社会科学知识论的两面性，延续到今天，仍然影响着我们建设学科的方式。过去二十年来，许多地区的人类学传统得到了重建和发展。人类学界产生了一些不同于促进民族国家建设以及现代性的声音。但从历史比较的观点看，目前

---

① 详见王铭铭《人类学在二十世纪中国》、《二十世纪的中国/学术与社会：社会学卷》，山东人民出版社，2001年版。

仍然是中国人类学史上充满问题的时代。过去十多年的村落研究中，有海外教育背景的学者致力于发现一种替代性的历史轨迹，以此批评占主导地位的建设现代化国家的"本土意识形态"。而国内的一些研究则关注现代化或都市化，并通过细节性描述，依旧植根于现代化的方案之中。少数民族研究的问题更为严重。而在海外受教育的学者，通过少数民族的研究，既反思了特定研究领域（如亲属制度）的学说，也反思了直线性历史性存在的局限。而国内的一些民族学研究则变成民族政策研究，主题就是民族团结。我能同意，内部人比外部人更具历史意识和政治敏感性，但我也认识到，内部人也会想当然地接受一些与民族复兴的现代政治论密不可分的观念。局内式的和局外式的人类学研究之间存在的差异，使我们认识到，只有通过他者（other）来对照自我（self）的问题，把知识上的辩论和政治目的论拉开距离，我们才能获得"文化自觉"。我曾经指出，外部的汉学人类学研究给我们的教益是，中国文化不能孤立地作为一个确定整体来研究；而一些海外新一代中国人类学家的研究表明，普通人特定的生活、交换和记忆方式，比传统的"中国文化"的概念更重要。①从远方、从人类学家自身社会和宇宙观之外寻求替代性的宇宙观和社会实践，仍然是跨文化人类学叙事的核心实践。而有趣的是，尽管极少数中国人类学家曾对非中国的文化进行过研究，但在其研究中，没有与他者进行多少对照，就急于表达中国文化的独特性。可以说，中国人类学家过度地关注中国文化的自我，而很少联系其他文化来审视这个文化自我。必须指出，中国人类学研究的这种特征，虽然可能是在五十年代以来逐步得到突出强调的，虽然与国家建设的特定历史发展有很密切的关系，但是，它的根源可以追溯到十九世纪后期"天下"观念向民族国家观念转变的历史中。

在西方学术界，尽管对中国文明的猜想有诸多问题，但这些猜想仍有很强的影响力。这些猜想的基本观点是，中国文化是介于理

---

① 参见王铭铭《社会人类学与中国研究》，三联书店1997年版。

性与神话之间的"中间状态"。于是,一些欧洲的同事认为,中国文化处在理性与神话之间的中间状态,这一事实本身自动证明了中国文化的伟大。在中国学术界,近似的观点也以不同的风格表达出来。费孝通提出的"文化自觉",呼吁中国的本土学者们认识到中国在世界中的优势位置。①而在这一呼吁得到了积极关注的同时,我们看到理论界的另一个重要转向,这就是中国学术界新左派和新自由派之间的争论。显然,"文化自觉"的论点,与关于"现代性"的争论,关怀的问题各自不同,前者关注的是我们文化的自觉,如何可以造就一个新的人文世界,而后者的焦点则在于现代性的认识。不过,必须指出,这两种不同的关怀,显示着同一种问题意识:在一个逐步"一体化"的世界中,中国文化的独特性和我们民族的独立性是"进步"的"催化剂"还是障碍?

互惠人类学的"互为主体性"

"互惠人类学"(reciprocal anthropology)是过去十年内才得到倡导的,我在这里用它指的是一种替代性的世界观和实践,其中主要是去认识文化系统之间的并接和交换在逻辑上和本体论上具有的意义,去鼓励在人类文化之间创造"共同性情(mutual disposition)"和"共在(co‐presence)"的努力。②可是,我们如何能够表明,这样的追求乃是对知识和文化之间关系的一种创新性追求呢?在整个二十世纪,人类学家追求的都是"在他者中"审视自身。结构人类学家列维—斯特劳斯(Claude Levi‐Strauss)的理论基石——"联姻理论"和互补性对立,就强调了"野性思维"中存在的跨文化交流的无意识模式。互补性对立在许多人类学家的研究中可以发现,这为我们追求

---

① 费孝通《在二十一世纪人类学生存国际学术会议上的讲话》,《厦门大学学报》,2000年第 4 期。

② Alain Le Pichon "The sound of the rain: poetic reason and reciprocal knowledge", in The Conditions of Reciprocal Understanding edited by James Fernandez and Milton Singer with Transcultura, pp. 348 – 351. Chicago: Center for International-Studies. 1995.

反思性的共在提供视角。尽管后殖民主义者或反思人类学家也在讲述，人类学家如何离开他们的欧洲家园，"用把胜利当作'进步'的欧洲故事相同的方法，来对非欧洲人进行分类"。①但其中某些作品也类似于创造"共同性情"。因而，互惠人类学比现代和后现代人类学更进一步的是，需要在其他更早的人类学视野中找到明确的互惠方式。巴赫金(Bakhtin)的"对话性想像(dialogical imagination)"、某种时空结合体(chronotope)以及莫斯(Mauss)的"完整性呈现(total prestation)"都给予了某些启发，②并要求对人类学的学科构成重新评价。但这种重新评价会具有何种独到之处呢？

答案似乎是自相矛盾的：一方面，互惠人类学把他者的文化视为与"我们"极为不同的某种价值和知识体系；另一方面，互惠人类学的立身之本就是对现代人类学二分世界及"他者化"研究的批评。核心问题就是，互惠人类学如何在这一对立之间建立学术上和本体论上的连续。李比雄（Alain Le Pichon）关于对应(correspondence)的观点——"对一个文化的观察和分析能够对应于另一个文化的观察和分析"③——乃是问题解决方案的一部分。而我认为，要建立这样的对应，首先不能把互惠人类学简化成欧洲中心的某种单边的交流，而是需要建立一种多边的交流。这样能避免单边交流带来的对欧洲中心的单向批评，从而使他者摆脱只能成为西方的对象和镜子的命运。

然而，在认识论和本体论的前提下，互惠人类学并不仅仅质疑西方的"本土宇宙观"，而是想通过对学科的重新评价而形成某种新的研究方法。互惠的理解方法中拥有一种更广泛的交换，其目的不同于对殖民主义的现代性以及启蒙的批评视角。我们感兴趣的

---

① Talal Asad "Afterwords: From the history of colonial anthropology to the anthropology of Western hegemony", in Colonial Situations edited by George Stocking, pp. 314 – 324. Madison: The University of Wisconsin Press. 1990.

② George Marcus and Michael Fischer. Anthropology as Cultural Critique. Chicago and London. 1986.

③ Alain Le Pichon "Introductory remarks", in The Conditions of Reciprocal Understanding edited by James Fernandez and Milton Singer with Transcultura, pp. 8 – 11. Chicago: Center for International Studies. 1995.

是去探究可能存在的相互间的误解，而不是对欧洲中心主义进行简单的政治上的修正。但在谱写理解的交响乐之前，对误解进行互惠性的反思，更为紧迫，因为在构成交响乐的复调音乐中，有一部分是由非西方人谱写的。例如，我从中国人对于自我与他者之间关系的认识论变迁史中看到，这种表述体系与西方对他者的论述，有着诸多相近之处——这不排斥二者之间存在的差异，如中国文明中不存在"文化相对论"，却拥有历时性的时间感。在中外研究中国的人类学中，中国经常被当成一种独特的"民族志区域"或独特的"文化教益"，这或许正是局限了我们的视野的论点。至少这里的论述有助于说明，对某种中国性的追求，可以由"颠倒的西方概念"构成。同时，"西方"与"非西方"截然两分的二元化世界观，使我们忘记了中国历史上曾经对世界有着"开放的认识"，曾经与世界有密切的交流，而这里的"曾经"两字，也隐含着对于"当今"两字的诠释。因而，重新认识中国世界观的宏观历史变迁，重新在一个"非西方"的情境中理解地方性知识的体系及变迁，能够为我们的认识论和本体论反思提供有意义的观念工具。

在后现代理论的影响下，非西方的学者们走出了对自身文化的悲观主义局限，看到了文化复兴的希望。然而，正是这种后现代主义的转变，使我们的"文化自觉"再度纳入了从对帝国主义的批评向国族自我认同的"拯救话语"转变过程中。于是，很多学者能够证明，"后现代世界"带来的转变，虽然时常被误认为是"全球化"，但是却仍然是文化自我反思模式不断自我证实的过程。而我这里所要指出的是，误解"他者"的习惯，缘自于我们对于"自我"的特定认识方式，这也就是说，超越"本我文化"的限制，跨文化的思想旅行，虽然起源于某种有限的"共在"理论，但是却应当是我们之间——西方与非西方——需要共同参与的事业。"互惠人类学"提出时，用的是"互惠"这个概念，但时常被人们理解为一种单向的、空洞的"异文化"对"本文化"的教益。其实，"互惠"的意思本来就是双向的，它要具备实质内容，就需要"交换"的双方来"互为主体地"馈赠我们各自拥有的"礼物"。

传统:演进还是革命

——论当代中国文学的纯文学倾向

[法] 金丝燕

反传统在现当代中国已经成为革命的传统。中国文学自新文学运动开始,第一次试图与世界文学潮流会合。以往由对古人的参照转向对国外的参照。作家们试图寻求超越自己的历史,进入现代。

第二次与世界文学的会合,始于七十年代末。并在八十年代,以"走向未来丛书"为标志达到高潮。中国人仍然试图超越历史,进入现代。商务印书馆再版了三百余种名著译作,西方人文主义思潮大量涌进中国。反传统与向外再一次成为了这一时期的主潮。

这一次向外,是否潜伏着另一次封闭?当代文学中国对自己的传统究竟是革命,是演进,还是历史的重复?

中国大陆的当代文学,以1949年为始点,一般没有异议。但对1949年至今的分期存在三种意见:

一种意见是以1949年至1976年为第一期,1977年至今为第二期。

另一种意见,以1949年至1957年为第一期,1957年至1966年为第二期,1966年中至1976年为第三期,1977年至今为第四期。

第三种意见,以1949年至1966年为第一期,1966年至1976年为第二期,1977年至今为第三期。

三种分法,1949年与1977年似是两个没有争议的年份。分歧在如何断中间的二十七年。

我们这里不讨论如何分期，我们所关注的是在反传统的革命传统中，当代中国文学所经历并正在经历的革命与困境。

今天的中国，文学批评的群体关注失落了。

批评与创作基本分离。批评是生计，与创作行为无关。创作也是生计，一头扎入生活，好像扎得越深，灵感便源源而来。至于驻足而虑，恐怕是当代人最不能忍受的了。驻足需要时间，在这个连作家都希望把一切都变成快餐的年代，浪费时间是最大的奢侈。无论他人的虑，还是自己的虑，都只是浪费时间。于是批评家与作家各写各的，尤其是各出各的。老死不相往来。难怪高行健把批评家称之为"好事者"，批评被等同于批判。创作好像只需要有感而发就行。

法国作家乔治桑说，一个社会，当它把妓院与修道院共存其间，人可以选择两个极端，或在中间地带生活时，这个社会是正常的了。至少不是胡子眉毛一把抓，一场混战。我们的作家们与批评家们的清楚界定，倒是符合乔治桑的说法。

今人好自白。作家仅有的少数批评，可以看作是他们的文学自白，辩解多于批评。自白与辩解说明作家心中仍有恐惧。在此，我们不论恐惧的根源，无论外界的或自我的。

因此，今天文人的文学评论，正如刘勰所言，是"各照隅隙，鲜观通路"。

回首导致百年理论论争的明代"拟古"与"性灵"两个流派，再观二十世纪中国文学明道主流与纯文学次流的几次论争，我们可以尝试理出一个反传统的线索。

本世纪初由新文化后人冠之"五四"的运动开始，中国经历了几乎整整一个世纪的反传统。传统文化受到严厉批判，所有"复古"派均被唾弃，明代复古派也不例外。

新文化运动是一次对传统的解魅。但很快又入魅，求新与西化。自六十年代始，中国又经历了近二十年的求新癫狂。革命的对象已不是早成为僵尸的复古思潮或运动，所谓旧四旧，而是新四旧。一切的一切，一旦存在就是旧的。"复古倒退"，"形式主义"是革命的人们第一痛恨的罪名。这样的求新，今天仍然继续。中国人的眼光是不能往后看的。头是不能向后转的。后，意味着复，意味着退。能逃过倒退名号的是国界。因此，国人的眼睛转向域外，这一转，转了一个世纪。

倘若我们抛弃简单的思维方法，带着充分的耐心去回顾历史的来龙去脉，就会发现中国历史上的复古与反复古，都是对传统的再度审视，都是当时历史条件下对现存的反动。是通过与遥远的历史的联结，对今天进行革命。人怕的不是昨天，而是今天。

在中国文学史上，明确以复古为口号的文学思潮有四次：唐初陈子昂倡导的诗文复古运动，中唐韩愈、柳宗元倡导的古文运动，北宋梅尧臣、欧阳修倡导的诗文复古运动和明代前后七子的文学复古运动。明代复古历时一个半世纪。其特点是激烈的文学论战。复古派对中唐以下，宋元至明前期的诗文批判尖锐，反复古派的公安、竟陵两派又对复古派猛烈抨击，嘲笑指责，明代中晚期文坛成为中国古代文学史上最热闹的一段。①最热闹也最丰富，文学的众多命题完整地受到审视、辩论，并直接付诸创作。文学批评与创作是整体，文学家又论又作。这样的热闹，中国后来只有过一次，本世纪初三十年间。但无论时间、激烈程度都不及明代。

明人好批评。明代文人的创作与文学批评密不可分。无论地位、作品、功名，文人都重视文学理论的探讨，重视对作品的评论与分析。这种对文学批评的群体关注，是作家自信的体现，作家对前人，对他人，对自己与未来没有恐惧，没有拒绝。

拟古与"性灵"两论，已使明初的文人歧分二途。到了前后七子，尊古复古，"文必秦汉，诗必盛唐"，把对传统的继承推向极致。公安继起，与之对立，主张独抒性灵，不拘格套。邵红认为，引起这种对立的原因有二：一是明初取士之法的八股科举制度引起的反弹，一方以尊古为原则，一方则要从这种枷锁中解脱出来，强调个人的心性自由；二是当时以复古派为主的门户之风。主性灵的文人

---

① 参见廖可斌：《明代文学复古运动研究》，上海古籍出版社，1994年版。

虽然不欲成派,但他们欲救时弊,与拟古者的理论对立,在明代好门派的风尚下,自然形成一派。①

对文坛有显著影响并能扭转一时文风的是公安派袁宏道(1568—1610)、袁宗道(1560—1600)和袁中道(1575—1630)三兄弟。"三袁"中名声最大、成就最高的袁宏道曾指出:

> 惟夫代有升降,而法不相沿,各极其变,各穷其趣,所以可贵,原不可以优劣论也。(《叙小修诗》)

中国的文学观在春秋末年已经大体形成。《尚书·尧典》首先提出"诗言志"。《毛诗序》说"诗者,志之所之也。在心为志,发言为诗";而"情动于中而形于言。言之不足,故嗟叹之,嗟叹之不足,故永歌之"。这两段文字便是"诗言志"与"诗缘情"的来源。被后人视为文学的两种本质。直到中国近现代文学史,"为人生的文学"或现实主义的文学与"为艺术的文学"或"纯文学"的争论,都可以看作是"诗言志"与"诗缘情"这两种关于文学本质解释的争论。

孔子在《论语·阳货》中论诗的社会功能说:"诗可以兴,可以观,可以群,可以怨。"在孔子,诗是厚道的,逍遥的。但不排他。诗的"兴、观、群、怨"作用,后来被理解成完全相反的两种文学作用:一是表现个人的感情,喜怒哀乐一倾而出,对社会进行嘲讽;二是强调文学的社会伦理作用,重说教,重群体,轻个体的情感。

当主体自由与社会伦理要求之间,主体的感性与理性之间无法保持平衡与和谐时,人只有两种选择:或追理性,求精神上的满足,如宋明理学;或对社会完全放弃,退回个体,即对"另一个我"的思考。在法国,它始于十九世纪中的法国诗人奈瓦尔,经诗人兰波至马拉美,在诗歌上达到极致。诗人艾吕阿的"我在我不思,我思我不在"更使这个"自我"分裂得无以复归。

在中国,后一种选择,在明清时期,是"性灵"派;在清末民初,

---

① 参见叶庆丙、邵红编《中国文学批评资料汇编(明代)》,成文出版社,台北,1979 年版。

是"纯小说";在二十世纪初的新文学运动时期,是"为艺术而艺术"派;在八十年代,是"朦胧诗";在世纪末,是"冷的文学"。个人的心理、性格、感情、经历,文学与人的关系,语言与使用者的关系,作者与读者的关系,成为关注的问题。

文学的首要功能,传统上被认定是"明道",第一个明确提出"文以明道"的是柳宗元。他在《答韦中立论师道书》中说:

> 始吾幼且少,为文章以辞为工。及长,乃知文者以明道,是固不苟炳炳烺烺,务采色,夸声音,而以为能也。

自宋而下,"文以明道"成为文学的主要功能,尽管有过明中晚期的"性灵"派,三十年代的"纯文学"派,八十年代"朦胧诗"及世纪末"冷文学"的几度反抗,曾经被冷落片时,但很快又卷土重来,始终是中国文学的主流。

对于明道的质疑,第一个出来说话的是宋代的严羽。他认为以理为诗,以学问为诗,诗越来越不像诗了:

> 夫诗有别材,非关书也;诗有别趣,非关理也。
> 诗者,吟咏情性也。盛唐诗人,惟在兴趣;羚羊挂角,无迹可求。故其妙处,透彻玲珑,不可凑泊。如空中之音,相中之色,水中之月,镜中之像,言有尽而意无穷。(《沧浪诗话·诗辨》)

解决的途径是什么呢。严羽提出以盛唐为师。这个观点是从张戒的师古人发展而来的(见《岁寒堂诗话》)。明代文学中的复古派师承于此。

明代的茶陵派是复古的初步实践。其代表人物李东阳主张,诗文有别,强调文学的独立性;诗言情,贵意淡远,贵情思而轻事实(见《怀麓堂诗话》),主张以汉唐为师。他亲自实践,拟乐府诗,既学古人,又有创造。他的复古,是对当时盛行的理学文学的反动,以复古反宋明理学。他的复古,是一次革命,还文学性给文学本身。

李东阳等清扫近世文坛迷雾，把文学重新引向宋明以前，开明代复古先河。但是，相继而起的复古派则走得更远。他们要远追古代盛世，古代圣人，以扫时弊，以救时政。为救时政，他们前赴后继，视死如归，写下了中国文人参政最悲烈的一页。也由于追远古以救时政，复古派重情的文学主张被忽视，继而被掩盖了。事实上，复古派与"文以明道"相对抗，重视民间歌谣，以情为本，试图矫正近世文人诗歌创作中的理性化倾向。复古，再一次试图还文学性给文学本身。我认为复古派的重要历史作用有二，一是还文学性给文学，追远古以创新，反对借"明道"把文学沦为时下政治的工具；二是在这个意义上开了明晚期"性灵派"的先河。而他们追远古的失败，也证明中国古典传统的稳定性与封闭性，以及革新的艰难。

廖可斌在《明代文学复古运动研究》一书中对复古派作了合乎史实的评价：

> 阳明心学与前七子的复古运动同兴于弘、正之际，他们都是当时思想文化领域解冻的产物，都具有摆脱束缚、弘扬主体精神的性质，所以两者曾"并行而不悖"。但是，复古派的目标，是恢复个人与社会、情与理完美统一的古典审美理想，这样，他摆脱束缚、弘扬主体精神的程度就有较大的局限。阳明心学则大力倡导人的"良知"，即主体精神，他在追求主体精神的独立方面便先走了一步。①

王阳明的这先行一步，为明代晚期"性灵派"崛起作了思想上的准备。而李贽（1527—1602）在万历十八年出版的《焚书》则奠定了"性灵派"后人称之为浪漫主义文学思潮的基石。"性灵派"之一的"公安派"，高潮在万历二十六年至二十七年。代表人物是袁氏三兄弟。李贽晚年辞官入湖北麻城芝佛院落发出家。袁氏三兄弟自湖

---

① 廖可斌：《明代文学复古运动研究》，上海古籍出版社，1994年版。

北公安慕名来访，双方相见恨晚，三个月后方辞别而去。

文学语言的革新是袁宗道关注的问题。他对此作了专门系统的论述，代表作是《论文》上下篇。袁宏道致力的是个性化的文学。他的著名口号是"独抒性灵，不拘格套"（见《叙小修诗》①）。

"性灵"一词，用于文学批评，可上溯到南北朝时期。唐宋以后不再多见。明代中期以后，性灵二字才开始在文学批评中较多地出现②。

袁宏道的性灵说本质在真，旨在摆脱崇古贱今、道学理学之类的束缚。出自性灵者为真诗，直到七十年代末的中国诗坛，我们仍能听到回声。

万历三十八年至四十八年间，以钟惺（1574—1624）、谭元春（1586—1637）为代表的"竟陵派"兴起。谭元春提出，真文人必有自信与自悔，"独有所见"，"其才不难自变"，而不墨守故步。所持的性灵说，与公安派不同。前者内向，避世，是一种幽深孤峭的境界。后者开放，重情趣。钟、谭以"厚"为灵心的表现，重厚轻趣。但两者的性灵说，均重表达自我。

复古运动与"性灵派"，事实上是从不同的角度对"明道"传统的革命。复古派寄希望于远古圣人，中国传统的封闭性没有让复古派的革命成功。"性灵派"倡导"独抒性灵"，强调独立的主体精神与文学自身的本性，中国传统的稳定性也使他们成为短暂的声音。而竟陵派最后则与体现自己文学主张的文学选本《诗归》一起复归于古人。

公安和竟陵学派代表了中国文学的次流，但在三百年后，周作人把这两个流派看作是中国文学革命的先驱。中国"新文化运动"关于传统的论争，复古与求新的冲突，新文学时期"为人生而艺术"与"为艺术而艺术"的论争，之后现实主义独霸文坛数十年中由"朦

---

① 叶庆丙、邵红编《中国文学批评资料汇编（明代）》，成文出版社，台北，1979 年版。

② 参见王运熙、顾易生主编《中国文学批评通史》，明代卷，上海古籍出版社，1996 年版。

胧诗"引起的论争,乃至当今关于现代主义与后现代主义的论争,我们都可以从遥远的明代文坛论争中找到脉络。

中国纯文学的开端,可以上溯到齐梁时代钟嵘的《诗品》。诗学因此脱离经学,带有纯文学性质的思辨。至宋代严羽的《沧浪诗话》,再凸现诗的美的本质,其建立的纯诗体系与以教化功能为诗的传统的诗论相对。其对盛唐的眷顾,又是为明代复古运动提供了理论基础。

中国现当代文学史上的纯文学观念的发展,我认为经历四个阶段。

第一阶段是提出"纯文学"这三个字,时间约在本世纪初的"小说界革命"(1902)前后。

第二阶段,是二十至三十年代,新文学革命时期。

第三阶段,1979年的朦胧诗派,同时期有高行健的《现代小说技巧初探》一书问世及1986年的兰州诗歌讨论会。

第四阶段,主要是九十年代在海外的一些作家的思考:即"冷"的文学。

第一阶段:清末民初

十九世纪末二十世纪初,大量欧洲文学小说译本在中国问世。批评家、译者、读者各有所好,因而产生"纯文学的小说"与"杂文学的小说"的分类①。

当时的"纯文学的小说"定义似乎是:

> 专以表现著者之美的意象为宗旨,为美的制作物,而除此之外,别无目的者。②

"杂文学的小说"定义是:

①② 成之:《小说丛话》,《中华小说界》,第一年3—8期,1914年。见陈平原《二十世纪小说史》,北京大学出版社,1997年版。

或欲借此牖启人之道德,或欲借此输入智识,除美的方面外,又有特殊之目的者。①

根据这样的定义,"纯文学的小说"应该指传统上所称的"闲书",而"杂文学的小说"指国外传来的政治、科学及侦探小说,即通俗小说。比较奇怪的是,当时的新小说派希望通过国外通俗小说译本来提高杂文学小说的地位,把小说往雅文学上抬。"杂"与"雅"相联,"纯"与"闲"相系。

中国译者对这种可以有特殊目的的小说寄予厚望。1896至1916年的外国文学译本中,侦探小说占很大比例。据统计,在1100部清末小说中,侦探小说及具侦探小说要素的作品译本占三分之一左右。②

当时的新小说家们不知是无暇还是出于误解,将"雅"与外来的"新"等同。他们希望借助国外小说,完成中国小说由"闲俗"向"雅杂"的过度,即让小说走出边缘地位,像诗歌那样行使教诲功能,用梁启超的话说,有"改良群治"的功能。

当时的新小说家肯定:"有新小说就有新世界。"③

梁启超的"小说界革命"的目的也在于此。戊戌变法失败,梁启超流亡日本,对日本的政治小说进行认真研究,极为赞赏日本政治小说的社会功能,"以裨官之体,写爱国之思"④,认为可以引作中国小说的范本。对此,他有着中国知识分子的那种自信:

今日欲改良群治,必自小说界革命开始;欲新民,必自新小说始。⑤

---

① 成之:《小说丛话》,《中华小说界》,第一年3—8期,1914年。见陈平原《二十世纪小说史》,北京大学出版社,1997年版。
② 陈平原《二十世纪小说史》,北京大学出版社1997年版。
③ 《新世界小说社报》发刊辞,1906年,第一期。
④ 陈平原《二十世纪小说史》,北京大学出版社1997年版。
⑤ 梁启超《论小说与群治之关系》,载《新小说》,1902年第一期。

此后四年,纯文学之声起。当王国维评断"三国演义无纯文学资格"(《文学小言》),纯文学三个字事实上已经与时尚小说观对立。他在《论哲学家与美学家的天职》中提出:

> 美术之无独立之价值也久矣。此无怪历代诗人,多托于忠君爱国劝善惩恶之意,以自解免,而纯粹美术上之著述,往往受世之迫害而无人为之昭雪也。此亦我国哲学美术不发达之一原因也。①

人生是文学的厚积,但不是文学的目的。王在 1906 年发表的《屈子文学之精神》中说:"诗歌者,描写人生者也。此定义未免太狭。"王国维首次②引进席勒的"游戏说":

> 文学者,游戏的事业也。……故民族文化之发达,非达一定之程度,则不能有文学,而个人之汲汲于争存者,决无文学家之资格也。(《文学小言》)

王国维重视纯文学的独立价值。这种反功利的文学观,出现在晚清,它前对两千多年的明道传统,后对中国文学革命,有着足以发人深省的革命性。这是对传统中国批评中性灵说及境界论与外来影响的综合。而他的纯艺术观念并不排除人生:

> 美术之价值,对现在之世界人生而起者,非有绝对的价值也。其材料取诸人生,其理想亦视人生之缺陷逼仄,而趋于反对之方面。如此之美术,维于此之世界,如此之人生中,始有价值尔。③

---

① 载《教育世界》,1905 年,第九十九期。
② 参见周锡山《王国维美学思想研究》,中国社会科学出版社,1992 年版。
③ 《王国维文学美学论著集》,北岳文艺出版社。

这种在后来的文学革命者那里被认作不能兼容的正动与反动,在王国维那里却是鱼和熊掌兼而有之。而面对已经热闹了一百年的这个世纪,今天革命者是否已经拥有他的见识与胸怀?

在现当代的中国文学批评史上,王国维是惟一一个集纯艺术与艺术人生观于一体的批评家。之后,纯艺术与艺术人生分成两种时而并存时而完全对立的倾向。

他也是引用西方理论(康德、叔本华)来批评中国固有文学的第一人。①在他之前,还有一人,即《文心雕龙》作者刘勰。刘勰在中国文学史上的空前绝后,其中一个原因,是他潜心佛典,"在立论的方式上,曾经自中国旧有的传统以外接受了一份外来之影响"②。王国维也有着一份外来的影响。叔本华使王国维确信美超然于利害之外,康德使他从"优美"与"壮美"两种状态看到文学的超越。

与王国维同一观点的还有周树人,周作人兄弟,周氏兄弟都是留日青年。尽管他们也同意文学可以改良人生,但改良人生不是文学的目的:

> 由纯文学上言之,则以一切美术之本质,皆在使观听之人,为之兴感怡悦。文章为美术之一,质当亦然,与个人暨邦国之存,无所系属。③

> 勿执著社会,是艺术之境萧然独立。④

艺术有独立性,不应该过分追求直接的社会功用,这一观点在当时并非主流,影响很小。但他们的思想却与后来的五四文学直接接轨,后为创造社作家继承,发扬为"为艺术而艺术"。

"纯文学"并非外来物,但它在中国现当代文学史上掀起的几

---

① 参见叶嘉莹《王国维及其文学批评》,广东人民出版社,1982年版。
② 同上,第135页。
③ 令飞(鲁迅)《摩罗诗力说》,《河南》第2号,1908年。
④ 启明《小说与社会》,《绍兴县教育会月刊》,5号,1914年。

次波浪,几乎都同经历过留学或留居海外的文人及作家有关。国外的经历究竟在他们的纯文学思想上起何种程度的作用,值得研究。

第二阶段:新文学与现代文学时期(1917—1949): "纯文学"流派的产生

这一时期,主流与次流的接触主要集中在翻译与创作目的的讨论上。

关于翻译目的的争论。这始于1922年7月《小说月报》登载读者万良浚的来信。此信建议翻译《浮士德》、《神曲》、《哈姆雷特》等"产生较早,而有永久之价值"的著作。同期登载茅盾的回信。茅盾认为:

> 翻译《浮士德》等书,在我看来,不是现在切要的事;因为个人研究固能惟真理是求,而介绍给群众,则应审度事势,分个缓急。

视群众是译者的主事对象,文学的社会功能凸现。之后约六十年间,这始终是翻译的主导。肩负这样的社会职责,文学,无论译者还是作者,都只能是准点叫的公鸡。早叫便是噪音。

与社会功能论相左的观点以郭沫若等为代表。郭沫若在同年7月27日《时事新报》副刊《学灯》上发表《论文学的研究与介绍》一文,回答茅盾的观点。他认为文学研究是研究者个人的自由。文学翻译,译者起关键作用。译者既对文学作品有选择的权力,又对读者有指导而非顺从的作用:

> 这种翻译作品,无论在什么时代都是切要的,无论对于何项读者都是经济的,为什么说道别人要翻译神曲、哈姆雷特、浮士德等书,便能预断其不经济,不切要,并且会盲了目的呢?

1922 年 8 月，茅盾在《文学旬刊》第 45 期发表《介绍外国文学作品的目的》一文，文章副标题为"兼答郭沫若君"。茅盾在肯定译者的主观动机外，强调客观的需要：

> 我们翻译一件作品除主观强烈爱好心之外，是否有个"适合一般人需要"，"足救时弊"等等观念做动机？

茅盾认为翻译有改造社会的任务：

> 我觉得翻译家果深恶自身所居的社会腐败，人心的死寂，而想借外国作品来抗议，来刺激将死的人心，也是极应该也有益的事。

这是反抗社会，反抗现实传统的革命。与明代复古运动不同的是前者借外国文学作品，后者走本国古人之道。

林语堂、徐志摩与鲁迅在翻译文学的方向上也有争论。林语堂在《今文八弊》中批评只重视现实需要的翻译倾向：

> 其在文学，今日介绍波兰诗人，明日介绍捷克文豪，而对于已经闻名之英、美、德文人，反厌之为陈腐，不欲深察。

徐志摩对"救时弊"的使命持批评态度，称以此为文学目的之人为有着一面可怕的大鼓的"救世军"，而徐志摩爱的是真正的音乐，鼓噪声之外的美。①

鲁迅著文反驳，认为世界文学史是文学的历史，不是以枪炮强权为准度的，波兰捷克虽然没有加入八国联军，但文学却在。批驳带有明显的爱国主义心情。

翻译要尊重文学本身的价值，翻译应适合民众需要，"足救时

---

① 徐志摩《死尸》序，《语丝》第三期，1924 年 12 月 1 日。

敝",这代表两种文学观。

关于文学创作目的的争论。新文学运动革命的对象是一切旧的文学,旧的传统。值得注意的是同为文学革命者,从一开始已经显示出不同道的倾向。革命的对象是一致的,但革命的目的与道路却不同。

新文学革命的作家队伍几乎很快就分成两派:为人生派与为艺术派。前者最初以俞平伯、田汉为代表,后得到茅盾以及文学研究会作家群的发扬。后者以成仿吾、郭沫若为代表。

主人生的俞平伯把主义提得很高:

> 我们必定要求精神和形式两方面的革新。主义是诗的精神,艺术是诗的形式。新诗的艺术果然很重要,但艺术离开了主义,就是空虚的,装饰的。供人开心不耐人寻味使人猛省的。中国古诗大都是纯艺术的作品,新诗的大革命,就在含有浓厚人生的色彩上面。①

中国古诗被归类为纯艺术,没有主义,也就没有精神。纯艺术在这里是被否定的。

田汉提出诗人的平民化,认为"不赞成讴歌这种神圣劳动的诗人,可不算真正的诗人!"②

诗人平民化自田汉提出后,在以后的几十年间是一直受到鼓励的倾向。诗人的惟一道路是走出个人,走出象牙塔,融入群体,成为劳动者。人民的诗人这一要求从这里开始。

田汉的这一观点可以看作是中国文学史上几次诗歌民歌化倾向的继续。不同的是诗人第一次从观者被要求变成劳动者。

茅盾更明确地致力于以改造社会的新文学。用它唤醒当时的中国人。而一种空洞的、远离人生真实的文学是死的文学。真正的、

① 俞平伯,《社会上对于新诗的各种心理观》,载《中国现代诗论》上编,杨匡汉,刘福春编,花城出版社,1985年。
② 田汉,《诗人与劳动问题》,《少年中国》1卷8期。

现代的文学毫无疑问必须与真实人生相连,以改造人生为目的。①

周作人认为诗本身即作用,即目的。郭沫若更直接:"艺术的本身是无所谓目的的。"②成仿吾完全赞同郭沫若的观点,认为应该除去一切功利动机,以便寻求绝对的美与完善,而美和完善才是作家毕生努力的目的。③主艺术派与主人生派的分歧,不在于表现什么,而在文学的社会功能,即文学的目的上。

主人生的观点,在对旧文学进行革命的同时,事实上继续了中国传统文学的明道主潮。新文学作家对传统的承继就在于此。

为艺术而艺术事实上是中国文学史上"性灵"派的继续与发展。它的革命性是双重的:对旧文学进行革命,对传统的明道文学观与新文学的社会功能论持异议。

郭沫若,成仿吾很快放弃纯艺术观点,将文学的社会功能作为创作的前提。这种转变的标志是 1926 年郭沫若在《创造月刊》第三期发表的《革命与文学》,《洪水》第十六期发表的《一个文学家的意识》,成仿吾在《创造月刊》第四期发表的《革命文学与它的永远性》。此时,为人生与为艺术两派一致对准旧文学,但在文学观上则继续明道传统。在这个意义上,中国新文学主潮对于传统是演进、继承而非革命。

排除文学的社会功利性,追求纯美的艺术倾向,在象征派那里得到继承。成仿吾在 1926 年以前提出的"纯诗"主张,穆木天,王独清提得更坚决,而且付诸创作。穆木天要求"纯粹的诗歌","纯粹的诗的灵感"。④穆木天的纯诗观受法国文学批评家伯雷蒙(Henri Brémond)1926年发表的《纯诗》一书的启发。王独清强调诗人的孤独与不合群。其榜样是法国诗人波德莱尔:

　　　　波德莱尔底精神,我以为便是真正诗人的精神。不但诗最

---

① 参见《中国新文学大系》,第 2 卷。

② 《文学之社会的使命》,《沫若文集》第 10 卷。

③ 参见《中国新文学大系》,第 2 卷。

④ 参见《中国现代诗论》上编,杨匡汉,刘福春编,广州花城出版社,1985 年。

忌说明,诗人也最忌求人了解! 求人了解的诗人,只是一种迎合妇孺的卖唱者,不能算是纯粹的诗人![1]

纯诗与孤独,让人想到曾经影响穆木天的法国批评家法伊(Bernad Fay)的一段话:

> 一种欲升华至上的诗歌是无法与众多的民众对话的。[2]
> 因为,它是一种对内在世界——最自由最纯粹的世界的精神狩猎,它要求诗人的孤独、寂然、个人的心态。[3]

如此明确地否定诗人迎合读者,强调作家的主体,在中国现当代,只有那个年代有过。纯诗的提出,无论对于传统的明道文学观还是"为人生"文学都是一种反动。李金发认为,艺术是不顾道德的,与社会不是一个世界。艺术惟一的目的就是创造美:

> 艺术家惟一的工作,就是忠实表现自己的世界。所以他的美的世界,是创造在艺术上,不是建设在社会上。[4]

为此,他创办了《美育杂志》。李金发的纯艺术观与创造社初期"为艺术而艺术"的倾向一致。然而,纯艺术能解决处于贫困,战争和主义纷杂的国度里的问题么?

象征派诗人使新诗在诗体语言革命之后,进入诗歌观念的革命。对传统的革命转向对诗人本身的革命。这一革命,在新诗内部引起骚乱和分歧。分歧与争论一直延续至今。

---

① 参见《中国现代诗论》上编,杨匡汉,刘福春编,广州花城出版社,1985年。

② Bernard Fay,《Panorama de la Littérature Contemporaine》, Paris, Sigittaire Simon Kra, 1925, P. 202.

③ Bernard Fay,《Panorama de la Littérature Contemporaine》, Paris, Sigittaire Simon Kra, 1925, P. 201.

④ 参见孙玉石《中国初期象征派研究》,北京大学出版社,1987年。

第三阶段:1978—1988

此阶段的中国当代文学的纯文学倾向走过五步,这是一次五重革命。

第一步:突破政治框架进入人学,是一次革命。文学从政治角色向文学本体回归。

第二步:由群体文学进入主体文学,主体精神的确立,是文学走向文学的重要一步。"现代主义与现实主义冲突的第一个回合。"①

第三步:各种风格表现主体感知,不再满足客观描绘。写什么变成怎么写的尝试。

第四步:多流派共存。寻求文学的新质。

第五步:对文学的语言进行审视,质疑。这一步相当艰难,北岛,杨炼,高行健,马原等作家都在尝试。

这一阶段主体文学的实验,最早是"朦胧诗"。

1979年《诗刊》第三期发表北岛的《回答》,1980年10月《诗刊》"青春诗会"栏目发表北岛、顾城、舒婷等19位年轻诗人的近50首诗歌。这些作品与几十年来文坛单一的革命现实主义相异。一问世,立即引起文坛关于"朦胧诗"的论战,论战历经数年。

反对者认为这些诗"古怪","朦胧",是二三十年代的沉渣泛起。是从西方诗歌中拾来的破烂货。"朦胧诗"由此得名。

赞同者认为朦胧诗摈弃空洞、虚假的调头,厌恶承袭,探索新的题材,新的表现方法,"恢复了纯诗的地位"②。

其所谓"纯",在于反作家的群体化,"试图以一种个性的语言描写一点个人的感受",③说作家想说的话。"我"多少年来第一次

---

① 朱寿桐《中国现代主义文学史》,江苏教育出版社,1998年版。
② 高行健《没有主义》,香港天地图书公司,1996年版。
③ 杨炼与高行健谈话录(1993年9月18日),载高行健《没有主义》,香港天地图书公司,1996年版。

回到主语的位置,他与世界的服务关系,与世界的温和也第一次变成紧张。"我"与"自己",更是陌生人的相逢(北岛的《无题》),中国当代新诗不曾有过自我的如此分裂。

该阶段关于"纯文学"的论争,集中在"形式与内容"的争论上。形式主义曾被认作是西方颓废的观念,论战以谢冕,孙绍振与徐敬亚的三"崛起"①达到高潮。

此后,纯文学的论争时隐时现,始终未断。

1981年9月,花城出版社出版了高行健的论著《现代小说技巧初探》,由于谈论文学形式,引起争论。这在当时具有争取作家创作自由的意义。正统的批评家认为这是对现实主义的严重挑战。这只"漂亮的风筝"以及冯骥才、李陀、刘心武关于中国是否需要现代派的讨论,引发一场"中国要不要现代主义"的论争。"四只风筝"的争论,事实上是纯文学倾向迈出的第三步。当怎么写涉及的不再是纯技术问题,"文学才发生了一个真正的、自觉的、清醒的飞跃。"②

高行健于1987年在《迟到的现代主义与当今中国文学》一文中,对这次论争作了回顾:

> (这)是四九年以来中国当代文学中难得的就文学自身的问题的一场大争论。这也正是这场讨论的意义所在。中国文学从政治、思想、社会、伦理的是非论争终于走到讨论起文学的自身方法与技巧,不能不说是一大进步。③

1986年《诗刊》发表金丝燕《诗的禁欲与奴性的放荡》一文。文

---

① 谢冕《在新的崛起面前》,见《光明日报》1980年5月7日;孙绍振《新的美学原则在崛起》,见《诗刊》1981年三月号;徐敬亚《崛起的诗群》,见《当代文艺思潮》1983年第1期。
② 冯骥才《小说观念要变》,《光明日报》1985年4月11日。
③ 高行健《现代小说技巧初探》,载高行健,《没有主义》,香港天地图书公司,1996年版。
④ 金丝燕《诗的禁欲与奴性的放荡》,《诗刊》,1986年12月。

章认为"象牙塔在中国的诗坛已久无踪影了"。④

中国当代诗人过于注重体验生活，表现生活，他们因此长久地被置入生存，受制于生存。他们成为被创造者，感受的追逐者。然而，感受是否是诗歌创作惟一的源泉？体现生活感受是否是诗歌的使命？

生存，是一个无所不在，欲把一切置于规范之下的蜘蛛网，在那里，只有死亡与偶然同在。诗的使命是要尝试摆脱生存的左右，尽可能烧掉约定俗成的线条。它要让自己的节奏融入世界的呼吸，让生活感受诗，而非让诗从属生活。

写作的过程高于一切。文学的境界不需要实在、确切、一丝不苟的意义规范：

> 诗不再把人以往已经完成或正在完成的体验作为自己的源泉，它不再愿意被"体验"创造，被读者创造了，它满怀希冀地要创造读者，创造那些不再把读懂与否作为阅读目的和评价标准的读者，创造那些具有相当智性力量与苦行意识的人作为自己的艺术合作者与对话人。①

这是继二三十年代"为艺术而艺术"的论争后，当代中国文学史上的又一次纯文学观念的抬头。而这一次的纯文学觉醒包括：摆脱曾被视为上帝的生活；"创造读者"；"智行两分，淡化外界"；"回到语言空间"，以及自觉"苦行"的意识。

其中提出了"回到语言空间的问题"：

> 诗之所以成为一种艺术，原因不在于它为人们表现了现实中的某个空间，而在于它本身就是一种特有的空间，它就在它自己的空间诞生。这一特性使诗天然地与语言的空间性发生关系，天然地把语言作为构造诗歌世界的最基本、最活跃也

---

①② 金丝燕《诗的禁欲与奴性的放荡》，《诗刊》，1986 年 12 月。

最具有生成或摧毁性的因子。②

在很长时期内，人们忽视了文学与语言之间的关系，把文字视为记录话语的工具。而作家则自信地把自己视作语言的主宰："凡想清楚的都能表达清楚"（Ce qui se conçoit bien s'énonce claire-ment.）（布瓦洛语），所以表述之词也源源而来。可是文字是否有支配作家的可能呢？中国的一些当代作家开始怀疑自己对语言的主宰地位了。如何使这个充满广告、统计和规范的生存世界感受到一点诗的活力？作家们不得不回到语言的空间。

文学是一种对语言的特殊审视，是从各方面拨弄语言，是语言的一种翻滚：

> 语言的翻滚使诗的表现力在诗特有的空间形成，这种诗的表现力就是新的审美方式与精神的感染力，它们能够渐渐导致一种新的理解世界的方式，新的生存方式。如果诗负有社会责任与功能的话，这不是最好的功能？这不是最重要的责任？①

要达到纯文学境界，必须经过两个阶段：孤独与制约。

孤独，把作家从纷杂的生活中解脱出来，给他的身心造就一种特殊的状态以倾听未知颤动的声音。这声音，在疲于奔命中是听不到的。只有智性能够听到。用古人的话说，就是"无听之以耳而听之以心，无听之以心而听之以气"（庄子语）。

制约，就是智性通过语言给予作家舒心的折磨，这是一种内在修炼。没有制约的自由，仅放荡而已。作家之所以成为作家，不是由于他敢干别人很想干而不敢干的事，不是七情六欲的完整实现，而是他所致力的境界，这是未经修炼的生灵无法达到的：

---

① 金丝燕《诗的禁欲与奴性的放荡》，《诗刊》，1986 年 12 月。

这是真正意义上的苦行,艺术世界里纯粹的冒险。此时此刻,人们还会坚持他们的偏见吗?人们还会拒绝诗人为纯艺术献身吗?

　　艺术的象牙塔充满着舒心的痛苦与炸药。①

　　《诗的禁欲与奴性的放荡》发表后,引起反弹。《诗刊》又出一期,刊登反对意见。时值八六年底,无论文学内部还是外部,"纯文学"这一潮流都没有光大的土壤,论争以一方沉默结束。

第四阶段:九十年代"冷"的文学

　　第四阶段的纯文学现象仅据现在看到的资料,主要出现在留居海外的一些作家的创作上。当作家可以说他想说的话时,"形式与内容"的论争便失去意义。纯文学的思辨在如何突破语言的牢笼与自我的牢笼这一更深层面展开。

　　这些留居海外的作家一般面临四种困境。

　　困境之一,作家离开故土,除了语言外,原有的牵制似乎不复存在,旧限制的消失,是否即是自由呢?远离产生这些争论与命题的环境,作家原有的创作对立面的消失,反使作家面临未曾有过的困境。对于原有的社会,他们作为批判者角色的作用消失了。二三十年代以创造社与象征派为代表的"为艺术而艺术",七十年代末朦胧诗重新挑起的纯诗论战,是作家试图以此保持作家与创作的独立的一种方式。而今远离故土,远离氛围,论争的对象似乎也摸不着了,诗人杨炼充分意识到这样的困境:

　　　　当一个作家出于某种外部的自由时,他就会发现,其实所有的问题,从来都在自己的内部。归纳起来,自己内部诸多层

---

　　①　金丝燕《诗的禁欲与奴性的放荡》,《诗刊》,1986年12月。

次的问题,集中到一个问题,就是表现的愿望与表现的限制的矛盾。这就是语言从古到今与作家的对峙。①

困境之二是语言的困境。杨炼认为,海外的环境使人与语言的冲突大大凸现了出来:

> 人们在形式翻新的背后,存在一个焦虑:对语言的焦虑,对语言的异己作用的焦虑。可一旦这个问题被自觉提出,又使过去种种"新"形式的大厦从基础上发生了动摇。②

高行健认为:

> 语言问题有一个陷阱,在传统文学观念中,语言是一种工具和手段。现在突然变成了文学的目的,甚至文学的主要对象,那么是不是语言本身就有意味?还是意味是来自语言背后,仍有待于语言所表达的?这个陷阱就在于人们把"玩语言"变成了根本。③

中国当今的海外作家群似乎不太情愿完全进入这种游戏。他们在不得不对语言进行质疑的同时,时时警醒自己,话语背后还有东西:

> 当"玩语言"丧失了任何意义,纯粹变成了一种游戏,人们忘却了语言作为一种意识,它要表述一点什么东西。今天我们回过头来要思考的,就是"玩语言"背后,要表述的究竟是什么?怎样去表述?④

杨炼的看法更进一步:"现在,问题的提出与提出的方式先天和为一体,探索语言表述与探索被语言表述之物同时进行。这本身应当

---

①②③④⑤ 杨炼与高行健谈话录(1993 年 9 月 18 日),载高行健《没有主义》香港天地图书公司,1996 年版。

成为同一个问题。"⑤

困境之三是进入了西方作家的困境：在商品化社会中，是被读者创造，还是创造读者？

困境之四是：现代性与自我问题。何为现代性？现代性是否等于新形式？它与现代主义的关系？"自我"到底是什么？语言是否真能表述自我的意识？作家们开始进入对人，并继续对语言的质疑。

因此纯文学，尽管各时代及各人的定义不同，但面临的问题是多重的。它不仅仅是形式问题。作家们希望找到用自己独特语言对人的生存状况、感受、感知去作独特的表述。这独特，相对于约定俗成，则是"变"。如浪漫主义对于古典主义，超现实主义对于自然主义，自我的分裂对于成为上帝的自我，创造性语言对于工具语言，纯文学对于载道文学。现代主义相对于对人，对语言的质疑，也就是对质疑的质疑。

当文学(包括语言与写者)仅仅被作为表述的工具时，纯文学的提出，意义在还文学给文学本身。离开文学，无法体现人对生存的独特感知。可是，当文学被作为纯粹的关注对象的时候，人们才发现它是一个陷阱。它是否是目的本身？还创造性给词语本身，却很可能使写者成为词语的工具。杨炼很清楚写者的这种处境：

> 我们总想找寻一种新的语言，那本身不是目的，目的是企图逃出语言的牢笼，或至少更充分表述这种囚禁。那么当代作家的现代性，在语言上表现为两方面：限制的困境与原有语言的领域加以扩大。他只能在这个笼子里跳舞，但他还得跳。①

摆脱这四个困境，亦或作抵抗或自卫，作家们是否只能走"纯

---

① 杨炼与高行健谈话录(1993年9月18日)，载高行健《没有主义》香港天地图书公司，1996年版。

文学"的道路?"纯文学"在中国,是对明道文学的传统而言。"纯文学"在当今西方,是对抗文学商品化,对约定俗成的语言的质疑。质疑始于法国诗人马拉美。当他把生成性语言与约定俗成的语言相对,提出把创造性还给词语本身时,诗人开始了对自己的革命。然而对语言的质疑,对于作家,是一个无底的陷阱。"纯文学"对语言的关注,使中国作家面临相当艰难的困境。如何能走出困境?光有勇气与执着是否就够了?这一意义上的"纯文学",杨炼称之为"疏离的文学",高行健则称之为"冷的文学",它与"热"的载道文学,甚至抒情言志的文学都不同:"这种恢复了本性的文学,不妨可以称之为冷的文学,以区别于那种文以载道、抨击时政、干预社会乃至于抒怀言志的文学。"①如何"冷"?高行健认为是置身社会边缘,沉潜,或者说精神逃亡:"冷的文学是一种逃亡文学,是一种不被社会扼杀而求得精神上自救的文学。"②文学可以是一种没有观众的对话,它有无读者并不重要,它存在的理由,在它自身。用高行健的话说,"所谓写作无非个人向他生存的世界作出一个小小的挑战的姿态","写作,就是为了自我完成"。③早在1986年,杨炼已经在他的《诗的自觉》中,把这种有意识的精神远离称为"自觉寻求困境"。

中国当代作家及海外华文作家群中,有一部分人正自觉尝试从群体结构的轮回中突围,探索文学形式、语言,探索生存中的人类。文学不是要改变什么,它就是质疑本身。

新文学运动已经有八十多年,其思想已经变成我们文化传统的一部分。"传统"是否始终像其在这近一百年的革命传统中那样,完全变成被打倒的"他者"?我们是否需要创造传统?我们如何创造传统?传统需要我们创造吗?一旦传统被创造,它的危险是什么?当代文学中国对自己的传统究竟是革命,是演进,还是历史的重复?其主流与次流是否依然如文学史的模式?已经走过的历史可以是我们的参照。

---

①②③　高行健《我主张一种冷的文学》,载《没有主义》,香港天地图书公司,1996年版。

113

叔本华思想中的东方因素

汤用彤

叔本华究竟是信奉吠陀学说的,还是佛教徒?这个问题众说纷纭。以卡尔·纽曼(Karl Neumann)为首的一批著名学者,将这位伟大的欧洲悲观主义者拔高到目犍连 (Maundgalyayena) 和舍利弗 (Sariputra) 的程度;另一批与前者相颉颃的东方学家,则惟不久前去世的保罗·道依生(Paul Deussen)教授的马首是瞻,竭力将这位德国的泛神论者归入婆陀罗衍那(Badarayana)和商羯罗(Sankara)的门徒之列。然而,严格地说,叔本华既不信奉吠陀学说,也非佛教徒。他的哲学确实披着东方学究式的外衣。但是,叔本华哲学无非就是德国浪漫主义时代的合乎逻辑的产物。他的自然主义方法也无非就是十八世纪经验主义的遗产。他的神秘憧憬和美妙向往至多表达了欧洲中世纪的情感。至于东方智慧的精髓,叔本华终未登堂入室。

叔本华虽然漠视各民族之间的差别,却不能置身于德国十九世纪暴风骤雨般的环境之外。他为自己的原创性自豪,却并没有给我们任何实质上新的东西。他憎恶当时的"哲学空谈",但是,叔本华的"意志"又几乎就是费希特"自我"(Ego)的翻版。从康德的时代起,一场名为"lovell"的不受法律约束的运动席卷了德国:"泰但"的自我默祷、少年维特的烦恼、对"蓝色之花"的不厌追求。叔本华处身于这场可怕而巨大的漩涡之中,很出乎他自己的期望,这不仅仅是一个漩涡。无法安宁的感觉导致了他的悲观主义,这是他那个时代的愚昧。在这种愚昧之下,蜷伏着一群"有原创性的天才":从维特到雷纳,从柴尔德·哈罗德到罗拉。我们在这种愚昧中还发现了像海涅那样的严肃的幽默作家,缪塞那样的反叛的抒情诗人,拜伦那样的邪恶的文艺之神。叔本华则是诗人中的理论家。

将阿卡狄亚式田园牧歌的魅力投射到东方,反映出浪漫主义运动自由任性、无拘无束的特点。浪漫主义者揣测,他们在《摩诃婆罗多》和《罗摩衍那》里发现了"笨拙的中世纪精神"。关于中国,海涅说道,它是"引人注目的长城围绕着"的国度,"鸟和欧洲学者的思想飞越长城,美景令他们大饱眼福,他们回来讲述了有关那个奇怪的国度和人民的最为悦耳的故事。"梵文研究在沃伦·赫司廷斯(Warren Hastings)的庇护下起步,但是,东方之光却通过施莱格尔(Schlegel)这位浪漫主义中介者折射。更不幸的是,康德和洛克以来,形而上学的讨论很是流行。西方学者陶醉于现象和本体的概念,开始用形而上学来谈论东方宗教,而对于伟大的印度来说,西方意义上的形而上学是外来的。因此,叔本华引用了威廉·琼斯爵士(Sir William Jones)的话:"吠檀多学派的基本信条并不是否定,相反却是坚称没有什么独立于精神概念之外的本质。"至于佛教,弗里德利希·施莱格尔(Friedrich Schlegel)则称之为"一种无效的抽象和纯粹的虚无"。

尽管浪漫主义者的热情令人钦慕,但是,他们对东方所知不多。甚至连叔本华也曾经说过:"直到1818年我的著作问世之前,在欧洲几乎找不到有关佛教的著作,即使有也都是残缺不全和错误百出的。"他确信:"我肯定没有受到这种状况的影响。"乔答摩(Gotama)的教义通过后来的大乘部派的记载为人所知,奥义书的基本要义则是通过对商羯罗的解释加以研究而为后人知晓。商羯罗的年代要晚至六世纪,他将早期的理论转化成为自己的体系。

我以为,倘若仅仅凭借后来学者的中介,而不是对佛陀乔答摩的原始教义、早期奥义书的直接研究,那么,就不可能领略印度的最高智慧。

叔本华所可能具有的东方知识也许正是如此。他将印度的套话和自己的形而上学的行话胡搅在一起,完全混淆了东方宗教的特性。对此，他漠然不知。他很相信泰恩(Taine)的说法："可以毫不夸张地讲，严格说来，印度人和日耳曼人是仅有的形而上学天才。只有在恒河和斯普瑞河的岸边，人类的本质才被彻底的触及了。"与此相类似，《易经》变成了研究时间和相关数字的"数学哲学"。他完全不了解，所有头脑清楚的中国人通常只从其中汲取实用的和道德的观念。

至于婆罗门，既然他们从吠陀、献祭、隐居中获取宗教的宁静，那么，他们关心本体论的什么呢？他们专注于自我克制，眼睛盯住梵天，由此"满足一切的欲望"，那么，他们对形而上学会有什么样的兴趣呢？他们的探索确实触及了形而上学的要害，但是，他们所用的方法和关注的问题却和哲学家不同。然而，叔本华却似乎要从"Tat tvam assi"(汝即是彼)这样的陈词滥调里，为我们推演出"某种遵从充分理由的知识"。他将婆罗门教、佛教与恩培多克勒(Enpedocles)、毕达哥拉斯(Pythagoras)进行比较，欣喜的发现涅槃理论和星云假说完全对应。不过，对于乔答摩而言，形而上学的纠缠是最烦心和最无益的。"Tathajara 和任何理论无关。""宗教生活不依赖形而上学的教义。"

叔本华对心理学很感兴趣，但是，正如他自己所声明的那样，他的体系的基础却是逻辑分析。他的"意志"乃是通过推理达到的绝对。这里就存在着东方的态度和叔本华态度之间的另一个重要的差别。对于奥义书的教师和佛教的创立者来说，构成其分析的恰当的对象是人性，而不是逻辑实体。他们推演的是吠陀的方式，先是一己的解脱，然后是怜悯他人。吠檀多主义者坚定的将一切都归结到梵天，采取的是柏拉图的理想主义调子。佛陀却着力分析道德，站在苏格拉底一边。从柏拉图到黑格尔，或者从苏格拉底到康德，其间都有很大的距离。

那些最杰出的印度人对人性抱有浓厚的兴趣，这和叔本华的情感化的自然主义也是遥不相及的。他毫无保留地赞美"原始和野蛮，让它们自由自在吧"。正如"自觉和自然融合无间"的孩子。他的自然主义趣味还使他刻苦地研究科学，甚至包括两栖动物学和鱼

116

类学。但是，情感化的浪漫主义者看不到在身披羽毛的动物和长有四肢的"受难伙伴"之间存在着的区别，而印度的超自然主义者却对有关肉体的科学不感兴趣。他们感兴趣的是灵魂的解脱，区分人类身上的神性和动物性成分。这种区分正是自然主义者希望加以摧毁的。

叔本华用宇宙学代替了神学：人生来就是形而上学的，而非宗教的，某种盲目的力量既控制了肉体，又控制了灵魂；而对于真正的吠檀多主义者和佛教徒来说，倘若将人类的心理学和戈尔(Gall)的骨相学联系起来，一定会让他们大吃一惊。戈尔曾经在汉堡讲授骨相学，小阿瑟(Young Arthur)冒着用"狡猾的借口"欺骗上司的风险，按日听讲。然而，无论是可靠的佛典，还是早期的奥义书有多少矛盾之处，那些伟大的教师们却总是以解脱为终极目的。可是，"意志"哲学的基本要义则染上了科学精神的浓厚色彩。

叔本华对于以自然主义的概念正确地理解印度人所持的超现实主义观点，是感到绝望的。不过，奇怪的是，又单单正是这位哲学家被列举为西方的吠檀多主义者或佛教徒。如果考虑到叔本华的非宗教的个性，那么，这种混淆似乎就更为奇怪了。在伏尔泰式的父亲和无所谓的母亲的怂恿之下，叔本华成长为当时的自由思想家。除了洗礼和正式的坚振礼之外，他和教会没有联系。他天生渴望抗拒将任何非人世的、任何生活之外或超越生活的东西，请来充当希望或恐惧的基础。但是，佛教和吠檀多是真正的宗教，本质上是要教给人们谦卑和心灵的平和。叔本华的自我主义却是和谦卑对立的，而他的漫无边际的激情更是和宗教的平和风马牛不相及。

然而，正是这种自我主义使得学者去比较叔本华主义和印度宗教。吠檀多和佛教难道不是极度的强调自我吗？祠皮衣(Yajnavalkya)说过："真的，不是因为对神的爱，神才亲爱；而是由于自爱，神才亲爱。"佛教则说："自我是自我的主人，还有谁可以作自我的主人？"但是，这是自我主义吗？无限激情下的自以为是和寻求平和的自我教育，两者之间是有区别的。

叔本华的时代充斥着"天才"哲学家，他们主张的首先是超越每一个人。弗里德利希·施莱格尔就说："主观主义就是全部的真理。""世界为我而存在，明天，我就会创造一个新世界。"叔本华自负地讲到过，他是如何多次被陌生人认作是著名的未来人的。他自信是不朽的。"只要我开始反思，总是觉得，自己和整个世界对立。"这种不够谦卑的态度导致了悲观主义。因为，假如一个人是所有人中最好的，那么，按照浪漫主义者的说法，这个人就一定会受到全人类的嫉妒。人类是"自私和无情的生物"。自然和天才过不去，叔本华则自居天才之列。那位被他盛怒之下扔到大街上的老处女，以废纸的价格卖掉他的杰作的出版商，不公正的指责他的获奖论文的丹麦科学院，最主要的是那些"柏林的教授"，他坚信，所有这些人都和自己这位康德的伟大继承者作对。他们设下阴谋，伤害他，费尽心机使他的讲座浪费在一群断尾巴狗身上。每当邮差送来一封信，他总会觉得可能来了一个恶魔。一碰到理发师的剃刀，他就会发抖。在夜里，哪怕是最轻微的声响，都会使他尖叫，抓住早就准备好的手枪。只要人们一提到某种传染病，他就即刻逃之夭夭。霍乱刚一到，他就逃离了柏林。

　　这样的恐惧，印度的教师们从未体验过，因为他们没有叔本华那样的自我中心主义。他们所珍视的真正自我又是什么呢？他们在自己身上抓住了人类的共通和永恒的因素，而叔本华却只是自恋地盯住了自己的独特性。

　　印度的自我强调责任的重要性，而浪漫主义者的自我则是躁动的欲望的化身。伟大的印度的自我被树立起来充当人类的榜样，而浪漫主义者的自我却被拔高到所有人之上。浪漫主义者认为自己才是最好的，于是就谴责没有给他带来最高享受的人类。叔本华兴许会领受全世界的顶礼膜拜，因为只有他是"注定不朽"的。由于做不到这一点，他就会深感苦闷，诅咒一切受苦受难的同类。东方的智慧却会说出如此欢快的话来："让我们幸福地生活吧，不要去恨那些恨我们的人，让我们摆脱憎恨，栖息在恨我们的人中间。"

　　比较一下它们的基本假设，或许就可以弄清楚最高明的印度体系和叔本华泛神论之间的对立了。印度宗教的本质不是膨胀的情感，而是追求平和的意愿。那里没有漫无节制的沉湎于感觉之中的美学沉思，只有作为征服自我的手段的智力的集中。那里没有梦幻曲，其节拍"在整个野蛮的岁月里也未曾停歇，留给我们的是其中不朽的直接回响，每一种官能都能觉察，甚至超越了德业和罪恶"。那里没有否认现象存在的独立性，只是意识从存身之处抽身而退，或者是世俗的和精神的，低级的和高级的生活之间的最强烈的对立。

印度也不会理解叔本华的"意志"，亦即感觉、情欲、激情。正如叔本华直言的那样："意志只不过是人兽共有的东西。它指引我们的行为，统治我们的感知，等等。它的欲望无边，要求无数，声称每一个得到满足的愿望都会产生一个新的愿望。"他也许将费希特的感叹恰当的用于自己的体系了："我的哲学使生活，即感觉和欲望的体系，至高无上。"根据他自己的阐释，幻（Maya）和轮回（Samsara）只不过是意志的不同形式，而轮回学说更是说明意志是不可摧毁的。但是，如果意志只是成长的源泉，那么，它又怎么能是汇聚的意志呢？

叔本华在同样的浪漫主义的推动下，将情感的性质赋予了智力。"智力，就其最好的状态而言，应该是无目的的。"天才存在于智力反常的借口、直觉认知的完善和力量之中。"清醒的人不可能是天才。""将有用的人和天才相比较，就是将砖头和钻石相比较。"他认为，萨弥雅习（Samyasi）就是抹煞意志或冲动，反对克制意志，却赞成无目的智力的人。正是由于婆罗门教的幻或者意志的力量，智力才被迷住了。叔本华认为，纯粹的智力是和过度的情感与强烈的激情联系在一起的。不必说，他的智力概念和印度学说风马牛不相及，他对幻和轮回的阐释也是曲解。据伟大的东方哲人，智力必须接受伦理意志的限制，分析就是限制。若是回过来看奥义书，我们就会发现关于智力从属于意志的更加现成的观念。"自我既不能靠吠陀，也不能靠理解，也不能靠学得更多来得到。""毫无勇气、毫不真诚、不会正确入定的人得不到自我。"相反，叔本华却说："智力在一种有目的的入定里是不自由的。"

这就是叔本华的泛神论的摇摇欲坠的基础：意志和智力。因此，他的梦幻曲和吠檀多同调的说法是错误的。另一种站不住脚的意见是叔本华和佛教都赞成悲观主义。在此，又要归结于泛泛的不求甚解了。乔答摩说："生、老、病、死、怨憎会、爱别离、求不得"皆苦。叔本华回应道："现在不如意，未来不可知，过去不再来。"由于这个巧合，他不太情愿的承认佛教凌驾于其他宗教之上的地位，并且高兴地看到他的学说和"世界上绝大多数人信奉的宗教如此接近"。大多数学者心甘情愿地接受他的骄傲——特别是看到佛陀被叔本华取代了。但是，对于那些了解佛教和叔本华在生活态度方面的区别的人来讲，这种混淆是不可思议和不幸的。

对叔本华来说，宗教的最好形式是悲观的。伟大的宗教都是悲观厌世的。至于救赎，则必然会排除一切悲观厌世的观点。基督教必须向人们展示天堂的甜蜜。吠檀多希望用内在之火(tapas)焚毁绝望的躯体，但是，它承认"梵是快乐和知识"。佛陀必须用征服的喜悦来补偿觉悟了的信徒："让我们幸福地生活，尽管我们微不足道。我们应该像光明之神，充满幸福。"世界是昙花一现的，充斥着痛苦。但是，涅槃之路给我们带来了至高无上的安宁。只有懒惰和不能自控的人，才会受苦受难。"如雨透蔽屋，情欲堕痴人。"

如是，反思是佛教觉悟的法门，而情感则是叔本华思想的核心。对于佛陀而言，"不思不想乃是死亡之路。"思想意味着控制或限制意志。对于叔本华而言，纯粹单调的生活乃是天才的本质特征。结果，佛教对痛苦的分析只不过表达了对人堕落的一面或未皈依者的洞见，痛苦并非他所感觉到的，而只是他所看到的。佛陀不允许信徒沉湎于情欲，阿罗汉应该是无情无欲的。另一方面，叔本华也思考人类的痛苦，将其归因于纵欲之心的躁动贪求。他并没有像不满于自己的空虚生活那样，厌恶人类的悲观。

这种自我中心主义的不满打着人本主义的旗号表达出来。他打算将一己灵魂的负担卸到全世界的肩上。"摆脱幻的幻想和虚幻，与做仁爱的工作是一非二。"尽管表面上他是仁慈的，但是，不难将他的人本主义归结为只不过是自我中心主义。因为，一旦他个人的欲求和集体的同情心发生冲突，他就会陷入滑稽的矛盾之中。他对布罗克豪斯（Brockhaus）拖着不印他的书，对出版商对付穷作者的惯技，倍感愤怒；但是，在他的母亲和姐妹面临彻底破产的关头，却不施以援手。他为殉道者少受点苦和人类福祉的付诸实行而祈祷；当他默默无闻时，却苦诉"我的同代人把我看成同代人那样"，对他不公正，无视他的天才。他将亲吻赠与全世界，而德国给了他什么？只不过是偶然的历史导致的地理上的统一，由那些用阴谋诡计对付他的"柏林教授们"独占把持；却热爱阿特玛（Atma，他的宠物狗），因为在它身上，他看到的只是聪敏，而没有人类的虚情假意。他抨击妇女是"丑陋的性别"，智力上短视，没有正义感——这种偏见一定来自于他的母亲和姐妹，也许还有他在威尼斯的情妇；然而，他由衷的喜爱动物。"你们到女人那里去"，他的学生尼采说："别忘了你们的鞭子。"这位大师被猩猩的悲哀触动了，将这种止步于人类边界的动物的眼光，和摩西凝视迦南的眼光进行比较。

不过，叔本华也许希望我们相信，他在讲授某种印度的怜悯学说。自我和自然是天然具有同情心的。难道"彼即汝"没有证明这点吗？自然靠我们去帮助。佛陀对他的马难道不好吗？但是，毫无疑问，以永不餍足的自我主义为基础的人本主义，和以否定自我为基础的宗教怜悯是矛盾的。他想像出对人类弱点的自然厌恶，却根本不否定转变信仰的精神快乐。他喜欢展示所有的光明大道，却不去点亮，因为若是没有经过自身的正确努力，那是不可能的。"学生不愿意学，教师的哀诉又有什么用？""任何人都不要忘记对他人的责任，无论这个责任有多大。""你自己必须努力，佛陀只不过是教师而已。"

他完全不欣赏印度。他的泛神论试图将混淆了善恶的形而上学蠢话，和他自己渴望把精神融入自然的情感宣泄溶和起来。悲观主义是他扩展追求其自我的领地的手段，而以不负责任的人本主义收尾。自然主义和浪漫主义在他的两种解脱方法中握起手来。这种梦幻曲不过是对"自觉意志的最深层历史,生活的最高秘密,追求,受苦,喜悦,人心的涨落"的认知。苦行主义则是对人的(毫无疑问是叔本华的)本性和世界核心的一切等同有关。

的确,叔本华在某些方面是伟大的,但是,在他身上也可以发现一种不健康的倾向。他固执的诚实,他对语言的掌握,他对知识的病态的疯狂,他惊人的博学,他坚忍不拔,这些都是优点。但是,我们不必离题太远,来检验叔本华主义的力量。瓦格纳的困惑,尼采的反叛,托尔斯泰的颓废,这些都是叔本华主义的耳熟能详的结果。

他在生活中也没有真正快乐过。一段有关艰辛的学说给弥留之际的佛陀带来了"喜乐和知识"的感觉:

> 出离即一僧,
>
> 漫道德与真,
>
> 不依此正道,
>
> 从未见真圣。

传记作者说,这个最骄傲的人瞥见了清新而宽慰的黎明,凝视着平静的美茵河,他的脑中匆匆一闪,认识到他过了分裂的生活。浪漫生活就是如此的空幻。

(钱文忠 译)

[译者附记]本文原题"Oriental Elements in Schopenhauer"发表于"The Chinese Students Monthly)Vol. 17, No. 2(December 1921)pp. 119—124。这是一篇新近发现的汤用彤先生的早年论著,无论对于汤用彤先生个人的学术思想,还是20世纪的中国学术史都具有很重要的意义。奉汤一介先生之命,勉力将其译成中文,以广其传。英文原文印刷颇多错误,明显者已由译者径改。惟全文用"泛神论"(者)说叔本华,按英文"泛神论"作Pantheism,与"唯意志论"(Panthelism)仅差一字母,未知孰是,不敢遽改。特此说明。

"礼治"与"法治"

——兼论罪感与耻感

伍晓明

在"政治"制度的问题上,孔子的立场似乎是扬礼而抑法。《论语》第二章第三节说:子曰:"道之以政,齐之以刑,民免而无耻;道之以德,齐之以礼,有耻且格。"孔子这里的"政"包扩国家制度及其实施。实施这些制度的目的则是达到"治"。孔子对季康子解释"政"的含义时说:"政者,正也"(12/17)。"正"的意思则是"使之正",即"弄正"或"纠正"。这样的"正"必然蕴含明确统一的标准或准则,因为正只能是相对于某一标准的正。偏离或违背这样的标准则是不正,不直,亦即枉。"政"作为制度的目的是"正民":民之言行举止必须符合国家所规定的正/政。如果民有违于政,一个可能的办法是诉诸于刑,即"齐之以刑"。是所谓政令于前,刑罚于后。孔子承认,政与刑是达到"治"的可能途径之一。但是,以"政"与"刑"而求治的问题是,它虽然有可能让人循规蹈矩,免于惩罚,却使人"无耻",亦即缺乏羞耻之心。因此,孔子对于这一"政治"方法的否定态度是十分明显的。反之,在他看来,如果以"德"与"礼"来治国,人民不仅可以免于惩罚,而且可以保持羞耻之心。因此,孔子赞成"德治"与"礼治"而批评"政治"与"刑治"。就此而言,我们甚至不能用现代意义上的、译自西方的"政治"一词来翻译孔子的"治"。因为在孔子看来,最理想的"政治"应该是无"政"之"治"。既然"政"须人"为",无政之治也就是无为之治。而儒家的理想君主舜就是这种无政之治或无为之治的典范。孔子称赞舜说:"无为而治者其舜也与?夫何为哉?恭己正南面而已矣"(15/5)。无为当然也不是绝对地无为,因为舜毕竟还要端端正正恭恭敬敬地坐在那里。而端正恭敬当然也是某种为。但是这样的为与实施政刑之为相去甚远。这样的为乃是以"身"作"则"。因此,这里不是抽象的政刑,而是具体的个人本身成为他人的准则或标准。舜能够以身作则据信是由于他的德。这样的德与平民或者"小人"之德的关系一如风之于草:"君子之德风,小人之德草。草上之风,必偃。"(12/19)舜当然可为君子典范,因此舜之治乃是理想的德治。正是由于孔子的这一"非政"的"政治"趋向,他在解释"政者,正也"的时候,又立即将"正"联系于具体的、作为领袖的个人:"子帅以正,孰敢不正。"这样,"正"就可以不再是"政"所蕴含的抽象标准,而是个人所"体现"的范例或榜样。在孔子看来,国"政"系于这样的人"正"。作为领导的"正人"君子本身就是一个表率,一个命令:"其身正,不令而行;其身不正,虽令不从。"(13/6)因此,"苟正其身矣,于从政乎何有?不能正其身,如正人何?"(13/13)

为什么孔子认为政与刑使人无耻,而德与礼让人有耻?

孔子所说的会让人"无耻"的政与刑乃是具有强制性的国家制度,基本上可以为现代意义上的"法律"一词所概括。法律必须**普遍有效**才能成为法或律。因此,"在法律面前人人平等"是法律这一概念的应有之义。所以,即使在经常被某些人认为是某种意义上的非法治国家的古代中国,也有所谓"王子犯法与庶民同罪"之说。然而,法律建立起来的人与人之间的平等只是一种形式的、抽象的平等,一种本质上必然无视差异的平等,因为法律若欲普遍有效就必然要求所有人的无差别的服从。因此,法律不能也不会考虑人与人之间的具体的差别。在法律面前,形式上平等的个人成为被抽空了具体的"伦理"内容的个体:这里父亲不再能坚持父亲的特殊地位,儿子也不再能顾及父亲的情面。法律只能并且只应该对一切人都"一视同'人'"。然而,也正是法律所具有的这一普遍有效性,以及它所要求的这一无差别无条件的服从,将人建立为法律"的"主体:一个能够服从法律,能够在其面前为自己负责的个人。因为法律要求每个个人都必须能为自己"负责",所以,在法律的"眼"里,那些被认为不能为自己负责者,例如尚未达到某一年龄者,就是严格的法律意义上的非主体。因此,抽象平等的主体的确立蕴含着法律的确立。

然而,这样的主体只接受法律的"凝视",而法律的凝视必然是抽象的、"非人"的。这样的主体跟法律的关系不同于它与他人的具体关系。这样的主体只对法律负责,只为法律负责。作为主体,它能够自觉遵守法律的要求,能够根据法律的标准判断对与错,正与邪,直与枉。而这些判断不必含有道德或者伦理的涵义。如果对法律的违反构成罪,那么在法律凝视之下的主体必然能够有"罪"感。罪感意味着主体能够根据法律来衡量自己,能够承认自己对于法律的任何违反并且接受法律给予的惩罚。没有罪感者或者不能有罪感者就不成其为真正意义上的法律的"主体"(是以精神病患者被免予法律处罚)。

然而,罪感并不等于耻感。对于孔子来说,政刑或法律的问题恰恰是,面对抽象的法律,犯罪者可以知罪而不必或不能知耻。强制性的法律充其量只是让人能够避开法网,免受刑罚。而只有以德与礼取代政与刑来治国,人民才能"有耻"并且对领袖心悦诚服。为什么德治与礼治能让人具有耻感?德不是抽象的而是具"体"的。德只能是我之德或者他之德。即使人们在此进而谈论天地之德,这一德也是作为"现象"("见[现]乃谓之象")而可以让人感到的。德治,即由有德之人如尧舜者所施之治,因而只能是"人治"而非"法治"。因而,在德治中,我面对的不是法律的抽象的、毫无深度的凝视,而是他人的具体的、深不可测的目光。而只有他人的目光才能让人产生耻感。

为什么他人的目光是具"体"的?因为他人始终是某一特定的他人,而不是抽象的"他"或"她"。他人可能是我的君、臣、父、子、夫、妇、兄、弟、姐、妹、师、生、友、朋。他人总是**此一**他人,而我与他人的关系始终是与**此一**他人的关系。我与他人的关系总是从此一他人开始。因此,儒家的"爱有等差"并非意味着我应该敬爱父母而可以"歧"视其他人。父母已然是特定的他人。我与他人的具体的、特定的关系就是"伦",即"人伦"、"伦常"或"伦理"之"伦"。孔子传统极为重视由"伦"这一概念描述的人我关系或者我他关系,赋予

125

其以根本性。就此而言，我们的确可以说，在这一传统中，"伦理"学在某种重要的意义上先于"本体"论。但是这一仍然需要深究的"先"却绝不意味着任何缺陷。在《孟子》中，"人伦"关系被概括为父子、君臣、夫妇、兄弟、友朋五项："使契为司徒，教以人伦：父子有亲，君臣有义，夫妇有别，长幼有序，朋友有信。"(5/4)此中，根据孟子的看法，父子关系与君臣关系最为重要："内则父子，外则君臣，人之大伦也。"(4/2)《论语》中则记载了孔子弟子子路对于不能"尽伦"的隐者荷条丈人的批评。从隐者的角度看，"劳动"才应该是人与外物的第一关系，因此他批评孔子的弟子"四体不勤，五谷不分"。但是禀承孔子观点的子路则认为，如果人不可能也不应该废弃我必然所具有的与父母兄弟（姐妹）的关系，那么人也不应该抛弃我与作为君主的他人的关系："长幼之节，不可废也；君臣之义，如之何可废？"这一说法蕴含着一个十分深刻的思想，亦即，我其实始终已然"有意"或"无意"地置身于这些关系之中。因此子路批评荷条丈人拒绝出仕的行为为"欲洁其身而乱大伦"(18/7)。

段玉裁《说文解字注》说，"伦[倫]"字与"论[論]"字均取义于"仑"字(223)。《说文解字》释"仑"为"思"。段玉裁认为，许慎这样解释是因为他这里将"仑"字当作"论"字的假借字了。《诗经》毛传即释"论"为"思"。段玉裁又引许慎"龠"字条下对"仑"字的解释。那里许慎说，"仑，理也。"段玉裁认为，"仑"字之所以有"思""理"之义，并可被假借为"论"字，是因为"仑"字从"册"。"册"则代表着编联成册的竹简的形状。既然编联竹简须按次序，因此"仑"字蕴含"理"义。段玉裁说："聚集简册必依其次第求其文理。"这里，对于我们的阅读目的来说，"仑"字所蕴含的"编"义——编联或编织——最值得注意。而且，这里的"编"并不仅仅意味着物（竹简本身）的编联或编织，也蕴含着符号或文字的编联与编织。编联或编织起来的符号或文字即成为广义或狭义的"文"："文"明，"文"化，"文"章。是以"仑"与"文"联系密切，而"论"与"伦"之义皆与"仑"字相通："论"为思想（通过字词）的紧密编联，而"伦"为社会（通过个人)的微妙交织。是以"论"从"言"而"伦"从"人"。因此"论"与"伦"同属于广义的人"文"领域。"论"有论之理,有理之论则为现代汉语所谓"理论"。"伦"亦有伦之理,有理之伦则为中国传统最为看重的"伦理"。当然,在孔子传统中,"伦"不仅有其理,而且也有其常,即上面提到的五伦。现在,当"伦理"一词的严格现代学术含义已经在汉语中牢固确立之时,我们也许能够开始尝试不仅梳理"伦理"一语在中国传统语境中的复杂意义,而且将其区别于传统的"伦常"。常者不常,因此关于人际关系的很多传统"常规"已经失去直接的效力。传统意义上的君臣关系已经荡然无存,其他种种"人际"关系也早已超出儒家的纲常规范。然而,"常"虽去而"伦"犹存。"伦犹存"的意思则是,人总是始终已然被编织在某种与他人的关系之中。人既是被编织者也同时是编织者。这一编织——伦理——并非将"独立"的、先于总体的或者先于社会的个人贬低为某种总体的附庸。相反,这一编织构成个人之为个人,亦即构成个人为与他人发生差异性关系的"(自)我"。而"伦理"观念突出的正是对于此种差异性关系的积极意识。正因为我与他人的联系从根本上说是无法真正切断的,所以,现代的、西方的或其他类型的原子个人主义乃是理论上将个人分离于"伦理"的抽象结果。将单个的人从具体的、生于差异亦肯定差异的伦理关系中抽出来,再置于使人人平等的法律面前,就得到"个人"。相反,"伦理"中人则始终是相对于某一他人之"我":我是某父之子,某子之父,某弟之兄,某兄之弟,某妻之夫,某师之生,某生之师,某人之友,等等。这样,我似乎有相对的多重"身份"而无绝对的单一"主体"。因此,中国传统坚持的伦的观念有别于法的观念。伦中之人有别于法中之人。法蕴含着个人与个人之间的抽象等同及平等,伦则蕴含着人与人之间的差异关系。

根据原始儒家的看法,礼即植根于这样的伦理关系并反过来确立伦理关系为伦理关系。我总是在"伦礼"之中与他人相对,遭遇他人的目光。如果这一目光是耻感的来源,为什么?耻感具有怎样的结构?

如果他人的目光是**我的**耻感的来源，那是因为正是这一目光将我自己带到我自己面前。当他人注视我时，我在这一目光之下可能会感到不自在，甚至感到些许不安。我们的日常经验即可以证明这一点。这一不自在或者不安表明，他人的目光具有某种力量，会在我"身上"产生某种微妙的影响。为什么我在他人目光的注视之下会似乎毫无理由地不自在？因为这一目光立即将我置于某种审视之下，而这一审视必然蕴含着衡量。口语中的"打量"一词在此是十分传神的。我可以被他人的目光上下"打量"，也可以用自己的目光去"打量"他人。这一表达意味着，他人的目光犹如一根无形的尺，而我必须接受这根尺子的衡量。这里的关键是，虽然我能感受到他人注视我的目光所包含的审视与衡量，但是我却毫无把握我是否经得起这样的审视与衡量。因此我才会感到不适不安。此种由他人的目光引起的不适不安的感觉就是耻感的基础。

耻感的一端是"耻"，另一端是"羞"。汉语中经常"羞""耻"连用，亦是"羞""耻"相通之证。在日常用法中，"怕羞"或"害羞"意味着对于他人的目光过分敏感，不能抵挡他人的目光，以至于即使在他人的哪怕是很"正常"的注视之下也会无端地感到不自在。无论怕羞现象如何因人而异，都结构性地包含下列成分：怕自己经受不住他人目光的审视，怕自己不能"满足"这一目光，怕自己在他人面前出现"破绽"，或者"出乖露丑"。害羞这种感觉甚至可以强烈到令人感到"无地自容"，亦即羞得自觉无处藏身。而"藏身"当然是试图躲避他人的令我害羞的目光。这就是说，脱离他人的目光是消除害羞感的途径。然而，如果我能羞到自觉"无地自容"的地步，那么至少对于我的主观感觉来说，他人的目光是可以有时强烈到无所不在的。既然本质上我不可能对于他人的目光有切实把握，亦即，我本质上不可能知道我是否能"满足"他人的注视，因此我本质上必然始终是怕羞的。

分析怕羞或害羞现象有助于进一步理解耻感这一现象。"羞"与"耻"之间只有程度区别，没有本质区别。怕羞是怕被他人"看"，因为我不知自己是否能经得住他人的打量。我对他人的目光，对这一目光中包含的审视与衡量，本质上毫无把握。因此，怕羞的人似乎只有在离开他人的目光时，只有在回到自己之内时，只有**在自己之内**时，才感到"自在"。但是，严格地说，这个所谓"自己"，这个我似乎总是可以从他人的目光之下向之返回的"自己"，其实并不存在于他人的目光开始注视我之前。在他人的目光尚未注视我之前，或者，更严格地说，在我还不能感受到他人的目光对我的注视之时，我并没有一个自己，一个可被他人和我自己注视的自己。我的这个"自己"，这个能够让我在看到它时为之感到羞耻或者骄傲的"自己"，是由他人的目光"形成"的。但是，这一"形成"却必须也有我这方面的根本性参与。因为，当我能够开始感到我被他人注视之时，这一对于他人目光的感受意味着，我开始**通过他人的目光看**(到)自己。他人的目光将我带到我"自己"面前，让我从而能够看到我自己的"形象"。然而，我之所以能开始**自己注视自己**，恰恰是由于我已经开始认同于他人的目光。由于他人的目光的这一"介入"，我的内部出现了一道缝隙。这一缝隙将我一分为二。而恰恰是因为这一"分"，我才开始有了一个可以让我自己"反观""反省""反思"的自己。因此这里"他看"也是一种"自看"：这一目光将我折向我自己。因此，一般地说，如果怕羞这一状态结束于他人目光的离去或消失，那是因为当他人的目光不在时，我的自我注视也可能随即停止。当我不再感到被他人注视之时，我也可以不必再注视自己。然而，我一经意识到他人目光的存在，这一目光就很难再轻易地、彻底地、不留痕迹地消失。因此，他人的目光其实并非于他亲身到场之时开始，亦非在其实际离去之刻结束。我一经**意识**到他人的目光，这一目光似乎就以某种方式在我之内长存永驻了。从此开始，这一目光将无时无刻会忽视我，我将无时无刻会真正彻底地忘记这一目光的存在。这就是说，我已经将他人的目光内在化了。但是，这一内在化又只能意味着，作为构成我之为我者，他者其实**始终**已经内在于我，亦即内在于一个能够用"我"来指称自己的我。当我看"自己"之时，亦即，当我能够看到一个"自己"之时，我其实已经是在以某一他者的目光注视我自己。没有这一内在的他者，没有这一内在的他者的目光，就根本没有任何"自己"。这一作为他人的自己或者作为自己的他人的目光对于我不仅是审视与衡量，而且也是要求与期待。这一目光在我之内建立起一个理想的形象，而我就根据这一形象来"塑造"我自己，并且通过这样一种既内在又异己的目光来审视我自己的"艺术"成果。如果我在这样凝视自己时感到我未能让自己的形象臻于蕴含在他人目光中的理想形象，我就会为我自己感到羞耻。这一感觉不必像怕羞一样依赖于他人的在场的目光，但是却离不开他人目光的某种介入。因此，作为自己的他人或者作为他人的自己的目光是耻感的条件，而耻感则是一种由于意识到自身之上的相对于某种标准或理想的欠缺而产生的无"颜"面对他人或自己（之中的他人）的目光的不安感觉。如果我们分析《论语》中"耻"字的用法，就可以看到，耻的感觉似乎总是由发现自己低于某一理想形象而引起的。例如，"子贡问曰：'孔文子何以谓之"文"也？'子曰：'敏而好学，不耻下问，是以谓之"文"也。'"（5/15）据此可以设想，根据孔子时代的社会价值标准，"下问"降低当时的"文"人或"知识分子"的理想形象，因此是"耻"。孔子则认为，能够不以"下问"为耻，才是真正的有"文"。耻感能够防止我降落到某种标准或某种理想形象之下。例如，在《论语》的下述语句中，"古者言之不出，耻躬之不逮也"（4/22），不敢说或者不敢把话说过头是唯恐自己的行为达不到自己的话，因为说出来的话立即成为自己以及他人藉以要求与衡量我的行为的标准。同样，我也可能为某种行为或某种人感到耻，因为它/他们有损于我所坚持并且要求于自己的理想形象："巧言、令色、足恭，左丘明耻之，丘亦耻之。匿怨而友其人，左丘明耻之，丘亦耻之。"（5/25）

内化他者的目光，时刻感到这一目光的注视，经常以这一目光或通过这一目光注视自己的自我形象，防止自己降落到被他人目光所建立与维持着的理想形象之下，或者在发现这一降落时能够感到不安不适，这也许就是孔子弟子曾参所讲的"吾日三省吾身"

的意义。《说文解字》释"省"为"视",段注引申为"察"。"三"言其多。这里,曾子每日多次所视所察者为"身"。为什么"身"而非"心"?难道心或者意识不比身或者形象更根本更重要?曾子所日省者为"身"而非"心"是因为,这一省视审察其实是通过一个隐含的或明确的**他者**目光而进行的。如果我们暂时借用内外之分,那么可说心内而身外,我内而他外。因此,对我自己来说,我可以不必舍近求远,亦即我可以略身而观心。但是,既然他者外在于我,他者无法直接进入我的内心或意识活动。对于他人的**目光**来说,我之身可觉而心不可见,因此重要的是我的可感之身而非莫测之心,是我的具体呈现给他人的形象而不是我的微妙潜隐的意识。然而,因为在他者面前我的心只能"体"现为行为,所以对于他者来说,我就是我的身,就是我的由具体行为构成的具体形象。因此,省视审察我之"身"而非"心"其实就是通过他人的眼睛来省视审察我自己的具体的(自我)形象。而且,这一省视审察不仅是通过他人的眼光进行的,而且也是以我与他人的关系为标准为衡量的:"吾日三省吾身:为人谋而不忠乎?与朋友交而不信乎?传不习乎?"(1/4)三者均涉及我与他者的关系。这里,他人或是我为之服务者,或是我的朋友,或是我的老师。"忠"、"信"、"习"则是他人对我的期待或者要求,是他人的目光所维持着的"我"的理想形象。没有他人当然即无所谓忠与信,亦无须习,因为习乃是接受他人的教诲。我如此频繁地省视我自己,是以免我在他人"眼"中不忠不信不习。因此,即使此处我们可以争辩说,忠、信乃至习这些概念不可能不涉及心与意,因此曾子"三省吾身"之"省"不可能不涉及作为内省的自省,问题也仍然是并且始终是,首先正是他人(通过他注视我的目光)将我的目光折向我之身乃至我之心。因此我的自省始终已然是他省:我(以他者的目光)省视我之身是否符合他人要求于我者。这一重要的自省/他省将导致不合之处的发现与"修身"的意志和努力。"修身"则意味着力图改善我的不良形象或者尽量维持我的良好形象。

修身在儒家学说中一直被赋予一个似乎不言而喻的重要地

位。因此在《大学》中,在"格物、致知、诚意、正心、修身、齐家、治国、明明德于天下"这一自近及远、由小至大的严密线性发展顺序之后,作者却似乎不合逻辑地笔锋一转,而突然将修身强调为根本的根本:"自天子以至于庶人,壹是皆以修身为本。"现在,这一困惑也许能在上述分析中得到某种澄清。我之所以感到必须每日"三省吾身",是因为我对他人的目光毫无把握。他人的目光无形无定。但是,正因为他人的目光从不具体规定任何东西,这一目光却能对我产生几乎无限的塑造或约束力量。它让我害羞有耻,促使我"慎独""修身"。

相反,如前所述,我跟法律的关系似乎就抽象而简单得多。法律应该是既一清二白又拥有绝对权威。法律的明确性使我知道何处可行何处当止,法律的权威性则让我不必顾虑他人那无形的目光,甚至完全忽视它。在抽象的法律面前我不必"自惭形秽",更不必"羞愧难当",亦即,不必"有耻"。这里我只须知道什么是违法犯罪并且试图避免它们就行。因此,在法律至上之处(但是我们怀疑是否真有这样的"地方"),我根本不必在乎他人怎么"看"我。于是,"耻"可以从我的词汇中消失。法将我与他人的关系变成在一普遍法律面前的抽象的等同,而重视与强调差异的"伦理"关系将为这样的等同所消弥。这些都是法这一观念的应有之义或者理论内涵。正是针对法律观念所蕴含的这种"无耻"倾向,孔子要肯定让人有耻之德与礼。

由此,我们也许可以进而试释孔子的一个可能令人困惑的"伦理"原则。《论语》十三章十八节记载:

> 叶公语孔子曰:"吾党有直躬者,其父攘羊,而其子证之。"孔子曰:"吾党之直者异于是:父为子隐,子为父隐,直在其中矣。"

从法律角度看,即使偷羊的是父亲,儿子也应该检举。这是合乎法律要求的正直。这一要求因而并不顾及任何"伦理"关系。法律只要求个人作为一"主体"而在法律面前负起责任。每个个人都同等地被法律要求成为负责的主体。这一责任普遍而抽象，不会因个人的具体"身份"而改变。孔子却不赞成这样的"直"。为什么？因为这样的"直"无"耻"。这样的合乎法律要求的"直"并不在乎他人的目光，并不在乎丢父亲或者儿子的脸，因为它**不会**为自己或为与自己相关的他人感到羞耻。而这一"不会"则意味着，在法律面前，不仅他人，甚至我"自己"也成为与我漠不相干者。我不再与他人发生"伦理"关系，不再承担我对他人的伦理责任。针对这一可能，孔子要求一种不同的直："父为子隐，了为父隐"之直。这种直基于羞耻之心，因为它能为自己的父亲或儿子感到羞耻，而这一羞耻之心强烈到会驱使我为自己的父亲或儿子"掩盖"错误。但是，掩盖错误也是维护形象。通过掩盖错误来维护形象则意味着，虽然我已经知道你做错了，我仍然要以你的理想形象来要求你期待你。在我的"眼"中或者"心'目'"中，你的错误不会消灭你的理想形象，而你的理想形象仍然足以遮蔽你的错误。我将以理想形象使你重新变"直"，而不是推卸责任地将你交给法律。因此，这种正直比第一种正直更复杂，承担得也更多。它不把问题简单地交给一刀切的法律，它即使在作为父或子的他人违法犯罪的时候也不放弃自己对于这一特殊他人的责任。我们这里当然不是试图简单地鼓励此种父子相隐之直，因为这一原则无法一字不差地翻译为现代伦理。但是这一正直观念所蕴含的复杂思想却的确值得我们认真地重读。

孔子的这一父子相隐原则是一个基于"伦理"关系的"伦理"原则。因而"原则上"它可以施于普遍的伦理关系或人伦关系。在这些关系之中，每一与我发生关系的他人都是一具体的不同的他人，而我对每一他人都负有本质上无可推卸的伦理责任。因而，我始终有责任为他人"隐恶"而"扬善"，而传统流行的"隐恶扬善"之说也许可以视为这一原则的普遍化。历来流行的成语"隐恶扬善"本是《礼记》"中庸"篇中描写德治典范舜的话："舜其大知也与！舜好问而好察迩言；隐恶而扬善；执其两端，用其中于民——斯其以为舜乎！"

在原始社会领袖的手中，普遍化的相隐原则既是伦理原则也是政治原则。如果以上关于孔子的父子相隐之直的评论可以接受，那么隐恶扬善就并不意味着姑息或者纵容恶行，而是以扬善而除恶。隐恶扬善离不开耻感或羞耻之心：我为他人（或自己）的"恶"感到羞耻，因此我欲以善来直恶。这就是我的基于耻感的直，基于"伦理"的直：一种不把他人作为法律面前毫无差别的、漠不相干的抽象个体的直。

我们前面已经提及，孔子的这一父子相隐的伦理原则仍然有待于"翻译"成现代伦理。因此这里的问题不是任何简单化的接受或否定，而是找到一种适于阅读这一思想的方式。毫无疑问，借用近年流行的说法，孔子那欲让人"有耻"的"政治/伦理"原则会使人"活得很累"，或者活得过于复杂。相反，一切依"法"而行，问题难道不是简单明了得多？然而，这里的问题也许并非是二者必择其一的对立选择。的确，肤浅地看，做一个"伦理"之中的仁人这一要求似乎从来都是某种理想道德主义的"漫天要价"。但是，"累"难道不是注定要活在某种"伦理"关系亦即人我关系之中的"我"的"必然命运"？无力付出他人其实从未开口索要的代价难道不是"我"的"命"中或"性"中应有之义？近一个世纪以来，人们不断批评中国文化缺乏法治，缺乏个人，缺乏主体性。这些批评也许依旧可以归结到鲁迅的文化批判之上：中国文化缺乏"人"，扼杀"人"，吃"人"。因此，自本世纪初以来，对于法治、个人、主体性或者"人"的呼唤在中国各种政治文化历史脉络中一再涌现。然而，"人"意味着什么？或者，"人"在孔子的思想中具有何种地位？严格意义上的"主体"概念是否已经穷尽"人"的意义？在我们无法摆脱的跨文化语境之中，在所谓"后现代"——一个试图向主体性提出问题的时代，一个质疑传统形而上学关于人的观念的时代，这一问题就更为复杂。在这样错综复杂的思想脉络中重读孔子对于"政治"与"礼治"的看法，重读孔子的"伦理"思想，也许有助于我们通过某种不同的途径重新接近这一复杂问题。

中西文化关键词研究:美

林 岗

美在中国意味着什么? 或者说在中国文化的脉络中创造出一种什么样的可用美这个语词指称的实际生活形态?作为生活形态,美生成于中国文化之中,它的实际存在状态是什么样的?纯粹依赖追溯词义和分析语源并不能求得问题的完全解答, 它只能提供一些入手的线索。因为美所指称的实际生活形态往往与美这个词的语义不是一回事。同样, 从历代文人学者的关于美的论述里也不可能找到我们需要的全部答案, 因为他们关于美的论述往往是他们心目中追慕的关于美的理想。文人学士心目中美的理想虽然也折射着现实, 但是它同美的实际的生活形态存在着较大的距离。本文试图描述和分析的美, 既不是中文脉络里语义层面的美,也不是美学史研究里文献资料层面的美, 而是中国文化创造出的实际生活形态的美。它既存在于美术、文学、音乐之中, 它们被认为是表达审美感受的传统方式;也显现于那些看来是远离审美感受表达的政治生活领域;同时也存在于诸如洒扫应对或者饮食男女这样的日常琐碎之中。美这个语词指称的实际生活形态, 在本文的理解中它是文化中各种因素相互作用而又与审美相关的领域。因此,本文描述分析的美不再是文人士大夫笔下的个人审美感受, 而是取文化批评的视角剖析审美所进入的种种生活形式。当然, 我们的描述与分析不可能穷尽所有与审美相关的生活形式, 而且审美因素进入各种生活形式的分量是不一致的。我们只能选取那些与审美密切相关的生活形式来作为分析的对象, 由此展示一幅中国文化里关于美的意味的图景。具体说来, 笔者认为政治、居室、饮食这三种生活形式在中国文化的脉络中积淀着最为深厚的审美意味。作为生活形式,它们渗透着中国式的对美的强调与理解,审美精神融化在政治文化、居室建造、饮食考究之中。固然,生活形式中体现出来的审美不同于我们在文学、美术作品中所见到的审美,前者是集体性的,后者是个人性的;前者与诸多非审美的因素相关,共同构成一个审美的张力场,从中体现出审美的意味;后者则单纯存在于语言、色彩、线条等符号媒介中。了解这个近乎集体无意识的审美张力场是文化批评的使命,而了解后者则更多地带有文学、美术研究的色彩。本文的写作无论在何种意义上都是一次尝试,作智力的冒险,穿越由不同生活形式构筑成的审美的迷宫,进而理解在这个文化的脉络中美的意味。

一

无论我们把政治理解为利益集团、阶级之间的冲突斗争,还是把政治理解为公共政策的选择,它似乎都离审美很远,甚至毫不相干。其实,真相往往不是看起来的样子。我们有理由相信在某些文化语境之下,政治和审美因素是密切相关的。审美因素深深地渗透到人们的政治活动和政治生活中来,给予政治深刻的影响,甚至左右着政治的进程。在这种情形下,审美同政治就构成了很有意味的紧张关系。只有理解了审美因素在这种紧张关系中的地位和作用,才能最终理解具体政治实践的实质。中国文化语境下的政治和审美可以提供上述看法一个很好的印证。

学者对中国文化多年的讨论已经可以达致一个大体的共识:中国文化是人文性很强的文化。存在一个超验的神这种看法在中国文化中基本上不被接受。彼岸世界的事情,在经典教诲中不是存而不问,就是亦信亦疑,它远远没有在奉信一神教民族中那种重要的地位。孔子曾说,"未知生,焉知死";又说"不语怪力乱神"。他的态度表示了对不可能以经验感知的彼岸世界的理性。超验世界和彼岸世界在文化发展中的缺席自然使得此岸世界范围内的事情具有了无可比拟的重要性。儒家经典主要是关于人伦—国家秩序的论述。在儒家看来人伦—国家秩序的合理性恰恰又是人本身,因此是人而不是神成了儒家经典论述的中心和出发点。正如《礼记》所说:"凡生天地之间者,有血气之属,必有知。有知之属,莫不知爱其类。……故有血气之属,莫知于人。故人于其亲也,至死不穷。"随生而有的理智和仁爱被认为是家族、社会和朝廷的所有礼仪典章的基础。从内心秉赋的德性开始,推而广之就可以"修身、齐家、治国、平天下"。传说中的三代圣主帝尧就是一个德性清明的贤君。由于他"允恭克让"的品格,于是能够"光被四表,格于上下",跨出血缘再往外伸延,就达到"九族既睦,平章百姓",进而就可以使"百姓昭明,协和万邦"。黄帝尧舜"垂衣裳而天下治"的故事未必历史上实有其事,但它是根深蒂固的文化信念。上衣下裳,"垂衣裳"就是衣在衣的位置,裳在裳的位置,衣裳各得其位隐喻着人君的恭仁品德能够使上下有度,尊卑有别,示天下以礼。这样自然而然就能够实现"天下治"的政治理想。就是说,公共政治的最后的根源和基础是在于君子的品德修养。

理智之"知"和仁爱之"情"虽然是随生而有的,但每个人并不能必然地成为对治国平天下有用的君子。相反,后天的教养历练是非常重要的。缺乏了后天的教养历练,天生的"知"和"情"就会被私欲遮蔽,变成一个小人。为了不使天生的"知"和"情"被私欲遮蔽,愿意成为君子的人必须一生躬行实践,在伦常日用中磨练自己的德性。所谓践仁履义,就是这样一番教养历练的工夫。最终达到隐于内而显于外的境界。因为德性作为个人的品格是存在于内心的,但它必须发用实践才有意义。他人是通过形于外的具体行为而观察理解到君子的德性品格的。因此,君子的德性不是玄虚无托的,它是显现于躬行实践中的。从根本上说,德性必须体现为举手投足、洒扫应对的具体行为。这样,德性在儒家文化的脉络中就被赋予某种"形式"的意味。德性不仅是无形隐于内的价值,而且还是有形显于外的"形式"。汉语称高尚德行为"美德",这是有道理的。德而具有美学意义,就在于内在价值同时显现为优雅可赏或可歌可泣的有形行为。德显形于行为举止,斯为美。

将德行理解为纯粹的价值，这恐怕是比较思辨和现代的看法；儒家文化脉络，不取这种理解。儒家认为，德行既是价值又是行为，可以而且应该显现为感性形式的外观。《世说新语·德行第一》记陈蕃自己有室荒芜而不扫，却认为"大丈夫当为国家扫天下"："陈仲举言为士则，行为世范，登车揽辔，有澄清天下之志。"以天下苍生为念高尚德行，透过"登车揽辔"的行为，表现得如在眼前。有澄清天下志之士，方有"登车揽辔"之举；而见"登车揽辔"之举，可识澄清天下志之士。

　　儒家君子的德性显现为富有美学色彩的那套行为举止，可以概括之曰"文"。在汉语语境中，文最核心的意思是修饰。如刘师培说，"盖'文'训为'饰'，乃英华发外，秩然有章之谓也。"[1]举凡与修饰有关或相近的事物及现象，均可称之曰文。古人认为，日月星辰是天的装饰，山川河流是地的装饰，典章文物、礼乐法制是人类社会的修饰，古有天文、地文、人文的说法。《易·贲卦》云："观乎天文，以察时变；观乎人文，以化成天下。"宇宙万物的源泉和本根的道外发而显现为现象界的就是"文"，所谓"道之发现于外者为文"，[2]就是这个意思；同样，道向下落实于人而成为德性教养，它表现为举手投足、言谈举止，这也是"文"。《论语·颜渊》篇记载这样一件事：郑国大夫棘子成说："君子质而已矣，何以文为？"子贡听后大不以为然，认为棘子成的说法非常不妥，如果君子只有质而无文，那么，色彩斑斓的虎豹毛皮岂不是等同犬羊的毛皮一般价值？这显然是不能接受的，因为当中存在"文"同"野"的根本分界。质而无文就是野蛮而未开化。孔子本人也是非常看重"文"的，作为社会文化制度的文，他表示了向往羡慕之情。孔子说，"郁郁乎文哉，吾从周！"而作为君子德性教养的文，他更加说，"文质彬彬，然后君子。"《论语·乡党》篇有一段描述孔子入朝门的举止行从，可见他是一个非常注重礼容风度的谦谦君子。孔子入朝门必欠身鞠躬，从不止身正立于门中，鞋不会踩踏到门槛而过；如果行过君位而恰遇位空无人，他也

---

①②　刘师培《论文杂记》第 10 则，第 118 页。人民文学出版社，1984 年版。

要蹑足提衣而过，屏住气色不呼吸，神色如同君在其位一样；直到出来下了台阶，才舒展气色；进朝门都是一路提着衣裳，小跑行进。用今人的眼光看，也许会觉得孔子对权势者太过恭敬，甚至有阿谀之嫌，但这些都是那时浸润儒家人文教养的君子所必须的礼仪行止。君子之所以为君子，就在于他懂得这些礼仪行止，它们是君子行为中的修养和文饰。修养文饰的重要性不仅在于它区别于那些粗鲁无文的行为，而且在于它显示了符合天道人伦的德性教养。所以，由言谈举止流露出来的这种外观风度，既有道德价值，也有美学意味。当然有一点必须补充：经典教诲同样反对脱离德性的内在价值，一味追求空洞形式的"文"。规范人们行为的礼仪典章，如果抽掉了德性的内容，就会变成繁文缛节；士人在待人接物、举手投足中如果没有仁德之心的灌注，就成了纯粹的虚文伪饰。

　　将儒家人文教养关于君子德性的教诲落实的政治层面，就产生了一个如何选拔仁德君子的施政问题。既然文化的价值取向是推崇仁德君子的，那么由德行俱佳的君子统治，当然是最好不过的事情。就像德性能够带领自己穿过私欲的迷雾一样，仁德君子也能够带领民众获取更大的福祉。在中国历史中，王朝政治确实是以得人作为实施统治的首务。"人存政举，人亡政息"的古训，道出了人治政体中得人与否的极端重要性。但是，问题依然存在。当文化的价值取向落实为规则制度时，它能否保证该文化价值得到毫不走样的实现而转化为社会生活？也就是说，真正的仁德君子能否透过一种制度被推举选拔到官府里任职？政治学常识告诉我们，制度有它自己的惯性，它可能会偏离价值观念。中国历史上发展出两种选拔官员的方式——察举制与科举制——可以作为例子为解答这个问题提供部分答案。察举制与科举制是为如何得人而设的，也是王朝政制的基础。表面上看，德性是它们对士人最强调、甚至是惟一的价值。但在实行过程中不可避免发生制度性变异，对德性外观行为形式的强调远甚于对道德价值本身的强调，察举制与科举制蜕变成重形式大于重实质的制度。它们对德性的判断标准不是依据内在价值，而是依据外在行为的感性形式。于是，这样的标准自然而然就更加有审美的倾向。举贤荐能的政治终于同风雅逸秀的审美活动联系在一起,构成政治与审美的张力场。

中国文化里政治与审美的张力并不始于察举制奠定的汉代。先秦的主流文化更被学者称为礼乐文化。那时,鼓乐齐鸣、昭穆列序的祭祖仪式,勇武粗野、发扬蹈厉的战争舞,快活癫狂的娱神舞,甚至就是政治本身。政治在先秦时代被高度仪式化、审美化。中国文化中政治与审美那种相互渗透、相互牵制的关系,根本原因就在于个人的德性教养在人生、社会生活中的核心位置。在中国文化脉络中,德性必然显示为一定的礼仪行为、言谈举止,而政治所具有的公共性决定它不能追溯到个人的内心动机和价值,它不能从动机和价值方面去判断一个人是否有德性。因为动机是不可确知的,而价值认同是极其个人化的。于是公共政治不得不从外在的方面规范人们的行为。创设礼仪,厘定标准,期望从效果而不是动机方面划清君子与小人的界限,判断士人是否具有德性。这种体制化、制度化必然带来礼仪规范判断标准的形式化,导致感性形式的东西在公共政治中扮演重要角色。先秦礼乐时代尚"仪","仪"就是德的寄寓形式。仪同德的结合变成那个时代的仪德政治。通行察举的两汉魏晋南北朝尚"名","名"就成了那时代德的寄寓形式。名德结合就是名德政治。隋唐以后尚"文"——诗赋策论八股文之文,文就是该时代德的寄寓形式,文德结合就演变成文德政治。仪德、名德、文德虽各有不同,因应客观情势的变化,在如何解决将德性落实到具体政治操作方面各异,但万变不离其宗,始终贯串着德性形式化、审美化的倾向。

先秦实行贵族制度,人在社会上的地位由与生俱来的血缘身份决定,不存在推举有才德之人参与统治的问题。那时,审美化的政治表现在决定国家大事的各种礼乐仪式之中。周人尚仪是从那个时代复杂的礼乐文化里产生出来的。先秦时期,"国之大事,惟祭于戎。"每次祭祀都包含卜问鬼神、列队献牲、跪拜如仪、钟鼓乐舞等事项,而要求参与者具有与之相适应的仪容举止,包括服装、容色、言谈、行为。因为仪容举止被认为是德性教养的表现形式,惟有德者有仪。礼乐文化的浸润培养了贵族对"仪"的追慕与考究。有学者认为"仪"是周人的美的范畴，这是有道理的。①所谓"仪"就是贵族人物与德性相配合的品格与形象，如孔子用以自勉的温润、纯良、恭敬、俭朴、谦让等等。我们从流传下来的文献如《诗经》、《周礼》、《尚书》等，可以窥见周人怀德崇仪的礼乐文化风尚。《诗·大雅·抑》有歌曰："抑抑威仪，维德之隅。"（大意：优美威严的礼仪，显示着德性的廉正。）郑玄笺云："人密审于威仪抑抑然，是其德必严正也。"孔颖达疏云："言内有其德则外有威仪，与德之为廉隅也。""敬慎威仪，维民之则。"（大意：肃敬威严的礼仪，是管治百姓的大法。）"辟尔为德，俾臧俾嘉。淑慎尔止，不愆于仪。不僭不贼，鲜不为则。"（大意：如果君子努力实践德行，百姓就会跟随。君子要慎重自己的容止，不能违背礼仪。既不僭越也不伤害礼仪，就可以作为法则。）周人对礼仪的崇拜考究，简直到了无以复加的地步。《周礼·地保》的"保氏"条讲到"六仪"："一曰祭祀之容，二曰宾客之容，三曰朝廷之容，四曰丧纪之容，五曰军旅之容，六曰车马之容。"几乎每一举手投足都有相应的礼仪在规范着行为，任何洒扫应对哪怕其中的细微末节都被纳入一套形式规范之中。周人当然认为内德必然显于外仪，外仪源于内德。从个人修养的角度说，这多少有点道理。但人各秉性不同，具体的个别性的行为提升为普遍性的规范而成为礼仪时，它们同德性的联系只是文化赋予的设定，并非存在必然的因果联系。一方面，个别行为提升为普遍规范，它使形式化的行为产生审美的感性。先秦时期的政治文化相当具有审美性，就是由于礼仪本身的形式化导致的。另一方面，德性同礼仪的潜在紧张一直存在，价值同形式的裂痕随着钟鼓齐鸣、跪拜如仪的礼乐普及到生活的每一角落而扩大。最后，当礼乐仪式不能提供给现实生活问题全部解答的时候，就面临"礼崩乐坏"的局面，那套曾经富于美感形式的礼

---

① 参见吴予敏《周代礼乐文化的伦理精神与美学精神》，《文化与传播》，上海文艺出版社，1993年版。

乐仪式就被时代淘汰,礼乐文化于是解体。

察举如果由西汉 (公元前二世纪) 算起至南北朝末期 (公元六世纪) 终,期间存在约七个多世纪;隋唐 (公元七世纪) 至清末废科举 (1904 年) 以前,除元朝前期废止科举约四十年外,科举存在约十二个世纪。无论察举还是科举都是秦汉大一统以后的选官程序。察举重于推荐,委托地方州郡长官承担推荐的责任,按科目如秀才、孝廉等定期向朝廷荐上合乎标准的士人。科举定于考试,朝廷以文辞和经术开科取士。察举和科举虽然在选拔士人入仕做官的方式不同,但同是落实儒家德性教养、实施以教为政的教化式政治的基础制度。它们是王朝政制的关键环节,承担沟通社会基层与上层的功能。富而好礼、讲求仁德的乡绅控制基础社会,其中的优秀者通过察举和科举进入官僚行政机构,上层由此取得基层的支持;士人亦凭借此种制度,取得上层给予的财富与地位的资源,实现人生的期望。

照道理说,这是极其政治化的运作,与审美没有多少联系。但在实施过程中不得不将选拔仁德君子这种最终的内在价值标准形式化,以期达到相对的客观性和公平,于是就同某些感性形式产生密切的联系。例如,在察举时期州郡长官根据士人的名声决定推荐与否,而士人的名声则产生于"乡论"和"清议"。构成"乡论"和"清议"的因素非常多样,如符合儒家道德标准的行为、优雅的言谈举止、渊博的学问文章、显望的家族身份等等,都可能博得"乡论"和"清议"的嘉许从而得到郡守的推荐。但当内在价值落实为名声,落实为"乡论"和"清议"时,并不能保证这些形式标准与内在价值毫无差别。伪装出来的孝行、与郡守特殊的人事关系、自命清高的言谈完全可能博得士林清议。不过,无论被推荐出来的士人是否符合仁德的内在价值标准,至少有一点可以肯定,这种方式的选官使政治和审美发生纠缠不清的关系。因为当士林名声最终决定士人的仕途时,它就会推动士人的行为按照"乡论"和"清议"所鼓励的时尚建立自己的声望。"乡论"和"清议"虽然根源于道德价值,但更多的却是时尚趣味;就像科举考试,虽然取法于圣人的文教经典,但更多的却是音韵、对仗等语文修辞的文辞技巧。

由于名德政治，士人必须在士林中建立名声，晋身名士，方有可能为官作宦。汉末士林交游谈论，清议品题已经蔚然成风。"穷是非，定臧否"是士林舆论的使命，而士人一经品题，人品乃定。博取美名者如同身登龙门，自然身价十倍。《风俗通义·十反》讲了一件事：太慰刘矩的叔父出身世家，人品端正好学，但不好交游，士名不显，所以"仕进陵迟"；而刘矩亦有学问，但却"远近伟之，州郡辟请"。既然人品名声这样重要，那一方面就是士林圈子里的清议坐论，终日品藻；另一方面就是士人如何别出心裁去博取名声。举凡俊言雅行、美文警语、惊世义理，都可能博得清议的嘉许。总之，士人的努力多往标举个性、发扬趣味、言语举止的审美化的方向发展，形成汉末以来的所谓"魏晋风度"。《世说新语·赏誉》记名士蔡洪评议吴士季等吴地文士说："凡此诸君：以洪笔为锄耒，以纸扎为良田；以玄默为稼穑，以义理为丰年；以谈论为英华，以忠恕为珍宝；著文章为锦绣，蕴五经为缯帛；坐谦虚为席荐，张义让为帷幕；行仁义为室宇，修道德为广宅。"其中洪笔、纸扎、玄默、谈论、文章云云，都表现了当时人物审美方面的趣味；更兼蔡氏的言语表达十分讲究修辞，亦足见当时的时尚风度。"竹林七贤"——魏晋时期著名的名士团体——之首嵇康，身材高大但风姿特秀，《世说新语·容止》引史传称嵇康"伟容色，土木形骸，不加饰历，而龙章凤姿，天质自然"。而他的待人接物、处世为人也一如他堂堂伟岸的仪表，当时的人称他做人"岩岩若孤松之独立"。魏景元四年(公元263年)他因不满当权诛杀异己而被陷害，入狱时，"太学生三千人上书，请以为师"，"于时豪俊皆随康入狱"。①一代名士被害居然牵动这么多士人的心，可见嵇康在士林的名声和清议对他的评价。他是魏晋时期乃至中国历史上人格品质审美化、趣味化的代表。锋利机警而幽默的言谈，也被博取士林舆论的风气所激励。因为只有这样才能在文士圈子赢得他人注意从而脱颖而出。《世说新语·言语》篇载

---

① 《世说新语·雅量》，见余嘉锡《世说新语笺疏》第344页。中华书局，1983年版。

孔融十岁时聪颖过人，语惊四座。太中大夫陈韪甚不服，说孔融"小时了了，大未必佳！"孔融即反唇相讥："想君小时，必当了了！"像这样机锋犀利而情趣盎然的警语，在魏晋名士那里是很常见的。同是"竹林七贤"之一的名士刘伶常常纵酒放达，《世说新语·任诞》记他在屋内脱衣裸形。有人讥笑他，他却说："我以天地为栋宇，屋室为裈衣，诸君何为入我裈中？"除了容色、言辞、文章，在名德政治下，名士还养成纵情任性，追求彰显个性的趣味化人生，虽为史家所谴责，却有它的审美价值。《世说新语·任诞》篇记名士王子猷一则生活趣事，不但作者刘义庆深切了解当时名士们的时尚韵味，故文笔深达情趣；而且所写的事情，亦非至情至性者所不能为：

> 王子猷居山阴，夜大雪，眠觉，开室，命酌酒，四望皎然。因起彷徨，咏左思《招隐诗》，忽忆戴安道。时戴在剡，即便夜乘小船就之。经宿方至，造门不前而返。人问其故。王曰："吾本乘兴而行，兴尽而返，何必见戴？"

文人名士非常个性化和富于审美趣味的言行其实背后都有一个显名当世的动机，这个动机又被士林舆论所牵引。简言之，文士的进退前程决定于名声的彰显与否，而名声的彰显又与名士之间的品题识鉴密切相关。这种相关性则为深具儒家文化色彩的名德政治所决定。当个人性的价值认同转换成公共性的"德性"时，它必须借助审美性的感性形式而存在。站在朝廷的立场，不能想像一个寂寂无名而又德行圆满的文人，因为德是要名来彰显的；同样，隋唐以下，恐怕不能说一个屡试屡败的举子具备朝廷定义的"德行"吧！

在科举制下，审美同政治的紧张不在名与德之间展开而在文与德之间展开，德的标准最终落实为一套文辞技巧。对参加考试的举子而言，进入仕途的道路更加宽广平坦。因为"文"比"名"更加形式化而少受人为因素的操控。比试文的优劣显然较比试名的高下更加容易达致公平。但是，读圣人书的文士为进入仕途而发挥个人才华的空间实际上是越来越狭窄了。道理并不复杂：博取名声的方法有多样，出奇制胜也是题中应有之义；考试的范围就狭窄多了，只能在文辞技巧的圈子内讨生活。所以，察举时代德的审美化可以落实在人格趣味上，而科举时代德的审美化只能表现在诗赋策论八股等文辞技巧上。魏晋以后，像嵇康那样的龙章凤姿之士，唐或许仅见，宋以后则肯定绝了迹。他们已经没有那么广阔纵情任性的天地，只可以龟缩在诗赋策论八股文里。唐以诗赋取士，还没有明清以八股取士那么程式严密，尚算宽松。那时，举子有向朝廷显贵投"行卷"——自己平日著作——的风气。他们的行为在当时被形容为"天下之士，什什伍伍，戴破帽，骑蹇驴，未到门前百步辄下马，奉弊刺再拜以谒。"①权贵的门子都不一定理会他们。一副摇尾乞怜的可怜相，哪里谈得上人格品行的风度？

文德政治的时代，创造了程式严密的考试文体。唐有省题诗，宋有策论，明清有八股文。毫无疑问，这些文体形式方面的讲究远远多于内容方面的讲究，它们是重形式的文体。从文学的观点看，它们不获好评。省题诗远不如自由创作的唐诗，策论被认为迂腐，八股文更是一遍骂声。这是可以理解的，文学作品毕竟需要有情感内容，表达作者对生活的理解，而考试文体则有意排斥情感内容。所以，我们不能用理解文学的方法去理解考试文体，它们的美是纯形式的美，或者说比较接近纯形式的美。只能从纯粹形式的审美角度，才能理解隋唐以后的考试文体。与通行唐诗比较，省题诗的确拘牵于程式，但惟其拘牵程式，才能更集中地凝聚汉语诗歌声律的特点。省题诗过得了关，至少说明掌握话语权力是没什么问题的。举诗人钱起作于天宝十载（公元 751 年）的省题诗《省试湘灵鼓瑟》为例：②

> 善鼓云和瑟，常闻帝子灵。
>
> 冯夷空自舞，楚客不堪听。

---

① 马端临《文献通考·选举考二》卷二十九，第 629 页，引江陵项氏语。台湾商务印书馆影印四库全书本，第 610 册。

② 钱起《省试相灵鼓瑟》见《全唐诗》卷二三八。中华书局，1960 年版。

145

苦调凄金石,清音入杳冥。

苍梧来怨慕,白芷动芳馨。

流水传湘浦,悲风过洞庭。

曲终人不见,江上数峰清。

钱起这首诗可以说是空洞无物,将屈原《湘夫人》里的内容加上河神冯夷的传说用韵文再写一过,并无诗人自己的寄托。但音律讲究,对仗工整,虽言之无物,却言之有序,显示了作者对汉语及其书面表达的深厚素养。八股文自科举废除之后更是名声狼藉,但近年起有的学者开始能够平心静气理解八股文。①事实上,假如要列举一种文体,最能集中显示汉语书面表达特色,则既不是律诗或古体诗,也不是古文或赋,而是非八股文莫属。借用唐人形容传奇的文体特点的一句话,八股文是"文备众体",它是历代文人摸索汉语书面表达特色,经千年以上锤炼而形成的形式臻至完美的文体。它既有古文散行的活泼,又有诗赋对仗的工稳;将骈文对偶的音韵铿锵与古文长行的纵横洒脱熔为一炉。如单看前股或后股,是散体的写法,行句活泼,正是唐宋八大家反对骈辞俪藻时追求的境界,及至两股对起来看,它们又是对仗工稳,虽然不像律句意象鲜明,但平仄音韵也是具备的,故读起来朗朗上口。古时举子习举业,念念有词,摇头晃脑,正从八股讲究音律和谐之美而来。又如八股文的"破题"极端讲究技巧,题破得好不好,不在乎卓见独识,而在乎是否对汉语文有深湛的理解,是否熟悉儒家文化。后人以为八股破题多为"无中生有",然无中之可以生有正在于汉字语汇在它的语境中的复杂多义。无中生有的技巧正是以汉字文化为基础的。例如,明赵时春以"子曰"二字破题:"匹夫而为百世师,一言而为天下法。"②将字面"孔子说"暗转为"孔子及其学说的地位"而成题,

---

① 参见启功张中行金克木《说八股》,中华书局,1994年版;王凯符《八股文概说》,中国和平出版社,1991年版。

② 载梁章钜《制义丛话》,转见金克木《八股新论》。载启功等《说八股》,第121页。中华书局,1994年版。

既不违背字面的意思，又从表面无义之中做出文章。八股文又极讲究文章的结构严整紧密，其间的开阖照应，起承转合不得含糊，虽然程式严密，但运用起来，技巧的高下立见。八股文最受人垢病的是"代圣人立言"，即在"承题"以后，作者要模仿圣人的口吻写句。其实，这也是考试文体增加难度的方法，加之出仕做官，文人有大量机会替皇上、上司作各种"代言体"文章，八股未尝不是一种训练。从科举的角度看，只有形式完美的文体，才能排除内容引起的歧见，最终以技巧为准绳。划一标准，考试的去取，才接近公平的理念。

由仪德、名德到文德，政治同审美的距离似乎越来越远，德性修养由发自内心的良知渐渐变成空洞的说教。惟其价值的僵化，才需要越来越凝固的形式维系其生命。在尚"仪"的时代，尽管"仪"也是一套形式规范，但毕竟强调躬行实践，须以个体发用实行的工夫来证实凝结共同价值的礼仪规范。在尚"名"的时代，躬行实践的意味就减轻许多。虚名可以坐至，终日品藻，相互标榜，则名远甚于实，但求名还是给个人才华的发挥留下比较大的空间，名作为显示德的形式，还是相当富有个性魅力的。在尚"文"的时代，价值同审美进一步拉开了距离，一方面是价值的萎缩和僵化，另一方面是形式达致完美的地步。当完美的形式包裹着已经僵化的价值，则说明儒家德行价值和与它相联系的完美形式的终结即将来临。

二

建筑史专家在探讨中国建筑平面布局特征时，发现其存在"绝对均称与绝对自由之两种平面布局"。①绝对均称的平面布局见于官署、宫殿、庙宇及一般民居住宅，它们通常取左右均齐的对称布局，围绕中轴线及四周绕以建筑物。这样的布置，左右分立，秩序井然。既配合官式礼仪如朝会大典等庄严场合，又合适

① 梁思成《中国建筑史》，第16页，百花文艺出版社，1998年版。

于民间婚丧嫁娶的私家活动。绝对自由的平面布局则见于园林建筑，它们一反整然规则，布局因应地形，出于随意变化，建筑饰以假山流水，间以池沼花木，以取近自然而入于画境。梁思成认为，"此两种传统之平面部置，在不觉中，含蕴中国精神生活之各面，至为深刻。"①

在精神生活方面，中国人受两种不同的传统塑造。儒家提倡仁义忠孝、礼义廉耻，是"入世"式的道德教诲；道家则提倡顺应自然而不为物役，是"出世"式的教诲。后世士大夫有"穷则独善其身，达则兼济天下"的说法。穷达之间的取舍正是士大夫人生观的写照。人生价值的取向本无绝对的准则，一切视乎人生际遇途程的穷通顺逆。入世而欲救苍生济天下时，则信从和奉行儒家修身齐家治国平天下的一套说教；仕途不济投报无门时，则隐身出世顺其自然，或者服食导引而养气治身，或者纵情山水而怡养神明。总之是要视乎具体的情形而作出取舍。既有一套"入世法"而又有一套"出世法"，这是中国精神生活一个重要的特征。精神世界的价值取向一直是处于这种"入世"与"出世"的紧张之中的。"入世"与"出世"形成了人生价值的张力场。士大夫和民众的精神生活无不笼罩在这样一个可以左右徘徊的张力场之中。虽然每一个人具体的"入世"和"出世"有程度上的差异，有造诣上的高低，然大要不离儒道两端，不是入于儒，就是入于道。

精神生活中"入世"与"出世"的不同价值取向，与建筑平面布置绝对均称与绝对自由的两种方式存在深刻的关联。虽然我们不能断定儒家入世式的价值取向是否衍生了讲究绝对均称的建筑平面布局传统，也不能断定道家出世式的价值取向是否造就了绝对自由的建筑平面布置的传统，但有一点可以肯定，当儒家与道家的人生价值观向下落实为具体的生活形式时，当它们在建筑中寻求平面布置的具体形式时，绝对均称与绝对自由的平面布置方式无疑成为"入世"与"出世"精神价值的最佳的审美体现。在价值观与

---

① 梁思成《中国建筑史》，第 17 页，百花文艺出版社，1998 年版。

形式之间,也许没有绝对的因果。在历史上,它们是相互影响的。精神价值一定诉诸某种形式来寄托和表现它自身,从而显现为某种形式的美;同样,当我们观照到某种审美形式时,则必须返回到与审美形式相联系的价值观,才能得到真正的理解。中国建筑两种极端差异平面布局方式正是渗透了塑造中国人精神生活的儒家"入世"式的价值观和道家"出世"式的价值观。绝对均称与绝对自由两种布局之间的张力,同"入世"、"出世"两种人生价值观之间的张力具有相同的性质。历代士大夫在他们昂然入世的时候,总是居住在布局严整的官署里,衙役皂隶一色人等跪拜如仪,为官者则正座居中肃然问事。整齐划一的美和威严肃穆的美正好体现为政者悉心求治的气派,体现为政者追求的政治理想。如果不是倦于政事,他们从无林泉丘壑之乐。而当士大夫失意政坛或告老还乡之时,总是用为官时聚敛得来的银子经营自己的园林精舍。一丛幽篁几株花木,池沼假山,流泉潺潺,配以堂厅馆阁、廊榭亭台,这种"虽由人作,宛自天开"的随意自然之美,谁说不是闲情适意圆满自得的趣味表达呢?谁说不是士大夫由"有为"的政治前台隐逸到"无为"的后台的壶中自得之乐呢?历代士大夫和民众既然在精神价值的取向上不能逃脱儒家或道家的规范,那么在建筑平面布置的欣赏上也不可能逃脱对于均称整齐的美的偏好或对于随意自由的美的偏好。中国建筑平面布置的美积淀了深厚的传统文化价值。

众所周知,中国古代建筑均为木构,假如略去建筑物细部特点不论,最基本的建筑单位就是堂屋与厢房。一正两厢是基本的平面布置方式,这是建筑组织中的"细胞"。由此生发出去,产生廊庑、周屋、前殿、围墙、角楼之属,构成完整的院落。建筑平面布局中最为考究的方位与中轴对称的思想就是从一正两厢布置中产生的,方位与中轴对称的思想联系着宗法、礼仪、政治、风水等因素,成为体现后者的美感方式。小者如民居,中者如官署宫殿,大者如城市设计,无不渗透着建筑"细胞"蕴含着的美感方式。例如,隋唐王朝(公元581—907年)的首都长安城,城今虽不存,然部分城墙犹在,城市设计的平面图尚有文献可征，可以窥见大略。①城市的平面布置为近似正方形，由高大的围墙环绕四周，每面均有三个对应的城门进出；宫城在城内北面中央的位置，背北向南，是全城最尊贵而最有威势的位置；宫殿、官署、民居三者区域分别得一清二楚，笔直的南北街、东西街将全城划分成棋盘形，整齐划一，街宽有百步、六十步、四十七步等定制；四面街内的民居曰坊，坊有定名。现存我们能够看到而又最完整的宫殿建筑，无疑是明清王朝(公元1368—1911年)的紫禁城了。城东西约七百六十米，南北约九百六十米，高大的城垣上有四角楼；紫禁城主体建筑是中轴线上太和、中和、保和三大殿，三殿建在高大的台基之上，是举行朝会盛典的地方；保和殿之后是乾清门，乾清门以北为乾清宫、交泰殿、坤宁宫内廷三宫及御花园，承古人前朝后寝之制。梁思成评论故宫建筑格局时说："清宫建筑之所予人印象最深处，在其一贯之雄伟气魄，在其毫不畏惧之单调。其建筑一律以黄瓦红墙碧绘为标准样式(仅有少数用绿瓦者)，其更重要庄严者，则衬以白玉阶陛。在紫禁城中万数千间，凡目之所及，莫不如是，整齐严肃，气象雄伟，为世上任何一组建筑所不及。"②强调方位朝向和中轴对称，本身就是抑制活泼多变而有利于造成划一秩序的。建筑布置能够产生整齐有序的美和肃穆庄严的美，当然就免不了单调呆板。其实这种绝对均称的平面布置风格不仅是官式建筑设计所追求的，而且也是民间建筑的一贯作风。前者正是植根于后者深广的土壤之上的，北方民间的四合院就是很好的例子。无论紫禁城还是四合院，它们的平面布置和结构方式是一样的，紫禁城不过是一个放大了的极尽奢华的四合院。

近年在深圳市龙岗区发现一组客家人的建筑，称为"鹤湖新居"。客家人为避中原战乱，约在两晋(公元三—四世纪)和南宋(公元十二—十三世纪)时期迁居南粤，客家人较多保留了传统习俗与语言。"鹤湖新居"为罗氏所建，是一家族聚居民宅，呈梯形，南北长

---

① 长安城平面图见梁思成《中国建筑史》第五章隋唐，图18。百花文艺出版社，1998年版。

② 梁思成《中国建筑史》，第291页。百花文艺出版社，1998年版。

一六六米，东西宽一〇九米，占地面积一万八千余平方米，始建于嘉庆二十二年(公元1817年)历数十年而成。建筑外有十余米的高墙环绕，四角有角楼，只有朝南一个门出入。入门内墙赫然写着"聚族而居"四字，建筑内部成回字形，分别座落着居住单元，全盛时有一七九个同姓家庭居住。南北贯通而有明显的中轴线，建筑的中心点恰是家族祠堂，正堂供奉家族先人。建筑虽不富丽堂皇，完全是民间一贯的实用作风，但规模宏大，平面布置整齐肃然，在呆板单调的格局中表现出森然有序的气势。①以绝对匀称的平面布置格局为基础的美感方式，在中国建筑中是一以贯之的，不仅存在于社会上层的官家，而且也散布在社会下层的民间。因为这种美感方式背后积淀的文化内容都是同质的。由于祭祀、婚丧、典礼等具有政治性含义的礼仪活动的需要，一个对称严整的建筑格局有助于渲染和增加威严的气氛；而正堂显赫的中心地位和配以两厢及周边附属建筑的布置，显然有利于衬托家族长老对社会生活组织的权威地位；方位朝向除了考虑到采光和取暖的实用需要外，还突显了祖先崇拜信仰的神秘性和长老权威的尊贵显赫；高墙作为分界以及院落内居住单元的有序安排，则体现了防务的需要和家族集体主义的价值观。这些文化因素落实在绝对匀称的平面布置格局中而积淀为美感方式，成为源远流长的中国建筑的审美传统。

正如绝对匀称的平面布置的代价是缺乏变化一样，整齐有序的美亦失之单调乏味。约在魏晋南北朝(公元三—六世纪)的中古时期，老庄玄学和山水意识兴起，士大夫私家园林的建造进入成熟的阶段。园林的平面布置一反严整规则，讲究绝对随意自由，因为它追求在有限的居住空间容纳无限的自然天地，以自然的无限丰富和万千变化寄托田园和隐逸的情意。园林布置的格局中存在"人作"和"天开"的矛盾。一方面，它是人为而满足居住需要的，另一方面，它又追求达到自然的境界。落实到具体的建筑物平面布置，就成了毫无例外的"壶中天地"。壶谓其小，天地谓其独有自然

---

① "鹤湖新居"资料见深圳龙岗《客家民俗博物馆》的"简介"。

的雅趣。在一方狭小之地,自然所有的山水竹木虫草,无不具备,流泉、池沼、林壑、烟霞隐约其间,附以亭台廊榭,以备观赏,居处其中,当然就是自有天地了。这种自由的平面布置所表现的是士大夫另一审美情趣:倦怠政事,无所施展抱负转而享受自我生命,故而在山水林泉的自然里寻访到它的美感方式。中唐诗人白居易(公元772—846年)有句云:"君住安邑里,左右车徒喧;竹药闭深院,琴樽开小轩。谁知市南地,转作壶中天。"①历代的士大夫正是在老庄哲学的启示下,感悟到生命有限而身为物役的悲哀,终于在山水田园中寻求到自我生命的欢乐,发现山水田园的美,并在绝对自由的平面布置的私家田园式建筑中体现自然的美。

郑板桥是清朝著名的画家,做过县令,为人清廉正直。他想到老来退官还乡,就写了一封家书给他的弟弟,嘱咐在他儿时印象中"一片荒城,半堤衰柳,断桥流水,破屋丛花"的地方替他买一坡地,好将来建屋营庐。郑板桥在信中这样规划他将来的居所:

> 吾意欲筑一土庐院子,门内多栽竹树花草,用碎砖铺曲径一条,以达二门;其内茅屋两间,一间坐客,一间作房,贮图书史籍笔墨砚瓦酒董茶具其中,为良朋好友后生小子论文赋诗之所。其后住家主屋三间,厨屋二间,奴子屋一间,共八间;俱用草苫,如此足矣。清晨日尚未出,望东海一片红霞,薄暮斜阳满树。立院中高处,便见烟水平桥。家中宴客,强外人亦望见灯火。南至汝家百三十步,东至小园仅一水,实为恒便。或曰:"此等宅居甚适,只是怕盗贼。"不知盗贼亦穷民耳,开门延入,商量分惠,有什么便拿什么去;若一无所有,便王献之青毡,亦可携取,质百钱救急也。吾弟当留心此地,为狂兄娱老之资,不知可能遂愿否?②

---

① 《酬吴七见寄》,《白居易集》卷六。中华书局,1979年版。
② 郑燮《郑板桥全集》,"家书"《范县署中寄舍弟墨第二书》。中州古籍出版社1992年影印世界书局本。

这是一封使人捧腹失笑的家书。古来只有开门缉盗的说法，未闻有开门纳盗商量分肥的故事。但我们从他旷达幽默的表述中，可以看到他天趣闲雅的人生态度。他的这种人生态度一如他对自己居室建筑的构想那样，没有富贵的炫耀，没有人工的矫情，但平面布置绝对崇尚自然，顺着半堤衰柳、断桥流水营建简朴的居所，借来日出红霞或者薄暮斜阳的大自然景色作为自家景色。这便是中国园林建筑中常用的"借景"手法的运用。郑板桥想像中简陋的草庐，或许称不上园林，但它同样十分出色地体现士大夫关于园林建筑美的理念：在平面的自由营构中寄托自我生命与自然融为一体的乐趣。诗人白居易所经营的庐山草堂规模亦不大："三间两柱，二室四牖。……堂中设木榻四，素屏二，漆琴一张，儒、道、佛书各三两卷。……是居也，前有平地，轮广十丈；中有平台，半乎地；台南有方池，倍平台。环池多山竹野卉，池中生白莲、白鱼。又南抵石涧，……"①透过简单的描述，亦可想见其大概的布置。

历代文人学士那些虽简陋然不失天趣的草庐没有可能保留至今，现存的著名园林均为明清时期名臣权贵悉心营构之作。例如苏州拙政园、留园、网师园、上海豫园、同里退思园等，由于园主富有及历代修葺，这些园林规模大，场面阔、造园手法讲究而且细腻，在有限的空间中叠山理水，建筑、山水、花木无不极尽其妙。陶渊明（公元 365—427 年）《归园田居》咏到自家摆脱"尘网"复归园田的心情："久在樊笼里，复得返自然。"后世这些将天地自然、山水花木的精妙汇集于有限空间的园林，其实是士大夫归隐而自乐天命的新的"樊笼"，也就是他们的"壶中天地"。不过这个自家营造的"樊笼"与尘世无涉，只供他们自己闲雅品趣。园林是士大夫精神世界另一面的象征和寄托：一方面它与礼法威严而纷纭喧嚣的尘世有别，平面和空间布置活泼自由，因水成湾，因石成势，丛篁花木，楼阁掩映，一片天趣自然的景象，正是"小红桥外小红亭，小红亭畔，高柳万蝉声。"它追求的不是那种肃穆威严、气势森然的美，而是雅

---

① 见《白居易集》卷四十三《草堂记》。中华书局，1979 年版。

趣闲适、真朴自然之美。另一方面，自由布置的园林既含自成天地的一重隐喻，则此天地实在狭小量窄，为了取法自然，不得不在平面和空间布置上巧加雕琢，愈雕则愈显狭窄，这归隐时托命的"壶中"亦暗示了精神世界的萎缩和命运的悲哀。实际上每一个江南名园的背后都有园主当年宦海沉浮最终不得不归隐以度余生的无奈故事。拙政园的园主王献臣，明朝弘治（公元1488—1505年）进士，官拜御史。因言事获罪，贬为上杭丞，后再贬至广东。正德（公元1506—1521年）朝方迁任永嘉知县。[①]后弃官还乡，浚治山水，广兴土木，环以树木花草，师晋潘岳《闲居赋》"灌园鬻蔬，是亦拙者之为政也"之意而取名拙政园。将宦海的失意转化为山花野鸟之间的闲雅，然而在淡泊自然的林下消闲生涯里，依然可见"情以物迁"的落寞。退思园园主任兰生（公元1838—1888年）靠清末军功发迹，所任均肥缺。在兵备道的任上因镇压捻军不力被参，险遭杀头之祸，后革职还乡，经营退思园，取"退则思过"之意。他的上司彭玉麟送他一副对联："种竹养鱼安乐法，读书织布吉祥声"，嘱他慎守林下，勿问朝政。如此说来，"思过"仅仅是对朝廷的姿态，悠游淡漠的"壶中天地"，依然掩盖不了"入世"无门的无奈。

一如立身做人有"入世"与"出世"不同的价值观一样，建筑平面布置在中国也有绝对均称与绝对自由之分。不同的布置格局追求不同的美感意趣，而美感意趣的背后当然就是精神价值观念的问题。儒家和道家所阐释的精神价值，历千百年而融化入中国民族的血脉之中，塑造了中国人的精神世界，它们同样凝固在中国建筑里。中国建筑平面布置发展出截然相反的均称和随意原则，是体现儒家和道家的人生价值观的绝佳形式。认识了中国人精神生活中"入世"和"出世"的价值观，才能深悟建筑平面布置里匀称与随意的张力。本文从文化与人生价值观的角度解释中国建筑平面布置的特征，并不是否认建筑形式美感中的其他文化内涵。例如，中国建筑均为木构，

---

① 《明史》，列传第六十八，《王献臣传》。中华书局标点本。

匠人对木材认识深而对石材认识浅；石材和木材都是易得之物而中国建筑偏爱木材，其中必有文化上的原因。就是说，不同的形式特性会寄托不同的文化内容，而在儒、道的笼罩下，中国人生的"入世"与"出世"的张力，追求整齐威严的美和追求淡泊自然的美，最佳的表现形式就是建筑平面布置中的绝对均称和绝对自由。

三

如果要追溯美感在中国文明中最古老的源头的话，那毫无疑问就是基于食物制作与饮食方式的味觉了。食而可以通之于美，是顺理成章的事情。①就像寓目悦耳的体形、线条、颜色、声音可以造成人视觉、听觉的美感一样，可口的食物同样可以使人产生味觉的美感。美首先是意味着美味，其次才是美视与美听，远古的华夏族人首先从食物作用于舌面的快感中提升为精神上的美感享受——美食。在中国文化脉络里，美食不仅代表了美古老而深广的根源，而且文化价值的取向和文化体制一直培植和支持这种美感倾向，形成了中国独特的食文化。吃在中国不仅是求饱这样简单满足生理欲求的事情，它同时具有丰富而独特的文化意味。中国是一个食文化的大国。

现存最古老的字书《说文解字》对"美"字的解释可以支持美源于食的看法。许慎从字形探讨美字的词义："美，甘也。从羊从大。羊在六畜主给膳也，美与善同意。"而许慎释甘字为："甘，美也。"美和甘是可以互训的两个词。所谓甘，就是后来形容食物味道的鲜甜，是古人表示口舌快感的专词。中国文字本身就有象形表意的特点，羊是最早驯化的畜类，无疑是当时膳食的主物之一，古人以羊和大合成一个"美"字，表示口舌快感。美的词源根据表明在中国文化里美的概念是以口舌快感作为源头的。《墨子》"食必求饱，然后

----

① 参见叶舒宪《美与文化：中、希、印美概念的发生学阐释》。载《中国文化：阐释与前瞻》，海南出版社，1993 年版。

求美",用的正是美字的本义。饱仅仅是生理上饥饿感的满足,美却是口腹之欲满足之后的展开。这种在满足形而下的生理感觉基础上,追求形而上的与膳食快感相联系的精神满足,正是中国食文化的精髓。美与食在中文脉络里有天然的联系,而"吃"字的文化含义极其丰富。汉语里有美食、美味、美餐、美酒等词汇;一个人在社会上发达亨通,叫做"吃得开",时髦走红叫"吃香",被他人暗算就是"吃亏",本世纪初信教被称作"吃洋教"等等;而"秀色可餐"一词则是汉语汇里独特的通感表示法,用口舌快感转喻对女人容貌的视觉感受。以食欲来暗喻性欲,至少从《诗经》的时代以来就是这样。

口舌快感得以提升为美食文化,不但在于美的概念的古老来源,而且也有一套成熟的文化体制来确立膳食在人类生活中的地位。《礼记·礼运》记录孔子向弟子子游解释"礼"的起源,孔子说:"夫礼之初,始诸饮食。"华夏古人崇拜祖宗,有祖先神灵的信仰,为祈求多福,不免以己心度先祖神灵。自己需要饮食维持生命,冥世的祖宗神灵也要饮食,虽不能食味,却可以食德。于是醴酒、牺牲、饭食无不供奉于前,由此讲究拜祭祖宗的长幼次序、辈分次第、男女分别,讲究等级、时辰、方式的安排,一套礼制秩序就是这样形成。孔子的解释是有道理的。古代的礼制几乎都离不开饮食环节,饮食虽不是礼制的根本目的,但是规范人心,创造秩序的礼制却是围绕饮食来形成它独特的规范原则的。观乎古代的祭礼、射礼、乡饮酒礼、丧礼、婚礼,无不与饮食相关。"民以食为天"这句古训的深刻含义,不仅指明草民百姓需要面包才能活命这个朴素的道理,而且暗示在这个特定的文化里,无食就不可能有礼,无礼则礼崩乐坏,率兽食人,天下大乱。汉语用"钟鸣鼎食"来形容富贵豪华,钟和鼎都是祭礼或宴享时使用的礼器。富贵之家的饮食离不开钟和鼎,就是说他们深受以礼制为核心的文化教养的熏习,孔子赞许的"富而好礼"就是这意思。由此可知,考究和发展膳食文化的基本动力是来自古代世界的礼治秩序,由这一基本的文化体制给与膳食定位、规范,确立它在文化体系中的位置,赋予饮食人生的意义。故而饮食文化在中国蔚为大观,不仅烹饪在世界上独树一帜,而且饮食方式别有文化意义，即就食本身亦有别出心裁的形而上人生意味。

　　饮食在中国文化中首先与为政之道相通，与待人接物的处世之道相通。中国烹饪一贯讲究酸甘苦辛咸五味调和，无论何种烹饪法均以味和为最佳，而人主求治君子处世亦要以"和为贵"，烹饪就成了治道和处世的隐喻。更何况饮宴本身自有它的亲和作用，杯盘狼藉之后自然增强了感情，增加了相互合作的信用度，或者冰释了前嫌，所以，饮食有它特殊的意味和功能。《史记·殷本纪》中记载一个故事，伊尹原本是贵族的庖厨，因做得一手好菜而为汤所知晓，汤欲得伊尹而伊尹亦欲投靠汤，后伊尹作为媵臣(陪嫁奴隶)而得以为汤说"至味"。《吕氏春秋·本味》载有他们的对话。伊尹告诉汤各种山珍海味、各种调味材料，要用一定的烹饪方法去除食物的膻腥之味，经"九沸九变"烹饪才可以达到"口弗能言，志弗能喻"的"至味"。本味篇虽另有隐喻所在，但也道出了传统烹饪追求诸味调和的境界。后来，汤果然授伊尹宰相之位。治庖之道与为政之道息息相连。周朝天子之下总领百官之臣曰太宰。近人柳诒徵认为："所谓太宰者，实亦主治庖膳，为部落酋长之下之总务长。祭祀必有牲宰，故宰亦属天官。"①后世分工精细，宰相自然不必庖人兼任，但以调和为取向的人君南面之术并无改观，故烹饪可以喻政治。例如，外戚、内廷、外朝是王朝政治的三股力量，外朝之中又分言官与事官，事官中又因政见地域出身等因素而分派别，人主的操控是不能使它们同，但却要和。同即是浑然一体，没有分别，这是不可取的。和却是各种力量的相互平衡，相互制约，而达到均衡的境地，这有利于人主的操控，在道理上则通于烹饪的"和味"。《古文尚书·说命》中有句："若作和羹，惟尔盐梅。"以掌握酸咸为调和羹汤的关键来比喻治国。《诗经·商颂·烈祖》取譬亦同：治国就像调和羹汤，使臣下既怀戒惧又志性和平，不生龃龉，不起争论，才能成其大政。②《左传·昭公二十年》记载齐相晏婴向齐景公指出，臣下一味

---

①　柳诒徵《国史要义·史原第一》第 5 页。中华书局，1948 年版。

②　《诗经·商颂·烈祖》："亦有和羹，既戒既平。鬷假无言，时靡有争。"

附和君王,这是奉承,是"同"而不是"和",和是像庖厨作羹汤一样,调和众味而达到新的口味。他说,"先王之济五味、和五声也,以平其心,成其政也。"烹饪向来是中国政治的隐喻,在于美味所追求的境界与政治所欲达成的理想是一致的。

饮食在中国大行其道,还在于文化赋予饮食不同凡响的功能,从而使它具有超乎口腹之欲的意义。群居饮宴由古至今一直是中国的固有风俗,民间婚丧嫁娶固然必有豪饮大食,家贫者筵开十数席,富有者筵开数十上百席均为毫不稀奇之事;更何况文士风流,雅集宴饮;朝廷官方也一直有各式各样的饮宴形式,从诗经时代的鹿鸣宴,到唐代的杏园宴、宋代的闻喜宴、元代的恩荣宴,明清的千叟宴。食风之炽,恐世界各民族无出其右者。《鹿鸣》是《诗经·小雅》的开篇,是一首饮宴诗,描写自己热情待客,赞美来宾德高望重。这类的宴享在周朝有很实用的政治功能,周天子用饮宴操控、维系与诸侯贵族的关系。《毛诗·序》说:"《鹿鸣》,燕群臣嘉宾也。既饮食之,又实币帛筐筐,以将其厚意。然后忠臣嘉宾,得尽其心矣。"①隋唐以后实行科举制,乡试、会试揭榜之后必有名称各异的饮宴,诸如杏园宴、闻喜宴都是皇帝或主考官员主持的正式宴会。②朝廷利用宴享笼络士人,登科士子则利用宴会攀附师生、同门、故旧的关系,作为日后官宦生涯时的人脉资源。《新唐书·选举志》云,州县考试过后,"长吏以乡饮酒礼,会僚属,设宾主,陈俎豆,备管弦,牲用少牢,歌《鹿鸣》之诗,因与者艾叙少长焉。"所谓"叙少长",即是定辈分,定交情。人际交情、关系在这种文化氛围里借托饮宴形式来落实和展开。清代宫廷筵宴名目繁多,而以千叟宴为最。例如乾隆五十年在皇极殿举行千叟宴,一等饭菜和次等饭菜共八百桌。以八人一桌计,有八千四百余人出席。参与者为皇帝、王公贵族、大臣、九品以上僚属、八十以上耆老臣民。③千叟宴意义深远:显示太平盛世气象、天下一家,象征皇帝、满蒙权贵及大小臣工

---

① 《毛诗正义》,见《十三经注疏》上册,第137页。中华书局,1979年版。
② 参见王学泰《华夏饮食文化》。中华书局,1993年版。
③ 见周光武《中国烹饪史简编》第八章"明清的烹饪"。科学普及出版社广州分社,1984年版。

上下一心，表明朝廷尊老敬贵和一贯的"以孝治天下"的施政作风。借饮宴而贯串实用政治或功利目的，在中国历数千年不变。近闻饮宴已成为台湾选举文化之一，候选人以招众饮宴的形式宣传政纲和拜票。据民情风俗推测，他日如或中国推行民主选举，饮宴拜票之风一定会发扬光大而在世界选举文化中独树一帜，饮宴规模则远胜于康乾盛世的千叟宴。

美食之风在中国常常又同文士风雅联系在一起的，因为考究的食物、精妙的烹饪和特殊的饮食爱好，完全能够传递出食物之外的文化意义，而文士们重视的就是这种托于饮食的隐喻含义。人生的风雅品味在中国饮食文化氛围里常可借美食而传递。《世说新语·识鉴》记了张翰一件趣事。张是吴人，被朝廷征辟到洛阳做官。张翰"在洛见秋风起，因思吴中菰菜羹、鲈鱼脍，曰：'人生贵得适意耳，何能羁宦数千里以要名爵！'遂命驾便归。"张翰因洞穿官场利害还是因钟爱菰菜羹、鲈鱼脍而放弃名爵，已经于史无考。但他认同的人生贵适意的价值观，却是借喜好吴中这两道名菜表现出来。普天下人看重的名爵在张翰的眼里竟然不如菰菜羹、鲈鱼脍，这就更显得名士不同俗世凡胎的品味。历代文士好酒也是与此道理相通。酒精本使人神经抑制而进入失控的状态，这在中国酒文化的共识里被解释为进入与天地同体的自然状态，酒可以使人返璞归真。于是摒弃世俗，独标高雅之士，无不好酒。因为鄙视流俗的本真境界需酒助才能发掘出来，酒具有文化的象征意义，自然成了文士的雅好。陶渊明(公元 365—427 年)一生写了二十首《饮酒》诗，诗序云："余闲居寡欢，兼比夜已长，偶有名酒，无夕不饮。"陶是通过饮酒作诗来表明他的信念，即在酒中寻求人的自然本性，寻求远离尘世而把握生命本真的自然状态。《饮酒》诗云："达人解其会，逝将不复疑。忽与一觞酒，日夕欢相持。""不觉知有我，安知物为贵。悠悠迷所留，酒中有深味。"①陶渊明说的"深味"当然不是酒醇带来的口舌快感，而是痛饮中体会到的人生本真状态。唐代的李白

---

① 见沈德潜选《古诗源》卷九。中华书局，1963 年版。

(701—762)继承了陶渊明的诗酒风雅,他的《月下独酌》云:"三杯通大道,一斗合自然。但得醉中趣,勿为醒者传。"①李白追求的"趣"如同陶渊明追求的"味"一样,是摆脱尘嚣自悟生命的独得之乐。酒恰好是一条分界线,为领悟它的人和不领悟它的人划出了分别,其中的意味当然就是人生品味的高低。

饮食之在中国又同长生久视、永寿成仙相联系,通过精致考究的饮食而进入永生;或者以食为疗,治病养命,由对食物的味性和诸味调和的后果的认识中发展出中国独特的食疗学。饮食同成仙、治疗相联系,乍看之下好像是不可理解的事情,然在中国文化脉络里,它是有根据的。古代医学对生命必有极限此一问题采取暧昧的态度,如《皇帝内经素问·上古天真论》既认为众生如善摄生治神,则能"尽终其天年度百岁乃去",但又认可少数体天得道之士,"能寿敝天地,无有终时"。永生在古代的生命观里是一件可以期待的事情,生命的极限不是必然的,死亡只不过是日常经验的现象。古代生命观为永生留下了空间,尽管很难实现。晋代的道家人物葛洪就明确论证过成仙是可能的。②因为古代医学认为"人以天地之气生,四时之法成",③生命即靠充盈于体内的天地四时之气赋予,体内气的阴阳平衡就是生命的正常状态,环境心情饮食影响身体阴阳平衡,阴阳之气就会在体内自相杀伐,疾病死亡均由此而来。这种观念实际上设定,如果一个人能够永远保持体内阴阳之气的平衡,就会永寿成仙。而由何种途径通往羽化登仙之途呢?饮食包括炼丹服食就是其中之一。

饮食通于长寿,民间也有"医食同源"的看法。从长寿治疗的角度讲究饮食,就是在中国蔚为大观的食疗学问。这是一门复杂的学问。任何可以入口之物,都分别有性和味两种属性。不同的性和不同的味之间有相生相克的关系,不同的食物之间也有相生相克的关系。按照天象气候的变化,这种关系可能发生

---

① 见《李太白全集》卷二十三,《月下独酌》四首之二。上海书店,1988 年影印本。
② 葛洪《抱朴子内篇·论仙》卷三。见商务印书馆四部丛刊初编本。
③ 《皇帝内经素问》卷八《宝命全形论》篇第二十五。见商务印书馆四部丛刊初编本。

变化。①食疗的知识就在于告诉人们，根据自己体质寒热温虚的实际情况，选择食物及其具体的烹饪方式。中国菜的特殊烹饪方式，例如老火羹汤等，多少都同"进补"也就是食疗的观念有关。食疗已经成为中国食文化的一大特色。《皇帝内经素问·四气调神大论》就有"圣人不治已病，治未病"的说法。所谓"治未病"就是主张食疗的意思。元延祐年间（公元 1314—1330 年）饮膳太医忽思慧著《饮膳正要》谓"善摄生者，薄滋味，省思虑，节嗜欲……"，如此"形神既安，病患何由而致也。"理论上，人没有疾病当然就可以长生。他还开了一个方子，教人做"铁瓮先生琼玉膏"。此膏采数种中药经复杂程序炼制。忽思慧云："人年二十七岁以前，服此一料，可寿三百六十岁。四十五岁以前服者，可寿二百四十岁。"②饮食由于同长寿延年的观念相联系，它在实际生活中常常引起神秘主义。死亡恐惧则因为所谓食疗的信念而得到舒缓。由此看来，食疗信念是中国人日常生活中的一位"准神"，它有类似宗教的作用。秦始皇、汉武帝等雄才大略的君主在有生之年，不惜劳民伤财，四出派人寻找不死之药；明代嘉靖、万历等帝崇信服食，祈求长生；历代不知多少权贵、文人、道士迷信炼丹，最后都不免一命呜呼。由饮食与成仙观念而结合产生的这位神秘的"准神"，当然无法拯救它的信众。

视饮食为得到登仙之途者，与视饮食为实现社会功利之手段者，其饮食方式有不同。前者持节制的观念看饮食，后者持放纵的观念看饮食。因为放纵，极尽奢华，才能显出主人的地位和面子，受到联络情感或笼络人心的作用；而因为节制，尽量疏食调养，才能益寿延年。中国美食文化里存在放纵主义和节制主义两种倾向，是由对饮食的不同价值取向造成的。饮食有这么重要的人生和社会作用，赢得美食的称呼，谁谓不然？

---

① 参见钱伯文等主编《中国食疗学》，上海科学技术出版社，1987 年版。
② 忽思慧《饮膳正要》卷一"养生避忌"及卷二"神仙服食"。人民卫生出版社，1986 年版。

别了，镀金时代

——兼论近代中西文化交流的不平衡性

张　威

一

1974年，当李约瑟博士(Joseph Needham, 1900－1995)的《中国科学技术发展史》铸成之日，中外学界对这位英国剑桥学者表现出由衷的敬佩。在伦敦举行的著作首发式上，一位童颜鹤发的华裔绅士在向李约瑟献花的同时说出这样发人深省的话："假如这本书是中国学者写就，我将会表现出双倍的热忱和激动，尽管我知道科学没有国界。"①

1977年，作家沈从文正受着冷落，然而在大洋彼岸的美国学者金介甫(Jeffrey C. Kinkley, 1948－　)却早已"沙沙地"写出了《沈从文笔下的中国》。他的另一部著作《沈从文传记》于1985年出版，开沈从文学术研究之先河。②

八十年代中期，美国资深记者索尔兹伯里(Harrison Evans Salisbury, 1908－　)的《长征，前所未闻的故事》全面系统地描绘了举世闻名的长征，披露了许多鲜为人知的历史盲点，在赞誉之后，跟着就是一片嘘吁：为什么中国人自己没有写下这样一部"长征"？

1989年，我在悉尼大学研究比较文学。在检索东亚系"中国研究"的博士论文题目时，我大为震惊，澳大利亚的汉学家已将触角伸到中国文化的各个领域：从杨万里的诗到瞿秋白的杂文，从徐霞

① 见文香《海外学人随笔》，天明出版社，香港，1989年。
② 此书原名为 *Odyssey of Shen Congwen*(Stanford University Press, 1987)。

客到卞之琳,从孔子到延安文艺座谈会,从殷鼎到莫言……有些博士论文的选题,中国人还未涉及,比如《穆木天和他的诗》。穆木天在中国诗坛人微言轻,但在西方汉学中居然有一席之地。洋人染指中国如此之细,令人不可思议。这里只是远在南大陆的澳洲悉尼,如果是剑桥牛津,如果是哈佛耶鲁又当如何?想想李约瑟数十年如一日地钻研古文,索尔兹伯里以七十岁高龄纵横雪山草地,金介甫为和沈从文对话十余次在美中之间穿梭往返……就不由大发感慨:中国,你何以如此令人倾倒?如此令人着迷?如果将你比做金矿,那些洋人就是淘金者,他们把金子淘出来,成就了自己的功名,同时,在客观上,他们传播了中国文化。

西方人对东方的淘金显然可以追溯到马可·波罗时代。然而对于中国的真正大规模的淘金则是在十七世纪以后。如果说,明清时期来华的传教士利玛窦 (Mathtw Ricci, 1552 – 1610)、汤若望 (Schall Vor Beu Jean Adam, 1591 – 1666) 和南怀仁 (Ferdinadus Verbiest, 1623 – 1688) 的中国之行主旨在向中国输入宗教和科学,那么,美国冒险家华尔(Frederick Townsend Ward, 1831 – 1922)、理雅格 (James Legge, 1815 – 1892)、哈同 (Silas Aron Hardoon, 1847 – 1931)和斯坦因 (Mark Aurel Stein, 1862 – 1943) 目的则是在从中国攫取物质文化宝藏。在物质上,华尔和哈同都在上海获取了既得利益。华尔因担任洋枪队长而暴富;①哈同因经营地产从一文莫名的看门人一跃为"东方巴黎"的大亨。②在人文科学方面,理雅格是第一个系统地在中国淘金的西方学者。1843 年,理雅格以传教士的身份来到中国,很快就投入了对孔子的研究。他在中国淘了三十年的金。1873 年,理雅格离开中国时,已是著作等身,他将"四书"、"五经"等中国典籍全部译出,共计二十八卷。这位前传教士后来成为英国牛津大学的首位汉学教授。他的多卷本《中国经典》、《法显

---

① 有关华尔的情况,参见肖黎等 (编)《影响中国历史的一百个洋人》,广东人民出版社,1992 年。

② 有关哈同的情况,参见张健行 (编)《影响中国历史的五十个洋人》,添翼文化事业有限公司,台北,1994 年。

行传》、《离骚及其作者》、《中国古代文明》、《基督教与儒教之比较》和《中国编年史》等著作在西方汉学界占有重要地位。①

如果说理雅格涉猎汉学事出偶然，那么斯坦因则是蓄谋已久。1883年，他在德国示宾根大学主攻东方学，后获哲学博士学位。不久，他又赴英国伦敦大学牛津大学和剑桥大学从事东方语言和考古学的博士后研究。其后，他担任了印度拉哈尔东方学院的院长。从本世纪初开始，野心勃勃的斯坦因多次对包括中国新疆、甘肃等地在内的中亚地区进行考察，其学术著作《古代和田》《契丹沙漠废墟》《亚洲腹地》等成为国际东方学名著，从而奠定了斯坦因的东方学者地位。在对中国文化的淘金方面，斯坦因不像理雅格那样温文尔雅。他凭借西方的强权和经济实力，恩威并施，连哄带骗，巧取豪夺了上千种古代文物、经书和绘画，显示出帝国主义强权和贪婪的一面。②

在西方对东方的淘金中，理雅格和斯坦因代表了不同的风格：温文尔雅和凶悍霸道。但结果都一样，东方文化使他们一举成名。

在十九世纪到中国淘金的洋人中，著名的例子还有：美国人Samuel Wells Williams(1812－1884)，中国习惯上叫他卫三畏，他1833年来华，1877年返美，在中国呆了四十七年，后任耶鲁大学汉学教授。他的著作包括《简易汉语教程》、《中国地理》、《中国总论》、《我们同中华帝国的关系》、《中国历史》、《汉英拼音辞典》，真是硕果累累。③另一个美国人William Alexander Parsons Martin(1827－1916)，中国称他为丁韪良。此公1850年来华传教，曾任京师大学堂总教习。1916年客死北京。在华六十六年，他的著作全是研究中国的，其中包括《中国人：他们的教育、哲学和文学》、《北京被围：中国对抗世界》、《中国知识》和《中国的觉醒》等。④英国人德庇时

---

① ②　有关理雅格、斯坦因的情况，参见张健行（编）《影响中国历史的五十个洋人》。

③　有关卫三畏的情况，参见肖黎等（编）《影响中国历史的一百个洋人》，广东人民出版社，1992年。

④　有关丁韪良的情况，参见张健行（编）《影响中国历史的五十个洋人》。

(John Francis Davis, 1795－1890),1832 年来华,1848 年回国。在中国任外交官十六年的生涯中,除翻译了大量的中国戏剧小说外,他的著述包括《中国诗歌论》、《中国见闻录》、《中国杂记》、《交战时期及讲和以来的中国》、《中国人:中华帝国及其居民概述》,①英国人威妥玛(Themas Francis Wade, 1818－1895)在华四十多年,不仅著述繁多,还创造了汉字的罗马拼音法,为世界通用。1888 年,他成为剑桥大学的首任汉学教授。②

接下来的问题是,洋人在中国淘金,中国人在西方的作为又如何?古往今来,那些中国人文学者们在大洋彼岸急匆匆的脚步是否像在中国淘金的洋人一样坚实有力?

二

多少年来,中国学者对西方文化的研究在很大程度上驻足于译介方面。较早如明徐光启译出的《几何原本》,较迟如严复、林纾对西方哲学、文学作品的翻译。早年的中国学者很少有像西方学者那样直接去异国开采金矿的,后来,即便身到异国,心却犹寄故乡。中国最早的留学生容闳(1828－1912)留美七年,除一本散文《西学东渐记》外,别无它著。改良家王韬(1828－1897)曾赴英法俄多国游历,亦未留下任何有关上述国家的研究专著,尽管他曾帮助英国人理雅格翻译了大量中国古籍。那个有着十二个博士学位、通晓九种语言、浪迹天下的怪杰才子辜鸿铭(1857－1928)曾在英国大学盘桓了十五年,但他对英国的研究记录是零。他的最大贡献表现在对中国典籍的英译方面。③鲁迅赴日学医不名,惟杂文天才滋生;郭沫若留日八年,娶东洋女为妻,研究的却是中国的甲骨文和中国古代史。在早年留洋的文化精英中,除了留学德国哥廷根大学的季羡林(博士论文:《〈大事〉偈颂的

---

① 参见于语和、庾振良(编)《近代中西文化交流史》,山西教育出版社,1997 年。
② 有关威妥玛的情况,参见张健行(编)《影响中国历史的五十个洋人》。
③ 详见严光辉《辜鸿铭传》,海南出版社,1996 年。

动词变格》)、①留学美国哥伦比亚大学的马寅初(博士论文:《论纽约市的财政》)②等少数人之外,都是"身在曹营心在汉"。且看:留美康奈尔大学的胡适,其博士论文是《中国古代哲学方法之进化史》,③哥伦比亚大学的冯友兰,其博士论文为探讨中国古典哲学的《天人损易论》,④威尔斯利大学的冰心,其硕士论文主题是"李清照",⑤留学伦敦大学的费孝通,其博士论文为《开弦弓,一个中国农村的经济生活》,⑥留学法国巴黎大学的王力,其博士论文为分析广西方言的《博白方音实验录》。⑦留学英国牛津大学的钱钟书到底进了一步,他的学士论文为《17、18世纪英国文学中的中国》⑧——却还是离不开中国。

历史遗憾地表明,早年中国出洋的社会学者几乎没有留下什么对洋文化直接而精彩的科学研究。也许可以这样说,早年留洋的中国社会学者,镀金者为多。当然,镀金对中国也是十分必要的。镀金为中国人提供了西方科学研究的先进方法。用西方科学研究方法分析中国事务、研究中国文化当然没有问题,但是,为什么留洋者鲜有直接以西方文化为研究对象的呢?拿西洋人和中国人彼此之间的研究两相对比,中西文化交流的不平衡性马上就显现出来——洋人对中国文化宝藏的挖掘既深且广,而中国学者对西洋文化的开采则浅显而薄弱。

可以说在中西交流史上,洋人从中国的金矿拿走了真东西,是淘金。中国的许多学者在异域的金矿上浅尝辄止,浮光掠影,并没有淘出多少金子。这里有个时代迁移问题。早年的留学生镀金无可厚非,但当代的学者就不能满足于镀金。在海外的大学里,时下仍然会看到许多中国人在攻读"杜甫研究","孟子研究"一类的博士

---

① 季羡林 1935 年赴德入哥廷根大学,学习梵文、巴利文和吐火罗文。1941 年获博士学位。他的博士论文是研究古代印度语的。参见时间(编),《精神的乐园'东方之子'学人访谈录》华夏出版社,1996 年。

②③④⑤⑥ 见姚公骞等 (编)《中国百年留学精英传》,百花洲文艺出版社,1997 年。

⑦ 见夏阳《王力的留法生涯》,《神州学人》,1998 年第 5 期。

⑧ 同上,第 4 期。

166

学位。中国人在海外研究像这种纯中国文化的东西究竟有几分价值?这样的博士学位含金量又有多少呢?

鲁迅非常鄙薄那些在国外以老子、庄子谋得博士学位头衔的中国学者。①季羡林先生当年在德国留学时曾发誓"在国外决不做有关中国的博士论文"。后来他又对后人谆谆嘱托:"中国学术要发展,必须能直接与西方一流学者相抗衡,有些人在国人面前大讲希腊,罗马和苏格拉底,而在洋人面前讲《周易》、谈老庄,这不算什么本事,真有本事就应去和西方学者争论他们的学问,与国人讨论中国的学术。"②

以西方文化为直接研究对象又取得卓越成就的中国学者并不多见,也许,戈宝权、王佐良和杨周翰是其中较为突出的三位。早年在莫斯科任《大公报》驻苏记者的戈宝权对苏联文学有深湛的研究。他著有《苏联文学讲话》并有对普希金、高尔基、奥斯特洛夫斯基、马雅可夫斯基、谢甫琴柯等诗人小说家、戏剧家的专项研究和大量译著。同在四十年代中叶赴牛津大学攻读英国文学的杨周翰和王佐良后来在同一领域双双取得了成果:前者有《欧洲文学史》(主编),《莎士比亚评论》(编著)等著述;后者则有《英国文学史》(主编),《英国诗史》(编著)等。

三

"杜博尼"是悉尼大学东方学系的中国文学博士 Bonnise S. McDougall 为自己起的中国名字。在我曾引为惊讶的那些洋人研究中国文化的项目中也包括她的博士论文——《何其芳及其诗论》。七十年代末杜博尼攻下了博士之后就来到中国,在外文出版社当了一名英语专家。其时,中国正处于政治变革期,文坛解冻,文艺界气象万千,这个有心计的淘金者很快将目光集中在一批新潮诗人身上——后来的朦胧诗派。中心人物是北岛。她采访北岛,翻

---

①② 见《人格的魅力:名人学者谈季羡林》,延边大学出版社,1996年。

译了他的诗作。1981年,美国康奈尔大学出版了她翻译、编辑、作序的北岛诗集《太阳城札记》。她在序中高瞻远瞩地宣称:北岛的诗代表着中国反叛传统的文学新锐,他们发出了一代不相信传统的年轻人的声音。当时,北岛还是个工人,他的诗还只能在民间流行,但杜博尼却宣告:无论如何,北岛已在中国当代文学中占据了一席之地。随后,她发表了关于北岛创作的大量论文,翻译了北岛的小说《波动》、诗集《八月》等,还在英美等国召开了北岛作品专题讨论会。一个中国诗人就这样走向了世界。与此同时,杜博尼也成了世界著名的汉学家。她被哈佛大学聘为中国当代文学研究员。后来,她担任了英国爱丁堡大学中文系教授。瞧,这就是一个当代西方学者在中国的淘金史。杜博尼先后在中国逗留了大约十年。尽管她的中文口语仍然停留在"你好,你吃饭了吗?"这样的水平上,但她却毫无疑问地被公认为世界著名的汉学家。显然,杜博尼的成功是可以发人深思的。①

类似杜博尼这样到中国淘金的西方学者,在八十年代很有一批。美国加州大学的林培瑞博士(Perri Link)靠研究"新时期"的文学而地位显赫;哈佛大学的教授李欧梵因研究现代中国文艺思潮而知名;加州大学圣地亚哥分校的教授叶维廉以研究朦胧诗而身价倍增;澳大利亚国立大学当代中国研究中心的高级研究员白杰明(Geremie Barme)因追踪中国新潮作家而蜚声文坛;澳大利亚悉尼理工大学国际问题研究所所长古德曼教授(David Goodman)因研究中国政治特别是研究邓小平而引人瞩目……中国有几个以研究西方人文科学著称的学者?人们注意到,留学澳大利亚的上海华东师大的黄源深教授写出了《澳大利亚文学史》,可惜,这种情况在留学归来的人文学者中所占比例太小。

结论:中国学者去海外镀金的时代早应成为过去,中国人向西方淘金的年代业已来临。淘金和镀金已经成为留洋人文学者高下之间的分水岭。时代对留洋的人文学者提出了更高的要求——对西方文化,不能仅仅停留在译介上,还要有自己独特的科学发现。

---

① 有关杜博尼的情况,参见张威《漫忆诗人北岛》,《人物》,1989年第1期。

有历史记载的最早赴法国的中国人*

[美]史景迁

最近几年我去中国时,我发现有一个名字在我与之对谈的每一个中国人那儿都得到了反响,那就是麦特欧·利奇的中国名字——利玛窦。只要提起"利玛窦"立即就会带来微笑、欣喜和赏识。这个在1590至1610年间生活在中国的人还仍然贴近在人们日常生活的语言里。他的墓最近又被重修并可供参观。

现在,每当想到这两本书,即《改变中国》和《利玛窦的记忆的宫殿》时,我便意识到在这种跨文化交际关系中我曾是格外地欧洲中心主义的。我把大家召集到这儿来大讲特讲什么"外国性",抑或是身处异域,或者一种文化介入另一种文化时遭历的困难等等让我这么做。一个极为简单的问题大约用了二十年的时光才促我从另一角度去扪心自问:如果西方人在中国因为他们的文化困难以及文化偏见的问题而这么地使我深感兴致,为什么我竟从来连一刻都没考虑过在早期,中国人遭遇西方文化和文明时所经历的困难呢?

中国人最早去欧洲的证据材料简直是凤毛麟角。但是我以为历史学家应该是乐观主义者。我的感觉是如果我们有一个饶有兴致的课题,我们一般总能发掘出一些相应的答案来。各色各类的档案,各种奇异的收藏着信息的老杂志,以及书信、笔记、日记的杂集等,诸如此类的资料真是一个神奇的世界。现在我以为我们已有足

---

* 此文系史景迁教授1989年在美国米德伯里学院的讲演。

够的资料——不管是我，还是什么别人——去研究中国人在法国这个命题。

我不知为什么我对中国人在法国这个命题如此感兴趣。也许是因为法国的启蒙运动——作为一个团体的法国十八世纪哲学学派——他们大概是最早专注于中国和中国文化的那批欧洲人，尽管他们间的绝大多数从未到过那个国度。这种时尚在当时叫做"中国风"(优雅华丽的陶瓷器、纺织品、家具、工艺品等。在十八世纪风行于欧洲——译注)。这种热爱在十八世纪的英国构成了这么重要的一种感知性。但是，恰如其字源所示，英国人是从法国转学来的。此外，我还相信，现在人们还可以做类似的中国人在英国，中国人在意大利之类的研究。现在我正在做这一类的资料搜集工作，不过我还没缜密细致地将之完备，以飨诸位。

那么，今天，让我们先来探讨五个——事实上是六个最早到欧洲的中国人是什么样的人。

我认为，中国人第一个来法国的是一个姓沈的人，名叫沈复聪(音译)。在当时那种文化背景下，很难弄清——即那种绝对的、明晰的弄清——究竟谁是真正的第一个，因为此前有一两个中国人曾去过意大利。他们也许在奔赴意大利的去路上或归途中在法国略有驻留。因为他们一般都要在葡萄牙登岸(受制于当时世界航路的变幻无常)；而且，也因为当时是葡萄牙人控制着从澳门到里斯本之间的航海路线。这就是当时那有限的几个中国人来欧洲的必经之路。但是沈先生是可以确信在1684年奔赴法国有文献记载的第一个人。

可以想见的，他颇费了些时日方到达了欧洲。沈先生的父亲是一个皈依了基督教的中医。这儿的一个主题是，今天我们所谈及的差不多所有的人，事实上也是我们谈到的所有的人，都是皈依基督教的中国教民。事实上，在十九世纪之前，我几乎还找不出任何非基督教民的中国人愿意去这样长途跋涉或许诺过愿作这种长途的旅行。

沈先生大约于1658年生在中国的北方。当一个耶稣会修士回欧洲来述职(不是休假),事实上是一种公差,是返罗马同教皇讨论中国的政治问题的差使时,他伴陪这耶稣会教父来到了那儿。从那时直到现在,很多很多的西方人都在寻找中国助手,中国书记员,跟他们一起工作,帮他们释读典籍并向中国人传输西方人的文化观。

沈先生的这次旅行我们的确所知甚详。因为带他赴欧的那个人以及其他对他深感兴味的人对他作了不少追踪记载。我们知道他的旅程(我现在不愿多涉猎于此。但是事实上,在1683年他到了荷兰,从那儿奔赴罗马)。在1684年他转赴至巴黎。我想,法国人这时对他的兴趣着实是够他招架的。在那时的吻双颊的宫廷礼仪,接获"太阳王"路易十四在他那伟大的凡尔赛宫会见的邀请,等等。这个时刻是中国的一个学者 (因为沈先生是一个受过很好教育的年轻人,当时已熟识拉丁文并已经学了法文)被法国宫廷传召,而且被一大群好奇且着迷的法国贵族簇拥着。

我们也许会问他们到底对什么感兴趣。当时的记录载承着一份法国人在会见第一个中国访问者时的所求和所想的目录。他们主要关心瞩目的是他的衣着。他们对他的描述则集中在对他的衣饰以及他的举止言行上。甚至没有任何一点一滴描写他的种族和身体特征的记载。我发现对其文化的浓厚兴致,换句话说即对其行为举止和他的穿着行装是他们定义这个人的主要依据。还有就是他吃东西的习惯——用筷子吃东西的那种神奇一下子就被当时刚刚产生在摇篮期的法国报纸报道开去,以致于太阳王路易十四本人亦是那么兴致勃勃地伸长脖子看这个人是如何用两根小小的象牙筷子去吃那份专门为他准备的饭食。沈先生亦被请求用中国话去演诵基督教的祈祷经文。我以为这种跨越语言的用中文谈论基督教的行为特别使当时的法国人感动。也许这些人中有着沈先生自己的老师,还有那些怀着虔信把他带到法国的人们,特别是那位在他的旅途中伴随着他的人。

于是,沈先生被法国人聘用为语言教师,大约是到那些附属于耶稣会的学院去教授中文。我想,因之他大约应是历史上海外的第一位汉语教师，虽然仅在十或十五年之内在意大利南部的那不勒斯即有了一所十分显赫的这类学校。但是沈先生大约是在1684到1687年间在巴黎教导着年轻的人们。我们并不知道（其实我迄今仍一直在寻求但并没找到很多线索）他当时教得怎么样，或当时他是否收受了报酬抑或他完全是在当时的教堂的庇护之下。但是到了1687年他离开了法国。我想，他退出教学的原因是因为他要离开法国赴伦敦（这是在詹姆斯二世王治下的天主教君主国最后一个阶段的最后一个时期）。在伦敦沈先生得到了第二个国王的接见（据我所知，他是在海外的中国人里惟一被两个国王接见过的。这一点或许对我们而言是深有意义的）。詹姆斯二世在宫廷里接见了他，而且为他的风采所着迷。他命当时最著名的宫廷画师尼勒尔给他画了像，最近这幅画像幸被发现，而且被指认出是沈先生，在当时他被人所知的是他的西方文的名字，叫做麦考·沈。

可以想见，这次的访问是一次神奇之旅。由于沈先生的学富五车与声名远播，他的这次访问随之亦产生了重要的学术性影响。当时，沈先生的拉丁文绝佳，他的法文也已非常娴熟。很显然，他的英文也学得极快。他被牛津大学邀请去协助波德莱恩图书馆整理图书和其他的一些计划。因为此时的牛津大学也像巴黎大学一样，它们已经开始从去中国的传教士和商旅人士那儿的驳杂财物里去搜集中国的图书，但在它们本土却找不出一个人能分辨出这些东西哪是头哪是腔或能够阅读它们的人。所以，其时在欧洲颇有一批凭借着传教士所编的简单词汇表而刻苦自学中文的人。但是牛津大学的海德教授获知能有机会与一位真正的中国人一起工作，真是大喜过望。因之，麦考·沈到了牛津大学，而且，很显然地，他们二人在一起工作了几个月。最近，一个学者发现了一些沈先生用优雅的拉丁文写给海德教授的信。于此，在全球性的跨文化传承史上，这两位学者首次可以去交流，但是这位英国人和那位中国人当然都是用拉丁文作为其中介语言。他们彼此对对方的语言都不够精通。

他们共同致力于工作的那本书，即这两位激起了大家极大兴趣的人物所进行的，却是历史的旁门左道。我想，它也许的确值得被迻译和分析，因为这是一本关于游戏的书。不是眼下时兴的"游戏理论"而是玩游戏的书。这本书的内容涉及到人们试图如何界定和应用数学，应用它来娱乐自己，同时寓教于乐，解决在教育上的一些困难的问题等。而且这本很厚的，复杂的，主要是用拉丁文撰写的大书也包含了很多的信息以及很多的中国的表意性文字符号，这些大都是沈先生所书写，而且在英国排印的。因之，我想我们也许第一次又拓长了中文字在西文著作里被使用的时限。

但是，对法国人而言，顺便说一句，他们得到了在报业史上第一次把中国人载入媒体的荣耀，因为他们在那份叫作《墨丘利报》（古希腊文"神的使者"——译注）——我认为那是当时的第一份报纸——上刊载了沈先生参观凡尔赛宫的消息，并允诺它的读者将在这份报纸上刊载一些中文的表意文字，在览巡那个时期的报纸时，我在耶鲁大学的微缩胶片上发现，几个月以后，事实上这份报纸履行了它的承诺。我猜它们没引起注意是因为并没有专门的介绍文字与其同时刊出。你们可以想见，在当时让法国的工匠们去翻刻中文字并用木版将其在法文报纸上刊出需要多少的时日。尽管如此，我仍以为那将是在世界上，至少是在欧洲，以媒体的形式介绍中国的尝试。

在 1691 年，麦考·沈满载着他综合的优异知识和技能从里斯本出发返回中国。而且，就像在历史上常常发生的那样，人们一定惊异于这个杰出的、聪明绝顶的仅三十三岁的人，在他回到了中国，在康熙皇帝的治下（在当时这位皇帝亦是在各方面鼓励与外国交流的），用他自己的语言，将能怎样地传播这些知识！但是，这并没能成为事实。因为在返国途中途经莫桑比克海岸时他逝世于船上，他被葬于大海里。他的生命骤然殒谢了，他从没有机会去写下自己的游历。所以，那些他和海德教授间的珍贵通信和他为海德教授所写的那些表意文字的符号，也就成了这个历史的瞬间所遗留给我们的仅有的东西了。

我们的第二个个案和前述个案有迥然的不同。这里说的是第一个中国女人在法国的故事，而且其时日还非常之早。在法国出现的第一个中国女人是在 1694 年。那是在巴黎，而这个女人是一位公主，是中国皇帝康熙家族的一位公主。她自述如下：她自称自己是康熙帝的女儿和直系继承人。她后来乘船去日本嫁给日本王子。但是在途中为海盗所攫，那里曾是大批荷兰海盗出没的海域。她的母亲，本来是作为陪媪的，被俘后死于海上。这样，她则被海盗们携往欧洲，这些海盗在途中为法国船只所执，此时这两个国家间正处于交战期。这位公主说，当她倾诉这个故事时她仍滞留在法国，她发现她所到的这个城市就是这块叫做巴黎的地方。

　　旋即，有一位中国公主来到巴黎的消息传遍了四方，当然，它顿时掀起了轩然大波。不久，这个妇人就被一些极有钱的，甚或是和贵族有牵连的妇人们收养了。她们的这位中国公主鲜衣丽服，珍馐美馔，她们对她格外殷勤招待，因为事情已然明朗化，这位公主留在法国，那么她就有可能被劝改宗皈依于天主教的信仰，那么她将放弃她的中国宗教而成为天主教徒。

　　这件大新闻和令人瞩目的现象在巴黎亦广为懂些中文的各式各类人等所闻知。在这些人中间有一位耶稣会神父，他在中国生活了二十年，最近才刚刚返回法国。应一位在这个中国公主身上花了巨额金钱的贵妇人的丈夫的央求，这位法国神父决定去面访她一次。他用中文跟她说话，她则用一种她坚称是"中文"的语言来回答，但这位神父说她说的那种语言跟中文丝毫没有关系。旁观的人根本无法判断谁是谁非，因为这位公主誓言神父说的根本就不是中文，而她说的才是。

　　这位神父沮丧万分地败退了。转而思忖，这个女人看上去一点也不像个中国人，他心生一计，携带着一捆中文书又回去找她请她来读。这个女人即刻拿起书用很响亮的声音快速地读了起来，但是她说的这种语言压根儿就不是中文。她却反驳道你怎么配说什么是或什么不是中文。事实上，她是个假中国人，但当时的实情是，她看上去是那么地自鸣得意和十足自信于她的身份，以致于

174

所有的人都坚信她是个中国人——仅凭她声明自己是中国人，这就够了。

在一本书中写出这件事的作家勒孔德述说道，他从没发现任何一个人在把自己认同于另一种文化时像她那么执着和使人难忘。她对中国文化所知寥寥，没有一点第一手资料，但是她把自己放进了在那个时候的法国盛行的一种视野的境地，也就是他们假想的中国人应该是个什么样子。而且，当这个作者写他的著作的时候，这个女人仍是很显然地坚称她是中国人，虽然其时所有的人都不再相信她的鬼话。

当她被问及为什么这样做的时候，她给予了十分哀切的回答。她说她曾是一个贫穷的一文不名的穷法国女人，如果她是个法国人，没有一个人会丝毫地关切她。可是一旦她变成了中国人，她一下子变得福星高照（大笑）。这儿一种确凿的乖巧机灵占了上风。我希望我们能更多地了解她，也许或可发现一些更多可能的材料。很显然，我相信她是一个很有趣的女人。但是恐怕她是惟一的在此时所能发现的中国女人在法国的例子了。

第三个案例是一个男人，被叫作——我想是个很美丽的名字——噢，叫作阿卡蒂奥·黄（大笑）。我们不知道他的中文名字，我们只知道他叫阿卡蒂奥。这是他的老师们给他的名字。黄姓是一个很普通的中国姓。他出生在福建省，我们都知道，就是今天中国的东部沿海，和台湾相对的那块地域。他也是有一个笃信基督教的父亲。他的父母都是皈依基督教的，他们特别虔信基督教的原因是，他们前后一连串生了四个闺女，他们就向新近寻到的神去祈祷，于是阿卡蒂奥出生了。因此，他成了四个姐姐最小的弟弟，而且受洗并直接在基督教的信仰中被抚育成人的。

此后这个叫作阿卡蒂奥的男孩被一个天主教的教父收养了，在当时这类情形十分平常。外国的传教士有时能够收养中国的孩子，并用他们的生活方式抚育，同时以基督教的信仰教他们一些欧洲的语言，以便或许可以利用他们也做传教士。阿卡蒂奥至少在福建省住了三年，师从一位传教士，他教阿卡蒂奥拉丁文，并拓宽和加深了他关于基督教的知识。然后另一位神父又教他，他随其又在中国的其他地方生活了四到五年的时光。在 1702 年，在他二十二岁的时候(他生于 1680 年)，他被一个天主教的大主教德·雷昂纳带往——或者说是他自己同意去往欧洲。在 1703 年，他们到达了巴黎，随后又去罗马办理了一些教会的事务，于 1704 年，黄先生又回到了巴黎。他在所有的这些人中成了我所发现的最成功地适应了外国的生活，而且似乎是过上了最有兴致的生活的人，但是不幸的是，这种生活极其短暂。

在 1704 到 1711 年间，有确切的记载说他在法国的耶稣会学院里持续地深造着。这所学院叫做异域传教院，是法国一所外国传教士学校。他从事着基督教研究，显而易见，是为当神父做准备的。那时，没有确切的记载说他曾教过中文。在这个时候，他深深地担忧于关于基督教的教义中各种敌对性的阐释，他开始对此十分警觉(我曾多次地思考过这个问题，即中国皈依基督教的教徒们几乎不知道基督教是何等的分崩离析。事实上，我们有很多这方面的证据。当时绝不止是新教和天主教的分裂。当人们得知在天主教内部又是怎样的分裂瓦解；在法国和罗马的天主教内部又是有着何等样复杂的敌意；在法国、西班牙以及葡萄牙之间的关系上又存在着什么样的紧张状态；特别是当人们被告知它们是在一个同一的基督教的神的名义下联合起来，事实却是战乱频仍，人们闻知上述情形时心头的烦恼和困惑是可想而知的)。

黄先生看上去是被这种现象置于深深的幻灭感和对此极感沮丧的一个人。他很显然地作出了决定，他试图脱离教会的羁绊，但却仍然留在法国。他事实上已经爱上了法国和巴黎。他同各种各样的人谈判，他试图去教堂以外寻找中国人所能做的最初的世俗性的工作，而且他找到了这类工作。这工作就是在巴黎的新皇家图书馆作编目员，并为法国东方学研究学派的两位具有开山地位的学者作助手。大约是在 1711 年黄先生开始在皇家图书馆工作。其时皇家图书馆有着数百册来源不一、使人大惑不解的中文书籍。

我在这儿要强调的是他找到了一个工作，而且此时他又恋爱上了。他爱上了一位名叫莱耐尔的年轻的法国女士。很显然，她和她母亲经常去教堂望弥撒，他在那儿见到了她。经过了长期的但是却完全合乎礼仪的恋爱求婚过程，他们终于获准结婚。在这种结合中，看上去似乎并没有因种族或异国人之类的问题引起麻烦。当时出现的惟一的麻烦是来自他初到巴黎时赞助过他的教会中的人士。他们起初还希望他到教堂担任教职，他们当然知道婚姻是其不可逾越的障碍。当黄先生明晰地声明他已决定不再回教会而且他也已决定不再回中国，也不以任何形式作为西方宗教的代言人或作为传教士而工作时，他终于得到了批准。他和莱耐尔小姐于1713年结了婚而且建立了历史上的第一个中国－法国家庭。次年他们在巴黎生了一个女儿。黄先生每天去图书馆工作，他年轻的新娘子在家里抚养着孩子。我想，他的心里一定对未来充满了期望和喜悦之情。

　　可是这种好运未能持久：他的妻子在生下孩子不久就发高烧去世了。黄先生深深地患上了情感上的颓丧忧郁症。他在工作中也遇到了极大的麻烦。很显然，他个人的不幸遭遇深深攫住了他，这种情形又在不断地恶化，你们或许将这种情形称为丧失了信念或基本上丧失了信念，因为在他残留的一些尚能发现的文字断简残篇中，我们能确切地看出他痛苦绝望的沮丧心情。

　　但是他在皇家图书馆里仍继续致力于编目和组织工作，我以为，公平地说，是阿卡蒂奥·黄使得法国的汉学研究的文献编目工作在后来取得了长足的进展。受他之惠最多的是跟他在一起工作的福尔芒教授（即伊典纳·福尔芒）——被认作是法国汉籍收藏的缔造者。我认为他的确是一个杰出的图书馆员和编著目录专家。

　　但是，黄先生在1716年最终死于热病，时年仅三十六岁。对于那些还对完美结局抱存一线希望的人们，我必须告诉你们，他的女儿，那小女孩儿也于次年死去，很显然，是死于疾病，大概是霍乱。这样，这一家人就这么消失了。我还应告诉你们，福尔芒教授后来使用了他余生的精力来试图降低黄先生作为一个学者所能获取的所有成就,而将黄先生的工作成就窃为己有。这种在学术界以大欺小的剽窃恶行幸而在事实上被富有勇气的福尔芒的助手给揭露了出来。请注意:一个福尔芒的年轻的同事有勇气将事情说出来,这个人就是年轻的富雷先生,他依据事实指出:"福尔芒教授,这些成果大都是黄先生的。"在这个个案中争辩双方的文件(我阅读了参考文献,但还未及阅读原始文献)现在仍收藏在巴黎国立文献编目馆里。有兴致的人当然可以去读读,至少去了解一下这种论争究竟是怎样发生的。这样又会引出关于在法国的文化适应这一问题的很多其他的课题。

这第四个人就是我最近一本书中的一个主人公。这个人姓胡,他的名字叫做胡若望。若望是他的中文名字,它的本源是约翰或约翰斯。在法国他的名字被称作让,即让·胡;用英文的发音称呼之,他则被叫做约翰·胡。我认为,极妙的是,在梵蒂岗发现的有关他的一份文件中,他的名字则被称为乔万尼·胡,在鉴定一个人的名字的时候,我从来没见过像他的名字又被颠来倒去成意大利文时那么有趣的怪事。

不管怎么说罢,这让·乔万尼·约翰大约在1680或1682年间出生于中国的一个贫穷的家庭里,后来成了一个把门人。我在我的书中称他为把门人因为英文词"看门的"不足以给我们凸现出中国式的大院落重门深闭,那拥有着两道甚至三道大门的,住着掌握着生杀予夺大权的决策人等的建筑的门的意义。他后来成了在广州市天主教组织总部的守门人。就在他在这个城市生活的时候(他是一个鳏夫——他的妻子新逝不久,给他遗下了一个十几岁的儿子,还上有老母需他照料),当他作为一个把门人干活儿的时候,他因经常接触而开始和一个叫做让-弗兰索瓦·福凯的耶稣会神父相熟起来了。这个福凯和那个在法国政坛上叱咤风云的那个福凯没有什么关联。他不是那个内阁总理大臣福凯。但是这个做传教士的福凯适逢要返回巴黎,又一次的,这回又重复了法国人回国时物色一名中国人相伴的那种老旧的模式。

但是这次在福凯的个案里，他竟找不到一位中国的读书人，他甚至找不到像前面所述的诸如像有阿卡蒂奥·黄以及麦考·沈这种学问和造诣的人。他试图动员广东人跟他去巴黎，经过无数番努力之后，他最后找到了守门人让·胡，要他放弃在中国的生活而跟随他去加入这场危险的旅行。(也许我没有足够地强调这旅行的惊悸怵人之处，从中国驰向欧洲之路的艰难历程是何以令人难以置信。我们也许可以就那时到底是从欧洲到中国去可怕还是从中国到欧洲去遭际更可怕这一问题去进行一场辩论，在这种辩论中你必须作出更富勇气的心理上的决定。)不管怎么说，胡先生最后还是作出了决定奔赴法国去给他作一种类似秘书或抄写员之类的工作。福凯检查了他写中国字的本领，发现他还说得过去。显然还给了他一些东西来读，胡先生看上去还差强人意地胜任。整个事情看起来处理得很快：海船已入港，征帆已飘扬，福凯几乎已没有日子耽搁了。胡先生要求有一个书面的契约，他要求付他二十两银子一年，要写清楚，一共是一百两银子。这笔钱对他这样在十七和十八世纪之交的在中国没有受过什么正规教育的人，特别是像他这样以看门为业的人而言是大大地发了一笔小财了。

执着这份书面的契约以及预付的十两银子（这十两预付的银子是用来照顾和赡养他的儿子和老母亲的。而且，留在广东的神父们也已答应将给他的儿子一份工作——胡先生几乎把什么事儿都想周全了），此时，他与随着去法国的船起锚扬帆了。在我所能搜求到关于他的资料中载录着，他充满激情地确信，他此行定能谒见到教皇。这并不是荒诞无稽的瞎想。胡先生已然是皈依了的天主教徒。至于携他去法国的福凯则和罗马教廷上层的人物们有着极好的关系，福凯拥有着在罗马即将展开辩论的关于中国的知识学问，在那儿一场巨大的教廷间的论战，后来被称作"礼义之争"的大论战正在酝酿着。所以福凯确信在回巴黎之后他会去罗马，在罗马他会有极大的可能谒见教皇。这件事在后来的史实中的确发生了。福凯后来在十八世纪的确被给予机会拜谒了教皇并被赐予了主教的职位。所以，为了这一条和其他的种种别的原因，胡先生充满着天主教的献身精神和激动的心情，离开了广东扬帆远航，于1722年抵达巴黎。

现在，我的书的主题出来了，是关于寻求和探索的，即胡氏的寻觅探讨，因之，我给我的书取的名字是《胡先生的问题》。胡先生的问题实质上提出了我所谈到过的所有的早期的问题：为什么要奔赴欧洲，认知和理解的问题，他曾经在寻求什么，他到底发现了什么。我想，他所寻求的，是一种纯洁的基督教的世界。我想，他或许认为那个世界里将会有他的位置，那会造成他的运气和名声。他似乎是雄心勃勃的。他离开中国时已经四十岁了，是在所有赴海外的中国人中最年长的，而且在此行中数他年纪最大。但是在此行中，他罹患了很深重的病症。因之，我的书中又探讨了关于疾病的本质。特别是关于精神上的疾病的本质以及谁有权利去决定一个人有没有精神上的疾病，在什么情形下人们会被认为是精神上有毛病而另外的人却认为他们是理智清醒的——这些问题看上去是那么幼稚，但当你真正试图去探讨它时你会发现却是极为难解的。举例而言，像胡先生这样的人，他总以为对上司应行三跪九叩大礼，磕头要磕到额头及地地山响才合乎逻辑。因之，当他被介绍到巴黎的时候，他的行径是被认为极度怪异和不同凡响的。换句话说，他的传统中国式的叩头和当时约定俗成的一些会见礼节格格不入，他的服饰也是奇异不群，恰似前述的麦考·沈的个案一样，他即刻引起了几乎是所有的人的极大兴趣。他的举止行为，他的动作态度，在比如用什么样的方式祈祷，用什么样的方式去哭，用什么样的方式去哀悼等等都是迥然相异的。

胡先生大约是我们在这类故事中所遭遇的经受文化冲击的第一个也是极富代表性的个案，不管他后来到底是真发了狂还是假发了狂。他在中国怀着深深的基督教信仰长大成人。然后，他来到了欧洲，他深信这块土地应是基督教虔诚信仰的纯洁的家园。我们可以想见，他读过的书，他获知的故事都是关于博爱和奉献的。当在法国一个小小的海港叫作布列塔尼的地方登陆的时候，胡先生的恩主福凯给他买了一套非常漂亮的衣服：一种法国式的毛料西服,被称为套礼服的那种,包括紧身短外套,裤子,一双极贵的靴子和一顶帽子——他穿上后一定是看上去棒极了,而且感觉是非常非常之好。这是那位天主教神父作出的一个极其昂贵也是极其慷慨的姿态。顺便说一句,这位神父后来毕其一生都在思考胡先生的问题而不得其解。那么,我们现在已经对这个插曲很了然了。胡先生已经穿上了这身昂贵的衣服,对不对?没想到他穿上这行头却近乎是去献祭的。

他们离开了布列塔尼。他们租了一乘马车,驰往巴黎,途中在一个小旅舍停下来用午餐。这是他来法国在那个小港口城市适应水土而且等待福凯神父应酬诸事后开始游历法国农村的第一天。当他们驶入这个小客栈的大门的时候,一个叫花子(你们可以想见在1720年间一个法国的叫花子会是何等穷困,而且浑身长满烂疮、遍体污秽的样子)奔向这由天主教神父、一个中国的旅行者以及随行人员组成的一行人等,他抓住胡先生的手就开始用法文——这种胡先生并不懂的语言来向他哀诉。胡先生此时没有丝毫的犹豫就把他那件价格极其昂贵的西服上衣脱了下来施予那个乞丐。

这一群跟他在一起的法国人即时的反应就是用他们的鞭子持续地抽打那个叫花子,来逼他把那件外套退还给胡先生,同时疾声地责备胡先生的蠢行。而在这种情形下,胡先生却以一种极度的激愤来与之对抗并用中文大喊他将绝不再穿那件外套了。这件外套最后留给了那叫花子,但和胡先生一起同行的人都说这家伙大概是疯了。这儿举的仅仅是一个例子。

诸如此类的插曲一次又一次地发生着,这恰恰就像是胡先生是在圣山上逐字逐句拘泥地在布道一般。这里有着很多很多不同的形态。1722年,他最终在巴黎定居。但是在这儿,他的行为真正开始惹恼了天主教会,特别是他常常跑到大街上,而且他的行为动机在初始并不太清晰。他开始去四处徘徊(他住在巴黎的叫作玛莱区的一个耶稣会舍里,这个区很靠近城市之岛这个区,也就是今天的巴黎圣母院附近)。他在大街上四处徘徊而且他自己开始公开地乞讨。虽然那位耶稣会神父给予了他极好的饮食，而且他住进了一个极富有的家庭，而且有着生活津贴，也就是说，每天都给这个中国人准备着三次法国的正餐。他却几乎从来不碰这些饭食（他声言"这些饭食太多了，一个人根本不需要这么多的饭食"），他不断出去，但却不懂法国话。顺便说一句，胡先生似乎从来没学过一个法文字。他不像其他我们谈及的人们，他似乎从根本上就与中国人受外语的困窘以及由此而引出的各类相关的话题绝缘。别的人大都学过法文、拉丁文或者希腊文以及希伯来文，而且英文也都不错。而这位胡公却咬死只说中文——或者仅是一种广东方言。但是他却以此去大声求讨，而且很显然地，行人的确给他一些零钱。于是他的生活则恰如那些寒碜他的主人们所说的，是靠"人们施舍的一些干面包片或一些施舍穷人的垃圾一类的东西撑持着"。

在这类生活持续期间——大约是1723年初——胡先生开始在屋里做什么物件儿，他到底在做什么无人知晓。带他来的那些天主教神父一天跑来看他忙忙碌碌地折腾着，但他们也闹不懂他究竟在忙些啥名堂。一直等到了那一天的早上——我想是在1723年一月——胡先生走出了家门，手上执着一个小鼓和一面小旗子。这就是他这些天忙乎出来的玩艺儿———一根棍子挑着的小旗和一面小鼓。他一边敲着鼓一面把小旗子高举过头摇晃着，同时用中文呼着口号，他一路穿越巴黎，一直走到圣保罗大教堂的台阶前，这儿是整个玛莱区的行政教区中心教堂。他爬上了台阶高处，转向人群（那儿簇拥着极多好奇的法国人，男人们、女人们和孩子们，他们从来没见过这么令人纳罕的场面），胡先生开始训起话来。今天，很不幸地，我们当然不知道这位仁兄训了些什么话，因为他是用中文训话的，而且受他训的那些人也没有一个人听得懂中文。但是尽管如此，人们还是汹涌如潮赶来观看，胡先生愈来愈受到了人们的瞩目。

一天，福凯神父只好亲自出面了。因为这件事（如时人所议的）已经近乎成为一个丑闻了——因为在当时法国那动荡不宁的岁月里，如果谁扰乱了巴黎的生活，那真将意味着要酿成一场严重的政治上的抑或治安上的大麻烦了。福凯说，胡先生在告诉法国人的是法国人的道德水准是极不可思议的卑下；事实上他们没有照上帝教导的那样去生活；他们宗教行为的整个规范糟透了；特别是，他们竟以一种十分无礼的、杂芜不分的方式允许男人们和女人们搅混在一起。通过这位神父的转述，我们可以得知胡先生在他制造的那面小旗上书写的那四个大字是（你们中学过中文的人或会知晓），这四个简单的大字是"男——女——分——别"。它们的意思是"男人们和女人们应该分开，各归各的地方"，他们不应该混杂在一处。很显然，当胡先生来到法国时他受到的最大的文化撞击之一就是当他到法国的教堂里去望弥撒的时候，特别是他刚刚下船踏上法国的土地之时，他发现男人们女人们竟然在一起祷告。这一幕可使人们重新忆起他所由来的那个男女必须绝对分开的中国社会，忆起耶稣会神父和他们的从人们在大力推广的那个男性的组织，那种在中国正在火爆流行的那种崇拜的仪式，但眼前的景象却绝对把他惊得目瞪口呆(请记着，这是一个失去了妻子很长时间了的男人，而且自己一手拉扯着惟一的儿子)。我觉着这里面有着很多很多复杂的层面。但是胡先生还是在卖力地训示着。他的听众虽然听不懂他传递的信息，但是，我猜，他们或许从他的奇怪的形象上，或是他所传递的那种激情里琢磨出什么奇异之处来，他们力图能够超越语言的局限来努力探寻这个人到底在说些什么或得到些许的暗示。

而且，这胡先生还干了不少其他的事儿：他逃跑出去，迷了路，后来又给人们捉回来。此时，福凯得到了罗马的传召将赴罗马。在我的这本书的后半部谈及了他试图去作决定，如何去处置这个被界定为在行为上疯疯癫癫的人，这个人此时除了中文什么话也不说，而且坚持要在街上乞讨。最后，法国权力当局决定把他送进了疯人院。据我研究所知，让·胡被单独监禁在夏林顿疯人院里达两年半之久。此处后来成了法国史上最有名的一个疯人院。顺便说一句，在法国大革命期间，马尔奎斯·德·萨德(法国贵族，著名的色情读物作家，异性恋、同性恋、变性恋以及性变态、性虐待狂者。
——译者注)也曾被关押在这块地方。

直到差不多两年以后，在法国有一批会说中文的法国人听说了这回事，为胡先生的获释，而四处呼吁。这时胡先生的故事已经传遍了巴黎，可是，把他从中国带来的那个保护者此时早已奔赴罗马去拜谒教皇了(这曾经是让·胡自己朝思暮想的事情)，而且，此人已成了一个主教。巴黎的警察仔细调查了胡先生，而且没发现他有任何明显疯傻的证据后，终于把他释放了。

我说过，胡先生在1726年获释，他不久即获乘船回到了中国。他在1727年夏天抵达了广东，此后他就销声匿迹了，但是我们从在罗马梵蒂冈的档案里寻到的一份幸存的，由当时在广东的天主教神父写的汇报关于他的行为的信件。这份文件使我们能够得知胡先生在回国以后行径的一些踪影。事实上，我不愿意直接去引用天主教神父们的话说他的行为是十分、十分的坏。按照胡先生的逻辑，他做的事是合情合理的：他找到了那些天主教神父们去索讨应付他的银子。记得吗，他曾经签订过一纸契约，约定赴法五年，每年二十两银子。天主教神父们说他一点工作都没为他们做。而胡先生的观点则是他在疯人院里两年半的监禁生活差不多基本上可抵上了这些银子，至少，这是我认为胡先生对他们的回答。长话短说，最后，他领到了钱(几乎是全数)并从那些送他到法国的愤激的西方人的记录中消逝了。

最后一个个案则是两个人的故事——这两个人的名字叫路易斯·高和斯蒂芬·杨。他们的个案把我们引入了文化间交流的新的话题。这个课题就是法国人开始利用到法国去的中国人来促进两个国家间的利益。扼要地说，路易斯·高和斯蒂芬·杨是在中国北方北京地区的天主教徒。他们大约出生于1730年间，于1750年间来到了法国。在法国，他们在不同的学院里上过学，法国人想把他们培训成教士。但是，不同于前述的任何他们的先行者，他们在巴黎的时候恰恰赶上了法国议会和巴黎市议会趋向于反耶稣会运动的时期，而且在巴黎的法令恰巧又禁止了把这两个年轻人培养成教士的那种教育。于是,他们被命离开耶稣会的居所(事实上,他们去了拉撒教派,那是天主教的一个不同的教系)在拉撒教派他们完成了其拉丁文、法文、神学以及传教诸科的培训,而被任命为了教士。所以,他们整整在那儿学习了十年,不像黄先生那样是结婚了,不像胡先生是被送去了疯人院,或像沈先生那样是去了英国。

但是在 1764 年,这个故事的内部结构发生了变化。另一个新的、实质性的内容带进了我们的故事中来。首先,他们发觉他们没有办法回中国了,此时他们已经不能从耶稣会那里得到接济了,他们没有可能付得起这场环球航行的旅资。所以,他们亟需赞助人。而且,很显然,天主教的其他的派系也没人愿意出此巨资将他们送上这昂贵的旅程。在这种情形下,当路易十五王后在凡尔赛宫召见他们的时候,他们欣然接受了——他们显然指望王后陛下能够给他们免费的船票回国。可是,王后和他们谈了话,却并没给他们船票。

他们无奈而返,心情极度沮丧。在巴黎他们最终攀结了法国一位部长的代表名叫贝尔特昂和另一位年轻的部长(他在法国历史上后来的大革命前一度声名十分显赫)杜尔古。贝尔特昂和杜尔古向两位中国的神父建言,如果他们愿意悉心学习法国的工业及其发展的历史,了解法国的生产制度并愿意把这一切知识带回中国去向中国人宣扬法国的强势,那么,他们将付这二人的船票使其能返回中国。我发现这是历史上颇为奇异和使人惊讶的一刻:他们决定要启用海外的中国人去向他们的祖国带去法国成功、兴盛的观念。他们带这两位中国神父去参观博维的挂毯和地毯厂以及塞夫勒出产的瓷器、陶器和法国最棒的钟表制造工业出产的钟表等。很显然,在那个时候,他们亦潜心学习了物理、工程学以及法国的科学等科目(那时,他们已经十分娴熟于法语了)……在他们学完了以后,他们开始倾心于法国的成就。在确定他们不仅了解法国的科学和工业而且愿意去向中国人宣讲以后,这两位恩主送给了他俩众多的极为昂贵的博维的挂毯、地毯以及极精美的塞夫勒瓷器、陶器(如果这些东西至今还幸存在中国的话,顺便说一句,去研究它们的踪迹将会是一个绝妙的课题),此外,还给了他们两人每人一块金表——这在当时是极其昂贵的,再加上其他众多的物品,其中包括一台印刷机。满载着这些宝物,他们踏上了归程。他们于1765年夏天离开了法国,最终于1766年抵达北京。

我想,极具荒唐和讽刺意味的是,当他们回去以后,他们开始意识到,由于他们长期离开了自己的国家,他们意识到他们已经忘记了最简单的一个事实:在中国不像是在法国,中国的精英分子或读书人中的一员浪迹于下层或与工匠和制作工业产品的人整日厮混在作坊里显然是不恰当、不合时宜甚至是错误的。在法国社会里看起来是极符合逻辑的一件简单的事,比如到作坊或车间里去学习,然后再告诉关于它的知识这件简单不过的事,这两位回国的传教士(他们都试着学过一种受过良好教育的上层人的生活)却发现这或是不可实行,或是势必降低他们的高贵地位(从那些混淆不清的评论中很难得知到底是为了什么)。很明显,他们辜负了杜尔古和贝尔特昂。这两位法国的高官失去了他们昂贵的投资而且被出卖了。但是在随后的十五年中,这两个传教士推迟着把有关的消息告诉给法国人。事实上,这些法国人从来没能真正获知他们的工业文明在中国的反响以及他们的工业产品在中华帝国开发潜在市场的可能性的讯息。因之,我们的这个故事也许会是终局在一片唏嘘哀泣之声中。这两个教士又回到了他们的牧师的职责及生活,他们又埋头于在十八世纪末年向中国人的宣教,但却拒绝使用任何在其内心深处所学到的,亦即在他们法国之行后期习得的来自另一世界的那些科学的知识。

现在,让我们来作个结论,或许可以说在1766年高先生和杨先生回到中国似乎也结束了这两种文化和平地互相交往探索的一整个时代。在他们回归中国以后,这个世界愈益变得更加崎岖,麻烦丛生。对那些治中国史的人而言,你们大约知道这是乾隆统治的后期。乾隆是十八世纪中国的一位伟大的统治者,在他统治时期,开始对传教士们愈来愈增加敌意。这些传教士们被追逐，他们被认为有恶意颠覆的倾向；人们可以想见，在高先生和杨先生回国以后他们事实上只想以低姿态苟全。中国政府对贸易的禁令日趋严厉。在这个时期他们只保留了广州市一处贸易基地，只有极少数的中国商人被允许和西方人打交道。一年中，西方人只能在严格限令允许经商的几个月中来广州进行贸易活动。英王乔治三世派往中国谒见乾隆皇帝那个著名的马卡尔尼爵士的特遣之旅，虽然受到了隆重的接待，但英国人在试图向中国人要求更多的理解和更好的贸易方面的要求却遭到了斩钉截铁的回绝。

而此时的法国，伏尔泰初始的对中国文化以及对孔夫子学说的激赏推崇已经被我们或可以称为卢梭式的对中国化、中国本质性的怀疑主义所替代了。卢梭鄙视任何经过教育得来的高级的礼节，认为它们毁坏了人的真的性情。在这场争论中他们用中国来作为一个衡量的显例来讨论，因之，由于意识形态的原因，在法国，一种反中国的氛围开始形成。孟德斯鸠关于中国法律的尖锐的断言以及他认为中国人在事实上比其在中国法律的真实结构上更接近于专制主义（在此前写中国的似乎皆褒赞为主），他的这种见解对后来的启蒙学派哲学家和思想家影响很大。这一时期的思想家在最后把中国定位在在进步的观念方面中国几乎什么都没贡献这样一个严酷的结论上。对那些研究知识思想史的人，我再说一遍，你们大约记得，在这个时期否定中国进步的观点是来自西方人的一种判断。他们认为他们自己就是"进步"与否的裁决者和"进步"的成功前进的领导者。这也许就是在十九世纪初为什么黑格尔成了其最著名的代言人和他为什么又最强烈地把中国排除在任何富有意义的世界史之外的原因。

也就是在那同时，不论是中国还是法国皆遭受了时局的大动荡。当在十九世纪中国和法国间这段旧缘又被重新叙起之时，我们发现在事实上这种关系已转变为在战场上兵戎相见了。

（王海龙　译）

比较哲学视野中的"思考"

——从《Thinking Through Confucius》的译名说起

陈 来

《孔子哲学思微》一书,英文原名为 Thinking Through Confucius,1987 年在美国首版。这本书是八十年代以来比较哲学的最重要的著作之一,其中的哲学讨论和孔子研究,所涉及的课题与方面既多且广,值得深入地加以研讨。

此书出版时,我正在哈佛访问,听到周围不少人提到这本书,神学院的学生注意把此书与芬格雷特的书相比照,东亚系的学生注意此书与史华慈的书的比较,某些教授也和我作过讨论,总之,在当时学界产生了相当的影响。有见于此,我对此书的翻译出版颇为关心,而后来中译本的出版,我也曾参与其事。所以我理当撰写书评加以介绍。只是,在这篇小文章里,我们不可能对此书展开全面的评论,只能就其主要的思路和方法加以说明,希望以后仍有机会进一步地、具体地来讨论它。

本书的中文译名《孔子哲学思微》是作者之一的安乐哲教授为适合中文著作命名的习惯而择定的。然而,本书英文题目含有的、与本书内容相对应的双重含义,却在中文中很难表达。这就是,如果我们知道本书的哲学关注的主题是对于西方哲学中"思"或"思考"(原文为 Thinking,中译本皆作"思维")的检讨,而尝试通过呈现孔子对"Thinking"的理解,以提供解决西方哲学"Thinking"的难题,就知道 Thinking Through Confucius 这本书不仅是要(在哲学史的意义上)发孔子思想之微,更要

（在哲学的意义上）以孔子的 Thinking 来拓展对 thinking 的理解。固然，若取名为"通过孔子而思"，可能不易彰显对孔子思想研究本身的贡献；但只取"孔子哲学思微"，又可能遮蔽了本书的重要哲学关注是在比较哲学中思考"思考"的问题，或者说遮蔽了本书的比较哲学的特色。因为对西方哲学来说，"通过孔子而思"，无异于"通过他者而思"，具有鲜明的比较意义。而我这篇小文所要抉发的，正是中文书名未能彰显出来的有关"思考"的那一方面。

英文书名显示的这种双重意义的整体视野，正反映了珠连璧合的两位作者的合作特性。这部书的作者是安乐哲（R. T. Ames）与郝大维（D. L. Hall），安乐哲是伦敦训练的汉学家，带有欧洲汉学葛瑞汉一派强调语言特性的风格（当然他也是熟悉中国哲学的比较哲学家）；已故的郝大维是耶鲁和芝加哥训练的哲学家，熟悉分析传统和当代哲学。很明显，在两人的互动与合作中，安乐哲提供的主要贡献是在"孔学思微"的方面，而郝大维提供的主要贡献是在"哲学思考"的方面。两位作者的结合是优势互补的组合，郝大维保证了这一比较哲学的研究能内在于西方哲学的重要问题而与当代哲学的讨论有相干性，安乐哲保证了对孔子的概念讨论和文本研究的学术标准。他们强调："我们反对把孔子的《论语》仅仅看作是和中国古代文化的起源、发展相关的伦理规范的集大成，而想把孔子思想和当前的哲学讨论联系起来。"所以本书包含这两个方面，一方面力图证明孔子对西方哲学反思重构的价值，另一方面谋求对孔子思想作出新的解释。

对安乐哲和郝大维来说，他们的出发点是他们所意识到的西方传统的哲学思维的危机。在他们看来，西方哲学思维突出"两分"的传统根源于古代对上帝和世界的区分，对超越和现实世界的分离，在以后导致了目的和手段的分离、原则和方法的分离、理性和经验的分离。在这种思想方式中，理性是超越经验事物的，理论和实践相分离。在西方其代表即形而上学和科学的思维。19世纪末以来，这种源于古希腊巴门尼德的"思考"出现了危机，非欧几何和相对论的提出，不仅使科学的概念产生革命，而且使"思考"的反思成为必要。海德格尔重新阐明了思考的意义，主张把思考分解成一种实践的活动，他以非常复杂的方式提出思考的意义的问题，于是，产生了这样的问题，"既非形而上学亦非科学的思考是否可能"，海德格尔的回答是：有可能。在西方哲学传统中，理论与实践的分离一直是一种先定的假设，而这一假设乃构成西方理智文化的一个主要问题，即以认识的概念来分析"思考"的概念。这不仅导致了理论和实践的鸿沟，而且适合于描述经验世界的意识形式如欣赏、评价、参与、移情等，却未能像内在思考那样受到尊重。

作者指出，现在，西方大多数的哲学家已开始全面抨击事实与价值、理论与实践的分离，批评那种对象化的思维。但是，困难在于，他们生活在西方哲学的传统之中，他们虽然想克服西方哲学的毛病，却很难摆脱所在传统的影响。作者指出："当一个人对他所处文化背景的根本观念（如Thinking的意义）提出挑战时，他应以什么为出发点呢？最明显的答案就是：站在另一种文化背景和立场上。"所以，"我们所做的将远不止是写一部关于孔子思想的导论"，"而是对孔子哲学进行分析，揭示孔子的思考方式，从而提供一个思考活动的方式，以便理解思考本身的意义。""通过对孔子思考方式的分析，重新确定思考的意义，重新规定哲学家的特点和责任，以作为哲学文化发展的一种贡献。"于是，作者强调，"构成本书的主要问题，可以从书名本身看出来。在本书中，我们希望，首先思考孔子，目的是达到对孔子思想的清楚了解。其次，同样重要的目的是，提供一个以孔子为媒介的 Thinking 的演练。所以，选择'Thinking'为本书的首要焦点，是经过深思熟虑的。因为通过反思孔子思想中的 Thinking，以及 Thinking 和哲学的关系，我们才能深思这个与我们密切相关的问题。"

本书对孔子哲学中的思考是如何了解的呢？作者认为，对孔子思考的理解可由学、思、知、信来把握。"学"是获得前人赋予文化传统的意义，为社会中的个人提供一个共同世界以交流。"思"既是思考、沉思、计算、想像，也是对既定东西的批判和评价，思不仅限于心理学意义，也包括思的过程中生理器官的作用。对于孔子，思考是整个身心投入的过程，二元论的心物论范畴不能描述这个过程。"知"在早期文献中通"智"，表明理论和实践的不可分，而西方知识和智慧的分离来源于理论与实践的分离。知在孔子超出了纯粹智能，是包含了与行和乐的整体。"信"和诚相互定义，信不仅是承诺，也是实现承诺的完成、操作。从孔子的思想来看，知识扎根于文化，即构成文化的语言、社会习惯是知识的给定条件，思维则是对文化的说明，说明文化作为给定世界的有效性。从而，知识对于孔子不是超越文化的，不是超越人的，而人的思维必得通过人的实际活动来进行；这种思考注重特殊的环境，反对把抽象原则引入世界。这些就是孔子式的思考。

基于这样的立场，本书先叙述孔子对思考活动的理解，即学思知信相互作用的过程，以期说明，孔子提供了一种对思考的分析，避免了事实与价值的分离，而这正是西方传统哲学未能解决的问题，以此证明孔子的哲学可以为解决当代西方哲学中思考的难题提供重要的启示。

由于作者的研究是基于这样的路向，因此对读者来说，重要的问题并不是他们对孔子的理解是否全然正确，而是要同时关注在这种比较哲学思考中哲学问题的意义本身和他们进入研究的整体视界。

从一开始，作者就有很明

确的、自己的比较哲学研究的目的：他们"所关心的是改造他们自己的世界"。他们研究孔子不只是为了介绍中国思想文化，"不只是研究中国传统，还要设法使之成为丰富和改造我们自己世界的一种文化资源"。正是这样一种出发点，他们"倾向于发掘文化间的不同，而较少去观照它们的相同处"。他们要"透过所有的相同点，去揭示那些与文化制约的概念系统相关的，以及与汉语和印欧语言结构差异相关的关键词汇间的差别"，他们更关注那些在表面相同的现象背后的"来自受语言、文化制约的思维方式"的差别。

在安乐哲为中文版写的新序中，我们被告知，本书作者的立场代表了"一派"，即比较思想研究中的"重异派"；他们主张"比较哲学的最重要的目的之一是揭示本土文化所忽略的因素"，注重通过研究其他文化思想触发灵感，以说明自己文化的哲学问题。而与这一派不同，并与之成为对照的另一派是"重同派"。重同派倾向于透过文化差异和语言差异，发现中国思想中对普遍问题即东西方哲学共同的问题的探索。这一派的代表是史华慈和他的《中国古代思想的世界》。我们不可能在这里讨论史华慈，只能指出，比较哲学的这两派并无优劣之分，他们的不同正在于他们关心的出发点不同。

这种"他山之石"的比较立场，使得本书具有三个特色：

一、反对西方哲学的自我中心观念，重视中国哲学。

二、注重抉发中西哲学和文化间的不同，特别是在基本假设方面的差异。

三、重视不同文化的语言差异和翻译的陷阱，警惕翻译使用的核心词汇把不属于中国的世界观赋予对方。

这三点非常重要。很明显，如果不承认中国哲学是哲学，就谈不上中西哲学的比较；不注重中西哲学之异，就不可能找到他山之石；不重视语言的差异所反映的思想差异，把中国特殊词汇所不具有的西方涵义赋予这些词汇,就模糊了中国的世界观;把中国传统改塑为西方所熟悉的东西,就不能发现其中与西方不同而可治疗西方哲学思维危机的东西。

不仅如此,作者还提出了有关比较哲学的三种文化研究方法或视角,并用了三个字来区分其间的区别:文化间的方法(intercultural method),跨文化的进路(transcultural approach),交叉文化研究(cross-culture)。据其绪论中所说,"文化间"的研究方法是力图敏锐地感受各种文化所强调的东西的差异,"跨文化"的研究方法则力图为不同哲学寻找一个一致的对话语境;而作者的立场,在某些方面与文化间方法一致,而在另一些问题上则与跨文化方法一致,作者称自己的方法为交叉文化的研究方法。

在结论中作者提到,要找到新思想,就需要一个较高的立足点,这在自己文化的过去中无法找到,因此为了探寻新的理智总会导致转向新的文化。在另一种文化中可能会找到崭新的思想。"西方人使用的文化学方法最终会证明,交叉文化的研究是合理的,我们研究孔子思想用的就是这种方法"。

因此,思考的问题是作者面对的各种问题之一。作者努力从西方文化的背景中找出一些问题,然后尝试以孔子思想作为一种手段,阐明这些问题的关键所在,提出解决这些问题的可能途径。本书的这种思路,显然与那种认为文化差异不可化约的极端文化间论不同,而是有跨文化论的色彩,以此种方式促进文化间的对话,以逐渐认清彼此的同异,并使各方最终能提出共同关心的理论和实际问题。

本书对中国哲学的基本假设的讨论和孔子思想的具体诠释,我们只能另行讨论了。中国有句话叫作"由表及里",对于本书的丰富内容和所涉及的深刻问题而言,这篇小文只属于"表"的介绍,至于"及里"的讨论就有待来日了。

Membres du conseil Académique

De la chine

Ding Guangxun Ancien vice – Président de l'Université de Nanjing, President de l'Institut de Théologie à Nanjing, Théologien, professeur.

Ding Shisun Ancien président de l'Université de Beijing, mathém – aticien, professeur.

Ji Xianlin Ancien vice – président de l'Université de Beijing, président honoraire du collège de la Culture chinoise, expert en études sur l'Inde, linguiste, professeur.

Li Shenzhi Ancien vice – président de l'Académie des sciences sociales de Chine, expert en problèmes internationaux, professeur.

Li Yining Président de la Faculté de Gestion à l'Université de Beijing, économise, professeur.

Pang Pu Chercheur de l'Académie des sciences sociales de Chine, historien, professeur.

Ren Jiyu Directeur de la bibliothèque de Beijing, philosophe, professeur.

Tang Yijie Président du collège de la Culture chinoise, directeur de l'Institut de philosophie et de culture chinoises à l'Université de Beijing, philosophe, professeur.

Wang Yuanhua Professeur de l'Ecole normale supérieure de la Chine de l'Est, Critique littéraire.

Zhang Dainian Président de l'Association des études sur Confucius, philosophe professeur à l'Universtié de Beijing.

Zhang Wei Ancien vice – président de l'Université Qinghua, membre de l'Académie des sciences et d'ingénierie de Chine, professeur.

Del'Europe

Mike Cooley Président de l'Association d' Innovation et de Technologie à l'Université de Brighton.

Antoine Danchin Président du Conseil scientifique de l'Institut Pasteur, professeur de biologie.

Umberto Eco Professeur à l'Université de Bologne, président du Conseil scientifique de la Fondation Transcultura, philosophe.

Xavier le Pichon Membre de l'Académie des sciences de France, membre de l'Académie des sciences d'Etats – Unis, directeur et professeur du département de géographie et de géologie au Collège de France.

Jacques – Louis Lions Président de l'Académie des sciences de France, directeur et professeur du département de mathématiques au collège de France.

Carmelo Lison Tolosana Membre de l'Académie Royale d'Espagne, directeur et professeur du département d'anthropologie à l'Université de Complutense.

Alain Rey Lexicographe francais, président de l'Association internationale de lexicographie.

Sommaire

197